比利与地精王国 1

王者再临（上）

［美］罗伯特·休伊特·沃尔夫　著
楼继岚　译

GUANGXI NORMAL UNIVERSITY PRESS
广西师范大学出版社
·桂林·

WANGZHE ZAILIN

出版统筹：汤文辉　　　　　　责任编辑：戚　浩
品牌总监：李茂军　　　　　　助理编辑：韩杰文
选题策划：李茂军　戚　浩　　美术编辑：刘淑媛
版权联络：郭晓晨　张立飞　　营销编辑：李倩雯　赵　迪
责任技编：郭　鹏

著作权合同登记号桂图登字：20-2018-180 号

图书在版编目（CIP）数据

比利与地精王国. 1，王者再临 ：上下册 /（美）罗伯特・休伊特・沃尔夫著；楼继岚译. --桂林：广西师范大学出版社，2023.3

书名原文: The Goblin Crown: Billy Smith and the Goblins, Book 1

ISBN 978-7-5598-4828-4

Ⅰ. ①比… Ⅱ. ①罗… ②楼… Ⅲ. ①儿童小说—长篇小说—美国—现代 Ⅳ. ①I712.84

中国版本图书馆 CIP 数据核字（2022）第 075543 号

广西师范大学出版社出版发行
（广西桂林市五里店路 9 号　邮政编码：541004
网址：http://www.bbtpress.com）
出版人：黄轩庄
全国新华书店经销
唐山富达印务有限公司印刷
（唐山市芦台经济开发区农业总公司三社区　邮政编码：301501）
开本：889 mm × 1 240 mm　1/32
印张：13　　　字数：228 千字
2023 年 3 月第 1 版　　2023 年 3 月第 1 次印刷
定价：58.00 元（上下册）

目录

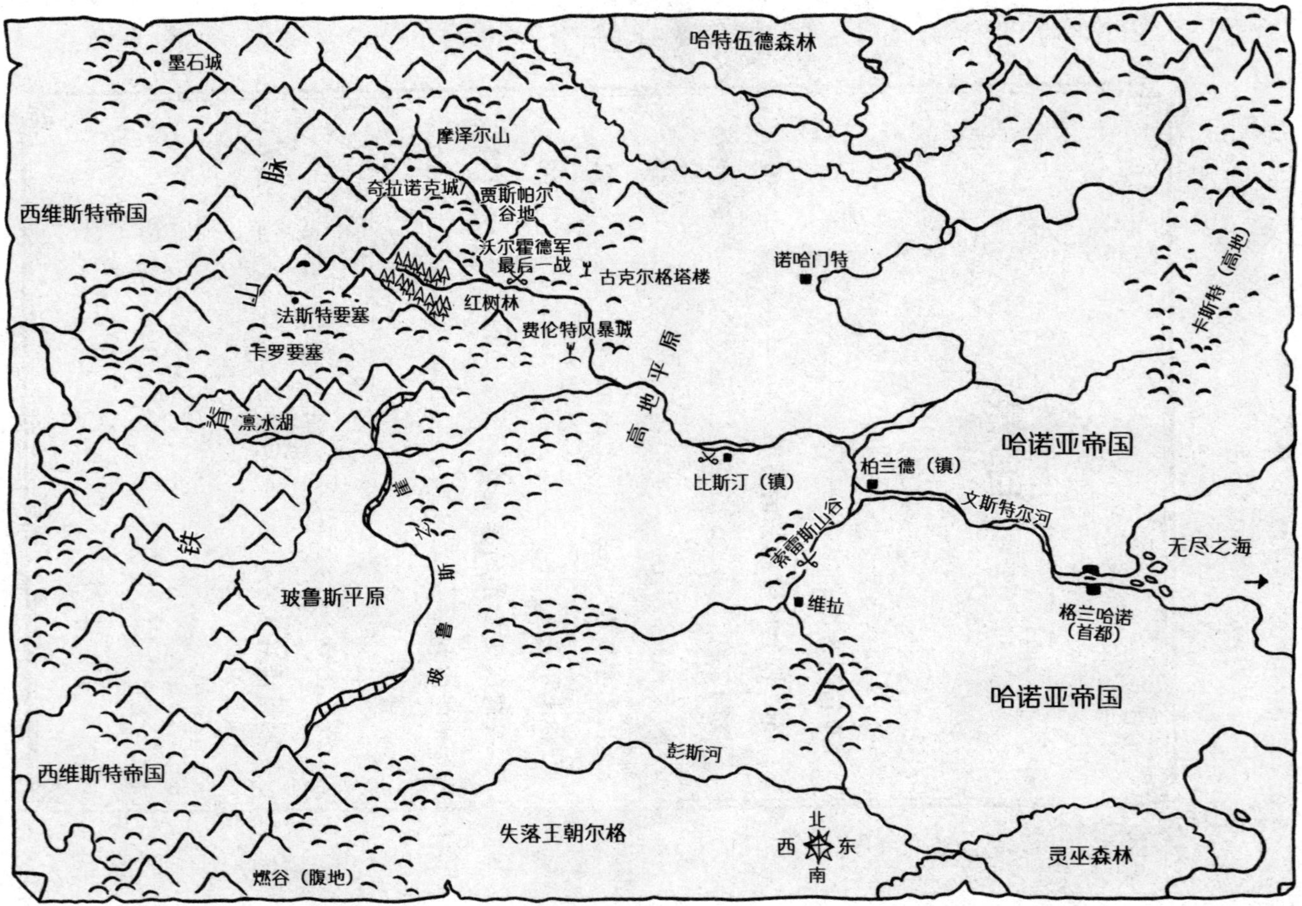
哈特伍德森林
墨石城
摩泽尔山
脊山脉
西维斯特帝国
奇拉诺克城/
贾斯帕尔
谷地
沃尔霍德军
最后一战
古克尔格塔楼
诺哈门特
卡斯特（高地）
法斯特要塞
红树林
费伦特风暴城
卡罗要塞
高地平原
凛冰湖
哈诺亚帝国
比斯汀（镇）
柏兰德（镇）
文斯特尔河
玻鲁斯山脊
铁
索雷斯山谷
无尽之海
玻鲁斯平原
维拉
格兰哈诺
（首都）
哈诺亚帝国
彭斯河
西维斯特帝国
失落王朝尔格
北
西
东
南
灵巫森林
燃谷（腹地）

开篇

亲历者

“是阳光的温暖，还有火焰燃烧过后的焦味，”地精拨开压在他身上的成堆尸体，心里默念着，“又是一个充满血腥的残酷日子。”

他叫霍普，在地精语中，是希望的意思，可笑又见鬼的希望。过去的几个小时，他静静地躲在成堆的尸体下面，尽管鼻腔中充斥着血腥的恶臭，后背被身下的尸骨硌得生疼，但在他看来，这绝对是明智之举。终于，这场霍普一直在躲避的战争，以失败方陈尸遍野而告终。按照惯例，胜利者们要忙着清扫战场，决不允许留下任何活口。霍普知道，他终于等到机会，可以逃跑了。

他是这场屠杀中为数不多的幸存者。暗夜女王率领的地精军团和人类军队在索雷斯山谷殊死战斗了三天三夜。阳光射进了刚从黑暗中爬出来的霍普的双眼，他感到眼睛有些刺痛。稍后，他隐约看到，不远处原本高高飘扬着地精军团旗帜的杆子上，插着一颗女性的头颅。毋庸置疑，暗夜女王一败涂地。霍普对此并不惊讶。在他还小的时候，他常趴在爷爷的膝头，一遍又一遍地听爷爷讲述类似的故事，那些被称为“暗夜女王”“夜皇”或者“无敌圣上”的人，通常没有什么好下场。故事中总是毫无疑问地出现勇敢的平民男孩、无畏的孤儿或者平凡的挤奶女工，他们总会在某个瞬间，意外地找到所谓的命运之剑、真理戒环或者幸福无忧牛奶桶之类的圣器，而故事总是以名字邪恶的人的死亡而告终。

小时候，霍普对于这些故事十分着迷。但多年过后，他已经不再是蜷缩在爷爷膝头听故事的小孩子，而是站在战场上的士兵——手中握着的利刃上残留着敌人的血液，脸颊上有未擦去的同行士兵的鲜血。他成了故事的亲历者。这时候他才发现，这些讲给小孩子的睡前故事，在他人看来是那么天真无邪，事实上却丑陋到令人作呕。讲故事的人们仿佛高高在上，俯视着芸芸众生。的确，从高处看，地面上的一切都是那么简单纯粹，然而霍普身处故事之中，他的视线所到之处，却是泥泞肮脏、充满血腥，还有尸横遍野。

他抬起头，无助地望着四周。

两方军队在索雷斯山谷中的河边不期而遇。双方士兵都没有想到，这条看上去毫无危险的涓涓细流旁边，将是自己的墓地。他们的周围，还有几个神经质的巫师，在未熄灭的火焰和未消逝的冰峰周围游荡。这不是一场浩大战争的尾声。这是屠杀。在这场地精军团与人类军队的战斗中，双方士兵其实并不在意，在遥远的索雷斯山顶上，身披黑袍、内心扭曲的女魔王和无畏勇敢的人类领袖（农家男孩或是天真无邪的放牛人，霍普离得太远，不确定是什么样的人）之间到底发生着什么。但就在女魔王和人类领袖脚下的这片山谷里，成千上万的士兵，正在因为他们而死去。

霍普丝毫不在意到底是谁的脸上最终扬起了胜利的微笑。他看到人类军队首领高举插着暗夜女王首级的旗杆，在战场上四处游走炫耀，这是获胜的人类军队在这泥泞肮脏、血腥残忍的战争中最后的狂欢。霍普现在唯一在意的，是远远逃离这片像墓地一样的战场，处理一下腿上被弓箭划开的伤口，试着偷点东西填饱肚子，再找个安全的地方好好睡上一觉。

“别再瞎想，该动身了。”霍普摘掉头盔，扔掉盾牌和长矛。他不想让这些没用的东西拖慢自己的脚步。

霍普深知在这种世道中生存下去的另一个要领，那就是，现实中的故事不会在年轻正直的英雄消灭邪恶丑陋的反派时戛然而止。骗小孩的故事总以“从此他们过上了幸福无忧的生活”作为结尾，而现实却是“从此他们只是苟延残喘地继续生活了下去”。在索雷斯山谷屠杀之战后，“继续生活”则意味着痛失亲友、身体残缺，以及从此如影随形的痛苦和愤愤不平。

霍普远远地看到一群人类将领围在所谓年轻正直的英雄身边。这些将领让霍普联想到成群的黑乌鸦，战争是他们渴求的食物，黑乌鸦一旦获得食物，随之而来的是分赃夺食，抢功争利。就像现在，周身散发着胜利光芒的将领们俯视着脚下的尸首，那些躺在冰冷血水中的士兵，有他们的部下和兄弟。霍普甚至能感觉到，在这一战中获胜的人类，绝对不会心满意足地让他们的故事就此结束。

也许故事的下一章节叫作“复仇”，而霍普计划在这之前远走高飞。

越远越好。

路边那个神情诡异的男孩

比利·史密斯走下公交车，准备面对他的世界末日。

不远处是弗朗西斯·德雷克大学附属高中，人们都称它为德雷克高中。这所学校高耸的外墙在薄雾中若隐若现，比利看不清楚学校的真实样貌。今年的秋天来得太早了。比利站在原地，看着身边的学生们有说有笑地走进校门。他拉紧外套，戴好上衣的兜帽，背上特地为新高中升学准备的书包，试图雄赳赳、气昂昂地向着德雷克高中迈进。但无论怎样，他都无法说服自己抬起腿，他实在做不到像其他孩子一样快乐地踏进校门。德雷克高中是这座城市中排名第一的精英私立学校，是几乎所有孩子和家长梦寐以求的学校。而比利深知，自己不属于这里。

这是比利的心魔，他在任何地方都找不到归属感。

比利出生于美国佛蒙特州，他从来没能真正融入过那里。当地人十分友善，但比利从小就能感觉到，那里没有人真正懂他，更不要说接受他了。比利是个混血儿，父亲是黑人，母亲是白人，因此他的棕色皮肤在当地人看来十分怪异。当比利与父亲在一起的时候还好，至少人们见到老威廉·泰勒·史密斯和儿子走在一起的时候，不会有太多疑问。“这是个黑人小孩。”他们在心中不屑地确认，嘴上则会夸赞，“这个小男孩长得真好看。”比利坚信，自己永远不会成为这种心口不一的人。

但是当比利和母亲在一起的时候，事情就没有那么简单了。除了一头红棕色卷发和雀斑之外，他们从外表上看根本不像一家人。比利的母亲皮肤苍白，眼睛是清澈的蓝绿色，而比利的皮肤比母亲的黑了好多个色度。所以当他们在一起时，旁人困惑的眼神会一直跟随比利的母亲。“这两个人有什么关系吗？他们为什么会走在一起？”然而无论心中有多少疑惑，他们嘴上仍然会夸赞，“这个小男孩长得真好看。”除此之外，他们还会对比利的母亲加上一句：“你是在帮朋友照看小孩吗？”

比利的母亲在急救中心做护士，父亲则是修建医院的建筑师。一旦老威廉完成了一个工程，他们就会举家搬迁到下一个项目的所在地，母亲也会随之寻找下一份护士工作。因此在比利出生后短短的十四年中，他们全家不断地从一个地方搬到另一个地方，佛蒙特、弗吉尼亚、堪萨斯、佐治亚，以及现在刚刚落脚的加利福尼亚州旧金山市。比利从来没有真正融入过任何一个地方，也没有被任何一个小团体接纳过。弗吉尼亚的同学们嘲笑他浓重的新英格兰口音，堪萨斯的村民们又看不惯他的肤色。

父母鼓励比利说，旧金山是一个不一样的地方。或许他是对的，这座城市包容了各种各样的人，每个人都有自己的特点。事实上，比利已经习惯了自己在哪里都是局外人的身份，这已经成为他在日常生活中的行为标准。他很早以前就不再做任何交朋友的尝试了。

这次搬家的关键原因是比利的父亲。当一家人刚刚搬到这座城市时，比利认为这座城市仅仅是他们又一个短暂停留的驻地。但老威廉在“习惯性胃病”犯了几天之后，终于下定决心抽时间去看了医生，而医院的诊断结果让老威廉不再修建医院，而是住进了医院。他每天面对的不再是建筑图纸，而是接连不断的手术和化疗。

在经历了那么多事情之后，比利丝毫不在意自己这次是否能融入德雷克高中，是否能过上大家所说的平凡普通的学校生活。因为他知道，自己只需要熬过现阶段的生活，直到……

直到什么呢？这是比利的另一个心魔，他对自己的未来没有丝毫规划，没有任何目标。在现在的生活中，他致力于躲避关注，小心翼翼地不给父母脸上抹黑，还要防止自己因为笨手笨脚而受伤。每天忙于隐藏在众人的视线之外，消失在别人的生活之中，这已经让他感到很累了，以至于他没有丝毫精力和时间再去尝试任何正常高中生现阶段应该体验的生活了。比利从来没有努力做过任何事情，除了打游戏。

比利直愣愣地站在德雷克高中大门外，盯着不远处的沙石围墙，围墙上雕刻着精致的校徽和校训："教育启迪万物。"比利丝毫没有感觉到自己被启迪，反而是怪异、尴尬和沮丧萦绕在他的心头。越来越多的负面情绪像小山一样朝着比利迎面扑来，他希望自己此刻身在别处，任何别的地方都好，而不是傻呆呆地站在清晨寒冷的雾气中思考自己失败的人生，"畅想"着自己会如何让羸弱的父亲失望，如何白白浪费高额的学费，担忧着自己的家庭会穷困潦倒到何种地步。比利静止在原地，对生活的绝望和对自己的厌恶灼烧着他的灵魂，他想逃离现状，想逃离这里，想找到属于自己的新生活。心底的绝望一寸寸地将他吞噬，他拼命挣扎着想躲开这种如同沼泽地一般的黑暗。

就在这时，比利眼前的世界变了。

薄雾陡然增厚，像灰色的砖墙将比利包围。他脚下原本平整的人行道突然裂开，清晨的微风被湿润的泥土、腐烂的植被和刺鼻的硫黄气味所取代。头顶的阳光被什么遮住了，周围的一切突然昏暗冷寂下来。

比利有幽闭恐惧症！黑暗犹如沉重的锁链在空气中蔓延，像阴森的触手一样攀上他的脖子，将他缠绕捆绑。很快，他的周身环绕着侵蚀血脉的阴冷、不知所措的惊慌和绝望无尽的恐惧，比利想要大喊，想要尖叫，想要逃脱这片压抑之地，但他出不了声，因为他知道自己不能出声。

或许，会有什么东西闻声而来。

“别停下！”霍普听到领路人一遍又一遍地怒斥。他前不久加入了地精难民的队伍。此刻，他迈着被脚镣拖曳的脚步，正在艰难地行走。“跟紧前面，不许回头！”

地精们聚集在铁脊山脉。他们从玻鲁斯平原和墨石城而来，从卡罗尔谷地和凛冰湖而来，从哈特伍德森林和燃谷而来，从摩泽尔山而来。他们携着家眷，把自己所有的财产放在雪橇上或者牲口的背上。他们日夜不停地走着，穿过亘古隧道，越过远古深林，永远行走在阴影、夜晚这类黑暗中，以便避开炽热的阳光。

是一种对烈火、炎日和死亡的恐惧驱使他们背井离乡。与此同时，还有一种信念指引着他们的方向。在伟大的奇拉诺克城中，矗立着早已被遗忘的国王大厅，那里隐藏着地精们奉为圭臬的信念。在大厅中，十尊古老的石像侧拱着一尊王座，王座在布满蜘蛛网和尘土的大厅内却保持着一尘不染。王座上有个样式简洁的石架，上面摆放着一顶锻造精致的铁王冠，王冠中间镶嵌的是一颗人眼大小的红宝石。现在的红宝石是暗淡的，没有丝毫光亮，但在地精族群有记载的历史上，一共有十次，这颗红宝石曾发出无比耀眼的光芒。每当这颗被称为“王冠之眼”的红宝石开始闪耀时，就代表着一位救世主即将出现，他将被推举为地精国王，拯救地精族群于水火之中，并带领他们创造新的历史。

因此，地精难民们并不仅仅是因为恐惧才去往伟大的岩城奇拉诺克的。他们在长久的战争中失去了力量，丧失了让自己坚持下去的希望，而这座城市中，刚好存在他们此时此刻最需要的东西——信念。他们需要承诺，需要有什么东西能够支撑他们继续战斗，能让他们对生命燃起新的希望。他们需要新的救世国王，需要一个属于地精族群的奇迹。

霍普跟在难民队伍的最后面独自走着，他没有家族和亲人，只有孤寂。不久之前他从索雷斯山谷浩劫中幸存下来，设法逃到了遥远的地方，找到了所谓的立足之处。可惜的是，他的立足之处好像还不够远，人类的复仇之火并没有饶过他这个无依无靠的可怜人。尽管霍普拼尽全力想要逃离这个已经为他设定好的故事结局，但还是无力抵抗命运的洪流，被卷入了无边无际的争斗中。无论他如何挣扎，仍然身陷其中。他垂头丧气地走在去往奇拉诺克城的路上，似乎看到死亡已经向他张开血盆大口，正静待他一步一步地靠近。

霍普环顾四周的难民同伴，他们即使瑟瑟发抖、担惊受怕，也要将全部希望寄托在脆弱而又渺茫的信念上。此情此景使霍普也尝试着在内心深处许下了小小的愿望。

“唉，希望故事的结局不是血流成河。”

莱克茜·阿基诺总是控制不住地想要管别人的闲事。她有永远无法满足的好奇心和充沛无比的精力，这让她的父母感到极其厌烦。她的母亲好像是一个款式陈旧的洋娃娃，当你拧动背后的发条给她上弦后，就能听到她机械性地不停重复着仅有的几个句子：“别闹腾，莱克茜！”“坐好了，莱克茜！”“莱克茜，你就安静一次行不行？！”

所以，当其他学生小心地躲开那个傻愣在路边、表情怪异的男孩，成群结队地拥进德雷克高中时，莱克茜却按捺不住内心的好奇，走过去问道：

“你还好吗？”

男孩抬起头来，表情十分困惑。他有一头凌乱的红棕色卷发，棕色皮肤，鼻子两边零星分布着小雀斑。莱克茜确定他不是菲律宾人，不是墨西哥人，好像也不是单纯的黑种人或是白种人，那就应该是别人口中的混血儿了。对于莱克茜来讲，这并不是什么大问题，她喜欢这种人。

“啊，我可能是有点头晕吧。”男孩直起身子，整个人站得不太稳。

莱克茜注意到男孩脚上穿着亮紫色的帆布鞋，这个颜色真是大胆，能选择这个颜色的人应该不会像第一眼看上去那样又傻又愣。

“鞋不错。”莱克茜说。她应该就此打住，但还是忍不住加了一句：“我还以为你要吐在街上呢。是犯了恐惧症还是什么其他的病呢？”

“什么？不……我是说……我没犯病，也没有什么病，我只是……”

“好吧，平静点。”这是莱克茜的另一个毛病，一旦她脑中形成了一个念头，这个念头就会顽固地卡在那儿。所以她母亲的另一句口头禅就是：“你怎么那么固执，莱克茜？”她扭头看了看新学校的大门，说道：“这地方看起来的确有点吓人，是不是？我的表哥们都在这所学校读书，他们说，它并不像外表看起来那么令人讨厌。把学校建成这个样子是为了体现威严，但实际上老师们都很牛，而且很热心。”

“我说过了，我没事。”

“那好吧，小雀斑。”莱克茜扭头走进了学校。“有些人根本就是又傻又愣，不值得我费心。”她边走边想。

比利看着她渐行渐远的身影，那个穿着可爱的短裙和紧身红毛衣的女孩，个子不高，语速飞快，说话的时候手舞足蹈。比利不习惯受到漂亮女孩的注意，尤其是那个有着完美皮肤和灵动的棕色眼睛的女孩。他明白自己刚刚的言行有多愚蠢：故作镇定地试图掩饰慌张，从嘴里冒出些词不达意的话。

事实是，有那么一瞬间，他迷失在不知从哪里冒出来的无尽黑暗和刺骨寒冷中。是女孩略显聒噪的声音将他一把拉回现实世界，让他从恐惧中清醒过来。

他欠她的。比利希望自己有一天能够正式向女孩道个谢，当然，是在她还愿意跟他说话的前提下。

学校的铃声响了，是时候面对自己的命运了。比利双手握紧肩上的书包带，像一个被判了死罪的人一样，英勇地走进了弗朗西斯·德雷克大学附属高中。

四个小时之后，比利已经头晕眼花了。第一节英语课读的是莎士比亚的《尤利乌斯·恺撒》和一大堆十四行诗，第二节地理课要记住地球上所有国家的名字和首都，第三节是代数课。比利的父亲可能是个数学天才，但是比利一看到数字就头疼。

第四节是拉丁语课。拉丁语？这是认真的吗？一种两千年来都没有人再说的语言，真的需要学吗？比利依稀记得在入校选课表格中有一个问题，问他想学哪一门外语，他选择了“没有偏好”。现在看来，“没有偏好”就等于选了拉丁语，所有勾了这个选项的学生都坐在这个教室里。为什么当时没有一个选项叫“除了拉丁语什么都可以”呢？按照进度计划，他应该在明天之前学完将来时态中的全部拉丁语动词变形。讲台上这位头发花白的老师，比起好好说话，更喜欢大吼大叫，他要求全班学生一遍又一遍地高声吟唱书中的内容。比利绞尽脑汁地回忆那些奇怪的生词，是“将要”“将脑”“将闹”……还是什么其他的发音？

如果不受干扰，比利还是有可能记住这些奇怪的生词的。但不幸的是，早晨遇到的那个女孩也在这个班里，就是她，莱克茜·阿基诺。当老师咆哮着点名时，她答的就是这个名字。莱克茜·阿基诺，个子不高，手舞足蹈，发亮的棕色眼睛和红色紧身毛衣，还有源源不断的旺盛精力。比利在本该学习语法或者什么其他内容的时候，都在偷偷地瞥莱克茜那双棕色的眼睛。

莱克茜最终还是注意到了比利没来得及收回的视线，他像小偷被抓了个现行。如果其他人不知道的话，本来没有什么大不了的，但是，“吼叫老师”同样捕捉到了比利不老实的眼神。

“史密斯先生，‘你有双漂亮的眼睛’用拉丁语应该怎样对阿基诺小姐说？”“吼叫老师”放轻了声音问道，像是暴风雨之前的宁静。

比利勉强挤出颤抖的声音说：“我不知道。”

“那就好好听讲！”这回是老师的咆哮声。整个班级哄堂大笑，比利的耳朵都红了。每当他感到尴尬的时候，耳朵总会不由自主地红起来。最糟糕的是，就连莱克茜也轻笑了一声。

“最好别去想它。”比利暗自警告自己，他能感觉到血液正在涌上耳朵，“深呼吸，均匀呼吸就没事了。”

好在终于到了午饭时间，比利终于能振作起来。下午应该会稍微好过一点，他有电脑课、体育课和演讲课。

比利站在学校食堂午餐柜台前的队伍中，这才发现肚子已经在咕咕叫了。他不想在开学第一天就因为上学迟到被惩罚留堂，所以早饭只简单地吃了一碗麦片。加热盘里的意大利面和蒸西兰花虽然看起来让人没什么食欲，但至少能填饱肚子。

当比利随着队伍往前走的时候，他害怕的事发生了。

她就排在他后面，莱克茜·阿基诺。幸运的是，她一直专注地和朋友聊天，暂时没有注意到前面站的就是比利。与此同时，比利听到莱克茜在给朋友讲述拉丁语课上发生的糗事，每一个细节都没有放过。

这正是比利最害怕的事情。来到一座新的城市，在新学校的第一天，人们已经开始谈论他了，就像他是个奇葩一样。他又失去了一个融入同学之间的机会。比利无法控制自己，他必须逃离这个令自己窘迫的地方，于是他猛地扭过头，冲出队伍——正好撞上一个端了满盘子食物走向餐桌的人。比利和这个意外的目标都挣扎着想站稳，却还是一起摔倒在地上，同时打翻的还有那个装满食物的餐盘，霎时间满地都是番茄酱和意大利面渣。比利想站起来，却又不小心踩到了番茄酱，重新跌回地面。食堂里的其他人都笑了起来。

"我的天，是他！"莱克茜的声音从人群中传来，带着些许尴尬，些许好笑，最令比利无法忍受的是，还带着些许怜悯。

比利还未来得及站起身，就感觉头上飘来一大片阴影——一个穿着学校体育生外套的人，上面沾满斑斑点点的沙司酱和几条意大利面。

比利抬起头望向被他撞上的受害者，一名高大威猛、方下巴的金发男子，一看身材就知道他是个运动狂魔，而且毫无疑问是学校的风云人物。好极了。

“瞧你干了什么，臭小子！”运动狂魔说。

诡异的事情又发生了。就像早晨在学校门口时一样，比利眼前的世界逐渐凝固静止，变得黑暗而寒冷。脚下光滑的油毡地板变成了粗糙的泥土地，上面嵌着大大小小的石头，崎岖不平。比利感觉有水滴落在了他的脸上，冰冷的水滴。他能听到远处有人在喊叫，以及敲击一面巨鼓的声音。

霍普很快意识到，短时间内他不会离开地精都城了。那些传到奇拉诺克城的小道消息听起来都不太乐观，霍普最不希望的事情还是发生了，获胜的人类将军召集了他们幸存的军士，同时从各地招募了成千上万的新兵，打造出一支复仇之军。现在，他们新组建的“黎明军团”正气势昂扬地向着摩泽尔山脉进发，宛如滔天巨浪，裹挟着死亡和毁灭的气息，所到之处无不死伤惨重。

因此，虽然霍普到达了相对比较安全的奇拉诺克城，但他仍然不知道下一步应该走向哪里，似乎哪里都不安全。看起来，他要在这里躲避很长一段时间了。唯一幸运的是，经过索雷斯山谷一战，城中所剩的卫兵要么年老体衰、行动缓慢，要么年幼无知、手无缚鸡之力，因此霍普俨然成了经验丰富的战士，再加上正值壮年，于是他便轻而易举地在奇拉诺克城卫兵队中谋得了一份差事。这份工作为霍普提供了一日三餐和睡觉的地方，还有一身亮闪闪的铜制盔甲。霍普盘算着，如果情况不妙，这身盔甲看起来能卖个好价钱。

唯一的缺点就是，霍普必须工作。多数情况下，他会被派去看守粮仓，或者监督食品贩子们，抓住机会还能揩点油，但是今天他的工作是在奇拉诺克城的国王大厅中站岗。成千上万虔诚的朝拜者组成队列，恭恭敬敬地经过传说中的红宝石地精王冠。

霍普越来越觉得，这份在国王大厅里站岗的工作十分令人厌烦。没有地方可坐，他必须时刻让自己看上去警觉且有威严，这就意味着不能有丝毫散漫，不能靠着墙站，更不能打瞌睡。几天下来，霍普手脚酸软，后背僵硬，脾气越来越暴躁。他看着人们在王冠石架脚下虔诚地鞠躬和祷告，而王冠上的红宝石却没有丝毫要闪耀的迹象，这让霍普感到眼前的一切都过于讽刺。

他并不是一个乐观主义者，再加上身上还有在上次战争中留下的大大小小好几处伤痕——腿上的箭伤尚未痊愈，断掉的鼻梁骨也没有完全长好，还有战场上被利刃割掉一半的左耳，所有这一切，在霍普看来都是命运的不公。看着那些眼中充满期盼的面孔，霍普忍不住怀疑，王冠的继承人是否真的会像人们传颂的那样从天而降，带领国家和地精族群度过至暗时光。

好在霍普内心的波动来得快，去得也快。他站直身子，用手中长矛的尾端推了推自己脚下正在跪拜祈祷的朝拜者，强硬地说："拜完赶紧走！"

在这样的世道下，对未来充满希望是愚蠢的。

"是我的错。"莱克茜跑到面色阴沉的运动狂魔和那个在拉丁语课上闹笑话的男生中间解释道。那个男生好像叫比利·史密斯。莱克茜看得出他又犯了间歇性眩晕。可怜的人，他一定是身体不舒服，或者心理有什么问题。

"不，不是你的错，是我不应该那么快转身的。"比利挣扎着站起身来说道。

莱克茜不明白，为什么比利不让她来帮他解围？眼前这个头脑简单的恶霸绝对不会揍一个女孩子的。如果比利不瞎掺和，莱克茜确定自己一定能摆平这个麻烦。"别听他的，是我刚刚绊了一下，不小心碰到了他，他才会撞到你的。他不是故意的。"

但比利好像不明白莱克茜的良苦用心："她没碰我，她根本没靠近我，是我自己不小心撞到你的。"

莱克茜突然意识到，比利十分清楚自己在试图保护他，但他就是不需要自己的帮助。为什么？难道因为自己是个女孩，还是因为自己看起来弱小？莱克茜不明白。但这两种可能性都让她恼怒。

"对不起，"比利在莱克茜再次张嘴之前抢先说道，"我会赔给你外套的干洗费用。"

"你打算赔偿？很好。"运动狂魔说道。

"你这些流氓口气都是从电视上学来的吧？"莱克茜说，"因为你肯定没读过多少书。"

莱克茜刚说完就后悔了，说话不过脑子简直是她的死穴。

运动狂魔逼近莱克茜，巨大的身影笼罩了她。他比她高出一大截，体重是她的两倍。运动狂魔缓慢地低下头俯视着她："咱们放学后见。"撂下这句话，他庞大的身躯开始移动，同时还不忘抖落掉外套上的意大利面条。

莱克茜看向比利。她知道有勇无谋又给自己惹了麻烦，这下要平白无故地面对运动狂魔的怒火了，自己却得不到一点好处。

"你不应该帮我出头，"比利说，"我自己可以的。"

"男生都是蠢货！"这回轮到莱克茜带着满腔怒火冲出

食堂了。她在生什么气呀?

这一天剩下的时光在比利的记忆中都是模糊的。他脑中不断重复着今天出过的洋相:拉丁语课上的尴尬,中午在餐厅的窘迫难堪。他了解到,那个运动狂魔叫科特·诺瓦克,是山猫橄榄球队的明星四分卫,球队的灵魂人物,无论是在球场上还是在日常生活中,都是备受追捧的风云人物。于是比利意识到,突然之间,自己成了整个学校的笑柄,疏远了唯一一个愿意跟他说话的女生,惹怒了众人追捧的校园风云人物。

这并不是最令比利烦恼的事情,还有一件怪事在比利身上反复出现。当他躺在食堂的地板上,看着科特庞大的身影时,突然袭来的是将他包围的寒冷和在黑暗中不断下沉的窒息感。比利记得在那一瞬间,他身边的世界翻天覆地,不再是人来人往热闹的餐厅,而是一个伸手不见五指的黑暗和令人汗毛直立的恐惧的地方。那个地方有种特殊的魔力,仿佛在吸引着他前去,而他在冥冥之中似乎意识到,一旦跟随寒冷进入那个世界,他就无法轻易脱身了。

还没等比利想明白这事,放学的铃声就响了。他加入放学大军跑向校门,满心希望能悄悄跳上公交车,不要被任何人发现,把今天的一切不愉快都留在这个地方。

可是比利一出校门，就看到科特站在不远处一辆崭新的黑色越野车旁，正和他的两个四肢发达的朋友聊天。比利僵在原地。他们没看见他，至少现在还没有。也许他还有机会溜走。

“要我说，咱们还是去面对他们吧。”这是莱克茜的声音。比利转过身，看见她正站在身后，挎着鼓鼓囊囊的书包，脸上是一副英勇无畏的表情。比利发现，当莱克茜假装镇定地说出这种话时，她的鼻子会微微抽动，显得十分可爱。

“你听到我说的话了吗？”莱克茜不耐烦地问道。

比利这才发现，自己又目不转睛地盯着她看了。“是的，我……我是说……咱们从后面绕过他们，你看怎么样？”比利问道。

“然后这学年剩下的九个月都用来躲避他们吗？”莱克茜高声质问道，“这可不是我的作风。”

说着，女孩便大步流星地走向科特和他的两个球队中后卫哥们儿，至少她试图大步走过去。莱克茜的身高刚刚超过一米五，所以她的每一步实在没法迈太大。比利迈开瘦长的双腿跟在她后面，很快就追上了她。比利表现得比他感觉的更勇敢，在科特认出他俩的瞬间，比利就挡在了莱克茜前面。他摆出一副不甘示弱的表情，说道：“你在找我们？”

不幸的是，比利说这话时破音了，这使他听起来像一只濒死的田鼠。

“这样吧，”科特边说边走近比利和莱克茜，“原本我们可以狠狠地揍你们一顿，但我决定发发善心，给你们另一个机会。”

另一个机会？这是今天比利听见的第一个好消息。但是他还没来得及好好体验这种得之不易的兴奋……

“你这么决定是不想因为打架而被逐出橄榄球队。所以你根本不敢打我们。”莱克茜瞪着科特。

“她为什么不放过我？！”比利在心中喊道。

“进去。”科特拉开他的黑色越野车门，茶色的车窗映出洞窟般黑暗的车内空间。科特的野蛮同伴逼近了比利和莱克茜，女孩尝试着反抗和挣扎。但是以比利的经验来看，反抗欺凌虽然听起来十分勇敢，实际上却意味着会遭受更惨痛的皮肉伤害。就算比利能承受他们的拳头，他也绝不愿意看到三个高壮的男孩欺负瘦弱的莱克茜。

“见鬼！”比利将莱克茜从越野车旁拉过来，将她推离这群人，“快跑！”

他似乎打破了某种咒语，莱克茜这回没再唱反调，她自己也意识到，跟这两个人高马大、头脑简单、四肢发达的中后卫一起坐进科特的越野车，不是什么好事。她像箭一般地冲了出去。

“这边跑！”她大喊。

科特一伙正在诧异。趁此机会，比利和莱克茜以百米冲刺的速度冲到学校的另一边，绕过教职工停车场，翻过学校护栏，转眼间不见了人影。

翻过护栏之后，比利看见莱克茜跳进了一个水泥隧道入口。“快点！”她挥着手，焦急地招呼比利也跳下来，“趁他们没追上来，咱们赶紧跑。”

比利跟着跳了进去。这条隧道从学校的橄榄球场下方穿过，一直延伸至不远处的大海岸边。隧道底部有细细的水流，缓缓流动着，但大部分的墙壁都是干的。

“他们跑得比我们快，我们必须甩掉他们！”莱克茜说完，转身向隧道深处跑去。比利犹豫起来。隧道的入口处一片漆黑，面前冰冷的黑暗和细微的流水声让比利情不自禁地联想到他的那些奇怪幻觉。

“他们在那儿！”比利听到身后传来科特的喊声。

没时间多想了，比利一头冲进隧道，脚下溅起水花。他的身影很快被隧道吞没。他努力不去想那些怪异的幽闭幻象，不去想身后越来越近的脚步声，不去想科特凶狠的眼神。他在黑暗中盲目地奔跑，直到……

撞上了一堵墙。

比利丝毫没有意识到前面有一堵墙。隧道里太黑了，上一秒他还在拼命奔跑，下一秒就“咚”的一声撞歪了鼻子。比利硬生生地摔在了地上。突如其来的疼痛席卷了比利全身，摔倒时溅起的冰冷水花浸湿了他的衣服，刺痛和寒冷瞬间笼罩了他。

待疼痛稍缓，比利捂着鼻子睁开眼，抬起头，几乎看不清面前水泥墙的轮廓。他躺在地上，在微弱的光线中努力分辨，眼前似乎是隧道的分叉处，隧道的左侧有从上游流下来的水，而右侧弯弯曲曲延伸的是主渠。比利在慌乱中一头撞上了位于分叉处正中间的水泥墙，没有注意到两边都是通道。

是水花溅起的声音！比利听到科特正朝他的方向移动。这次的脚步声小心翼翼，却格外稳健。科特离他越来越近了。

“莱克茜，走哪边？”比利小声问道。

没有人回答他，比利只听到一声尖叫，一个女孩痛苦和恐惧的尖叫。是莱克茜的叫声。

声音来自左边的分岔渠，从上游延伸下来的那条。“我来了！”比利扔下书包，跌跌撞撞地冲向声音发出的位置，而右侧主渠道上原本微弱的光亮，被比利完全抛在了身后。“莱克茜，你在哪儿？”比利在黑暗中摸索着，大声喊起来。

他听到一声微弱的呻吟。比利在黑暗中试探着前进，很快触碰到一个小小的蜷缩的物体。是莱克茜。

“我的腿……”她痛苦地喘着气。

比利的手触碰到的是她的腰部。在黑暗中，他小心翼翼地摸索到她裸露的膝盖。然后他感觉到，在胫骨的顶端有湿湿黏黏的东西，还很锐利。

随着比利的触摸，莱克茜痛苦地倒吸了一口冷气。

“你的腿断了。”比利努力抑制住恐惧，试图让自己冷静下来。

“我知道，你这个笨蛋。”莱克茜已经无法维持表面的坚强，她急促地喘着气，“我的脚被什么东西卡住，整个人被绊倒了，然后……天啊……太疼了。”

“我得把你弄出去。”

莱克茜没有回话，可能她在黑暗中点了点头，也可能是疼痛已经占据了她的一切感官，使她无法注意到其他任何事情。比利把手伸到莱克茜身下，试着把她抱起来，但他自己的伤势限制了这个动作。他的脸仿佛裂成了两半，脑袋里好像有人在敲钟般地突突直跳，肋骨似乎也摔伤了。比利笨手笨脚地将莱克茜缓缓放回地面，他的每一个举动都加重了两人的痛苦。“该怎么办？拜托，求你了，我必须把她救出去！”比利在心里默默祈祷。

突然，他的眼前真的出现了一束救命般的光芒，驱走了隧道里的黑暗。不幸的是，它来自比利最不希望见到的人。

“你们到底在做什么？”科特的声音中充满暴怒。

比利试图在疼痛中稳住呼吸，他想要撑起自己的身躯，抱着莱克茜离开这里，远离科特，把她送到安全的地方。

“我要出去。我要离开这里，去哪儿都行。”

然后，在他最绝望的这个瞬间，比利无声的祈祷有了回应。他眼前的一切开始变换、扭曲、重叠，科特的脸庞、手机的光亮、隧道的墙壁、脚下的流水，都幻化成了抽象的油画。他的胃里在剧烈翻腾，耳膜简直要爆炸，体内的一切仿佛都错了位，就好像是——完全置身于另一个地方。

奇拉诺克城的国王大厅里爆发出一阵震耳欲聋的欢呼声，充斥着喜极而泣的哭喊、疯狂欢呼的舞动和声色飞扬的歌颂，这是一种纯粹的欢乐，就连一直抱怨连连的霍普也被这种欢乐感染了。他抬头望向那简洁庄严的石架，上面摆放着那顶地精国王的王冠，在王冠的中间，那枚红宝石闪烁着微弱却无可置疑的光芒。

天眼已开，史料真实，王已降临。

怪物军队

比利晕晕乎乎地试图稳住自己的身子。隧道中原本狭窄的水泥墙壁已消失无踪，他正身处一个散发着荧荧微光的巨大洞穴之中，洞穴里布满了钟乳石和石笋。洞穴顶上覆盖着厚厚的荧光蕈，诡异的荧黄色光亮笼罩着整个洞穴。

比利并不是独自一人，此刻莱克茜正趴在他身上痛苦地呻吟着，神志不清。比利的脸还在痛，他一边艰难地呼吸，一边看向四周，期望为自己出现在这么一个不可思议的地方找到一种解释。

这时比利看到了科特，金发的四分卫还拿着他的手机，发光的屏幕正在断断续续地闪烁。科特打开灯四下里照着，惊恐万状地盯着洞穴。一看到比利和莱克茜，科特立刻冲了过去。

“离我们远点！”比利大吼，身上的疼痛让他忘却了对科特的恐惧。

“发生什么了？她受伤了吗？”科特低头看向莱克茜，将灯光转向了她。

“是的，她受伤了，你才发现吗？”比利继续怒吼着，“拜你所赐，她的腿断了。”

“可我碰都没碰她一下。”

“你追赶她。你跟你那两个人高马大的队友，追击一个体重不到九十斤的小女孩。”

“我们没打算伤害她，也不会伤害你，只是打算把你们扔到方斯顿堡，然后让你们自己走回家。”科特低声说。他内心原本熊熊燃烧的怒火，在看到莱克茜伤腿的瞬间熄灭了。科特单膝着地，跪在受伤女孩的身边：“我们必须把她救出去。”

“是的，但问题是……我们在哪儿？”

“好问题。”科特环顾着四周奇形怪状的钟乳石，“我也有一个问题，我们是怎么到这里来的？”

比利无法回答他，尽管在内心深处他知道原因——他们会出现在这个陌生的地方，跟自己脱不开干系，是他在隧道中的祈祷有了回应。如果不能让莱克茜尽快就医，那将是他的罪过。

“爪尔克！”霍普嘴里嘟囔着，一边推开地精王冠前疯狂欢呼的朝拜者，“王冠的预言本身倒不是什么坏事，但毕竟只是一个预言而已。”

根据传说，王冠之眼开启，继任之王将现。如今，地精王冠中央的红宝石终于在地精们的日夜期盼之中闪耀出光芒，王冠之眼已经开启，可是到目前为止，还没有人找到新的继承人。他在哪里?

这时，像是回应霍普的念头，全副武装的士兵们在人群中开出一条路拥进国王大厅，喊道：“为国王让路！为国王让路！”

霍普顿时来了精神，有好戏看了。他值守的位置刚好在紧邻王座的高台上，他的视线越过层层叠叠的人，朝大厅的入口处望去。尽管人群干扰了他的视线，但他还是辨认出了士兵中间的那个庞大身影——高昂着头颅，背着一把巨大的长剑。

霍普立刻认出了那个身影。他心中仅存的一丝希望和乐观，就像一只迅速爬下火把的洞穴虫一样消失不见了。

这个身背巨剑的地精名叫斯卡格德克·索图斯，曾经是暗夜女王军队的指挥官。索图斯高大威猛，极富个人魅力，做事当机立断，战场上骁勇善战，具备一位将军所需要的一切特质。

但霍普眼中的索图斯，也是一个阴险凶恶、野心勃勃的暴徒。是他，借着暗夜女王的信念发动了一场屠杀之战；也是他，在哈诺亚帝国的疆土上敲响了第一声战鼓；更是他，亲手把庞大的地精军团推入索雷斯山谷的灾难中……难道这就是地精们望眼欲穿的救世主？

霍普靠近了一些，当他听到索图斯的发言时，他更绝望了："……我们历史上最严重的危机。但在危机中，总会诞生新的机遇，借此机会，我们将重新打造我们强大的军团，在战场上与我们的敌人对抗。让我们齐心协力，并肩作战，向着胜利前进！"听到这里，霍普的一颗心沉到了谷底。

令霍普稍感安慰的是，人群的反应并不是很热烈，只有稀稀拉拉的跺脚声和漫不经心的"万岁，万岁"，甚至还有些嘘声。霍普再三确认自己没有跟着别人一起喝倒彩，谢天谢地，他的自控力足够强大，抵御住了这个诱惑。

索图斯手下的士兵们很不满意人群的冷淡回应，他们挤进人群，用盾牌猛击那些缺乏热情的地精，威胁地举起他们手中的武器。

“索图斯国王万岁！”士兵们率先喊道。渐渐地，围观群众加入进来。有那么几个拥护者是真心实意地激动，而大多数人只是极不情愿地装装样子，以免被士兵们当场打死。“索图斯万岁！国王万岁！索图斯万岁！国王万岁！”百姓们并不是很热情的呼喊声在大厅里回荡。

霍普已经听够了。他曾在索雷斯山谷一战中追随索图斯将军，结果差点死无葬身之地，只有傻瓜才会再次为他卖命。趁着人群喧闹和骚乱，霍普弃守岗位，悄悄离开了国王大厅。

事实证明，霍普并不是唯一一个意识到让索图斯当国王可能并不是个好主意的人。所以当霍普趁乱溜走时，另外几十个地精也跟着溜了出来。

“看看这是谁，独耳卫兵，”一位满脸皱纹的老太婆看到了身穿铜甲的霍普，“你要去寻找真正的国王吗？如果是，我支持你。”

霍普环顾着这些从国王大厅里溜出来的人，他们正用期待的眼神看着自己。霍普从来没想过自己会成为一个首领，但作为第一个走出大厅的地精，又是一名全副武装的城池守卫，霍普知道无论自己是否愿意，他已经是个首领了。

“算是吧，我就算是要去寻找新国王吧。”霍普不情愿地承认了。

索图斯接受了人群的欢呼。他知道，其中很多欢呼都是被迫的，但这无所谓。那些世代流传的赞赏和歌颂通常是威慑下的产物，不管采用了何种手段，他已经获得了。

索图斯知道，他必须为自己想要的生活而战斗，而自从出生以来，他就一直在战斗。他的父母穷困潦倒，当他出生时，家里已经有一群嗷嗷待哺的孩子了。不久，他那位操劳过度的母亲对于亲自养大他丧失了信心，将他遗弃在一个修道院的台阶上。但他注定没法成为一位神职人员，他生性急躁、野心勃勃，最重要的是，他表现得毫无魔法天赋，他的祈祷总是得不到回应，甚至就连最基本的祈福都毫无效果。最终，牧师们就像他的父母那样放弃了他，将他交给了圣堂武士。这些驻守修道院和庙宇的地精士兵，日夜守卫着这片神圣土地的和平。

当圣堂武士将一把武器放在索图斯手中时，他整个人都焕发出了勃勃生机，仿佛顿时明白了自己人生的目标和一直在寻找的东西就是战斗，只有战斗能使他内心充实。伴随着残酷的训练、蓬勃的野心和坚定的目标，索图斯在圣堂武士中的地位迅速提高。他参加过连他自己都数不清的战斗，那些定点突袭和边境冲突大多发生在遥远的东部高地，而索图斯本人凭着出色的战斗技术和坚忍毅力，从每一场战争中幸存了下来。

在卡罗要塞法斯特之角保卫战中，圣堂武士们以不屈的毅力守护了地精国土上的战略核心要地以及他们的信念。索图斯在这里遇见了一个名叫卡婷·伍德的当地女孩，虽然她性格有些乏味并且说话尖酸刻薄，但她是法斯特之角最棒的舞者。索图斯发现这位姑娘颇具挑战性，她诚实、忠贞并且十分聪明。两人组建了一个温馨的家庭，生育了一个女儿，打算就这样白头到老。在成为圣堂武士四十年后，索图斯荣升为整个圣堂武士团的指挥官。当他接受那枚装饰华美的帅印时，卡婷容光焕发，心里满是自豪。

但短短几个月后，一场大病从他身边带走了卡婷，就在她五十岁生日的前夕。每当想起她，索图斯心中仍然隐隐作痛。

在妻子去世之后不久，索图斯遇见了暗夜女王。那时候，索图斯形单影只，终日浑浑噩噩。暗夜女王为他拨开迷雾，给了他清晰的目标。女王告诉索图斯，他是这个世界上独一无二的存在，命中注定要帮助她的人民重铸往日的辉煌。索图斯像溺水之人抓住浮木一般，他倾尽所有帮助暗夜女王实现她的理想。他给高地带来了战争，无数士兵战死沙场，许多城镇毁于战火。他获得过许多伟大的胜利和一次致命的惨败。

但索图斯的字典中没有“放弃”二字，他为此感到自豪。就算他的部队全军覆没，暗夜女王身死，他也从未放弃自己的终极目标——彻底消灭敌人，夺回地精王国世代相传的领土，让自己的王国重新站稳脚跟。

而现在，根据预言，另一个人将要走进国王大厅戴上地精王冠，在他索图斯的地盘上统治他的人民，阻止他践行正义与完成复仇大业，他怎能容许这种事情发生！

从来没有人能在他旁边发号施令，以后也不会有。如果真有哪个陌生人打起了其他的主意，那就放马过来，他已经准备好战斗了。

索图斯总是时刻准备着战斗。

根据科特的说法，比利担任侦察员，就是说，他走在最前面，拿着科特的手机照明，而科特跟在他后面，离他只有几步远，手中抱着无法行走的莱克茜。科特判断，他们应该是不知道怎么跌入了隧道里隐藏的大洞，也就是说，他们得边走边抬头看，这样一来总会找到返回地面的通道。

比利觉得这简直是胡说八道，整个旧金山都没有地下山洞，他们所处的靠近海边的位置就更不可能有了，这里尽是细沙堆积而成的丘壑。更何况，这个山洞的内部，比利之前就见到过两次，第一次是他在公交站崩溃时，而后在吃午餐时又来了一次。每次他都对自己说，这只是他的想象，谁知竟真的有这么个地方。每当比利感到畏缩，想要逃离的意愿强烈时——逃离学校，逃离隧道，逃离无可救药的生活——这种意愿不知怎么就实现了，只不过这次还捎上了不明就里的莱克茜和科特。

比利转念一想，如果他们三个人出现在这个阴森的山洞里真是自己一念造成的，那他也应该可以把他们带回去。比利不相信魔法、愿望成真之类的玩意儿，但现在的情况似乎只有愿力和魔法才能解释得通，所以值得试一试。比利清空头脑，屏气凝神，全神贯注地期望自己、莱克茜和科特能回到家中，如果能出现在他妈妈正在工作的医院急诊室里，那就更好了。他努力在头脑中描绘着那个地方：白色的窗帘，瓷砖地板。比利集中全部精神能量使自己相信，当他睁开眼时，他、科特和莱克茜将会全部待在急诊室里，安然无恙。有那么一刻，他甚至确信，他闻到了淡淡的消毒水的味道，听见了医疗仪器运转时发出的声音。

不走运的是，想到医院时他还想到了自己的父亲。躺在病床上日渐瘦弱的老威廉，正等着护士来通知他进行今天的治疗。化疗曾被认为能治好他，然而现在似乎却正在一步一步地杀死他。这时，医院成了比利最不想去的地方。

比利努力营造起来的急诊室画面变淡了、消散了……然后消失无踪。

当他睁开双眼后，三个人仍然被困在这阴冷的山洞中。这是他的错。比利的负罪感像头顶的石头屋顶一样沉重。

放弃的念头在他脑中萦绕，但他知道，一旦放弃了，莱克茜的腿就保不住了，或许还会更糟。于是比利暂且甩开内疚，继续寻找出口。

他们所在的山洞就像迷宫一样。大大小小的隧道通向四面八方，看起来宽敞的通道，会毫无预兆地突然变成死路一条。一个比利勉强能穿过去的小洞，把他带进一个庞大的洞窟，洞窟在他的手机光亮所及范围之外延伸着。一路上，有些通道和洞穴里有会发光的植物，但更多的是一片漆黑，科特手机散发出的微弱光芒瞬间就被黑暗吞噬殆尽。松动的石块时常在比利脚下滚动、破碎，一些岩石上有水和苔藓，走在上面就像走在冰面上一样滑。比利已经记不清这是自己第几次摔倒了，值得庆幸的是到目前为止，他还没在这洞窟无数的洞穴里摔断脖子，但他认为这只是时间问题。

比利摸索到一条狭窄的边路，看起来不宽，但好歹是陡然往上的，希望能通向地面吧。比利转头看向科特和莱克茜。

“在这儿等着，我去看看这条路。”

比利匍匐着爬过隧道，在转过一个又一个急转弯后，终于来到了另一个巨大的黑暗的洞穴中。他向前迈步，试图借着科特手机微弱的光亮找个出口，然后——

比利脚底一滑，摔倒在溜冰场一样光滑的石头地面上。他双脚腾空而起，身体重重地掉下来，后脑勺磕在一块凸出的石头上。科特的手机从比利手中飞了出去，在他反应过来之前，掉进了地上一条锯齿状的裂缝中。比利手脚并用地爬了过去，却只能眼睁睁地看着它掉进了缝隙下方的深坑。几秒钟内，借着亮光，可以看到手机先是在不停翻滚着，然后在远处发出了撞击声，伴随着玻璃破碎和金属开裂的声音，科特的手机黑掉了。

比利立刻意识到自己的处境有多危险，他失去了唯一的光源，地面滑得不可思议，周围到处是深沟浅壑。再一次，比利在黑暗中成为孤身一人。

“科特？莱克茜？”他冲着来时的蜿蜒隧道大喊。

隐隐约约中，比利听见科特回话：“怎么了？”比利不得不承认，听到四分卫的声音他真是太高兴了。

“我摔倒了，还丢了你的手机。”比利张大嘴，用最大的声音努力说清楚每一个字。

“见鬼，你怎么这么笨？”比利能听出科特声音中的不屑。

“我尽力了，这里不好走。”比利回答。

“待在那里，我们来了。”

比利不由得松了一口气，他太需要帮助了。摔倒的时候，他的后脑勺狠狠地撞在岩石上，起了一个大包，好像还在流血。现在他有些晕眩，头疼得厉害，而且又冷又饿，尾椎骨也摔伤了。

“小心点！”比利大喊，“到处都是洞，地面还特别滑！”

“待在那里别动！”科特回应道。

“是的，好好待着。”比利更像是对自己而不是对科特说道。他挣扎着爬起来，但不敢在黑暗中移动分毫。现在能做的，也就只有等待了。

“你究竟是怎么从这儿进去的？”科特叫道。

比利由此得知，科特走到洞穴入口处最后那个狭窄的转角了。比利钻过来已经够困难的了，对于人高马大的科特来说，这真是一项巨大的挑战。

“你可以的，”比利鼓励道，“没有看起来那么窄。”

“是啊，可是她呢？”科特问道，声音中充满了不确定。

比利可以想象，以科特的身高和体形，要带着莱克茜通过那个转角一路前行，简直就像小时候妈妈让自己做的空间益智谜题一样难。只是这次，他遇到的可不是多项选择题，看起来根本没办法可想，除非……

“你把她放下，”比利说着想了想，“自己走前面，然后拉着她过来，轻轻拉，别伤到她的腿。”

科特没有回话，比利猜想他正按照自己的建议做。比利希望这主意管用。他脑中幻想如果穿过这个洞穴入口是一种电脑游戏，游戏中的人物有科特这样高壮的体形，一个起跳加平行于地面的转身，科特就能成功地穿过洞口，进入下一个关卡，但如果他没做到，如果这个大块头的橄榄球球员被卡在了狭窄的通道里，那么比利和科特也许就会永远被困在这个黑暗的洞穴里，而莱克茜也会死掉。

比利试图冷静下来。他父亲最近开始尝试用冥想稳定情绪，以帮助自己减轻癌症和各种治疗带来的痛苦。比利努力专注于自己的内心，就像他父亲做的那样，摒除各种干扰，寻找内心的平静。但很可惜，周围的黑暗，脚下危险的岩石，对莱克茜的担忧，以及疼痛不已的脑袋和尾椎骨，让比利无法很好地进入冥想状态。

然后，就在一切已经糟得不能再糟的时候，比利听见黑暗中传来了声音，细微的说话声、金属的碰撞声、奇怪的拖拽声。比利试图安慰自己，那只是水流声，或者是蝙蝠发出的声音，或是科特扭动挣扎的回音。但随着声音越来越响，比利发现一些奇怪的身影在他前面的黑暗之中移动。看起来石洞中并不是完全黑暗的，比利的眼睛渐渐适应了，这点光亮刚好够他捕捉到黑暗中的一丝动静、一点变化。

是人或者是什么东西，朝他这边过来了。

是人，那些是人的轮廓，有人来救他们了！这对于比利、科特，尤其是莱克茜来讲，简直是天大的好消息。比利想大喊呼救，但他刚刚燃起的狂喜突然被一桶冰水浇灭，那些移动的轮廓越来越近，不像是人走路的样子，那些阴影中的轮廓躯体过于前倾，手臂极长，后背弓起，从一块岩石后迅速躲到另一块岩石后，像是在爬行，像是刻意躲藏，像是狩猎者在大举进攻前的勘测试探……而比利，就是他们的猎物。

比利想转身逃跑，但他知道在黑暗中盲目奔跑的下场，不外乎掉进沟壑里，像那个可怜的手机一样摔得粉身碎骨。所以他尽可能将身体贴紧地面，一动不动，试图将自己蜷缩成更小的目标。他让呼吸变得缓慢且微弱，甚至尝试控制自己的心跳声，不让它惊动周围的一个个狩猎者。

一切努力都是枉然。那些轮廓仍然持续靠近，比利现在能看清楚那些似人非人的轮廓了。他们是畸形的，有巨大的脑袋、过长的手臂，他们互相低语，比画着什么，有时分开到不同的角落，有时聚集在一起交流。不管他们是什么，他们能在黑暗中清晰地看到眼前的路，在滑不溜秋的地面上平稳行走，不会在黑暗中跌入任何一个深渊。

一股寒意顺着比利的脊背贯穿全身，眼前这些看似畸形的类人物种突然四散开来，而其中一个笔直地向比利走了过来，越来越近。比利注意到他手中拿着什么东西……长长的、尖锐的……是长矛!

突然周围亮起来了。

科特终于拉着莱克茜转过了洞穴入口处的最后一个转角，拖拽的过程中他从莱克茜口袋中摸到一个东西。他点亮这个东西，高举过头顶，兴奋地说:“嘿，快看。莱克茜兜里也有个手机!还有个照明用的应用程序，你看……”

科特没有把话说完，霎时间他静止在了原地，仿佛被恐惧勒住了脖子。过了好一会儿，这个平日看起来无所畏惧的橄榄球运动员终于找回了自己的声音，从他的口中断断续续地蹦出几个不连贯的词:“那些……什么……东西?”

比利的视线从科特惊呆的脸上转向面前那些诡异的影子，在莱克茜手机的光线下，他看清了面前怪物的面貌。他发誓，他希望自己永远没有转过头来。

在离比利不过几米远的地方站着一个怪物:大概一米五左右的身高，腿在膝盖处向内弯曲，他的手臂极长，手臂末端是锥形的手指，其中一只手中紧握着一根带钩子的长矛。在他不合比例的巨大头颅上，长着短短的黑色毛发，两边是蝙蝠耳朵般的尖耳朵，其中有一只耳朵好像被什么利器割掉了一大半。他全身皮肤漆黑，脸上镶嵌着猫眼一样巨大的黄眼睛，瞳孔像枣核般尖细。当他张开嘴时，便会露出看上去能一口咬断人类脖子的利齿。

不止有他一个。数十个长相类似的怪物分布在石洞中的各个角落。可怕的噩梦成真了。

霍普希望能发现人类，哪怕一个也好。因为历史上的十个地精之王全都是人类，虽然地精族群并不以此为傲，但是预言说得很明确，地精之王一定是一个人类。因此，国王大厅中的先王石像全都是高个子、小短手、小脑袋、皮肤惨白的人类。

更让霍普觉得不可思议的是，根据史书记载，初代地精之王及之后的每一任人类国王都是从摩泽尔山的深渊洞穴中诞生的。而现在霍普的所在地，就是他以及其他相信预言的疯子和傻子所能找到的最深的洞穴了。霍普和他的“反索图斯小分队”搜索真正国王的任务也就从此开始了。

除此之外，霍普不太喜欢人类。经历了索雷斯山谷一战，任何地精对人类都有着或多或少的敌意。就算面前这个趴在地上的小男孩，和后面那个受伤昏迷的女孩看起来一点威胁都没有，但那个站在原地高举着会发光的魔法盒的男孩好像随时都要跟他们打一架。

无论如何，相比于干瘦的男孩和奄奄一息的女孩，看起来要打架的男孩是这三个人中唯一一个像是能称王的材料。而且他白里透红的肤色，看起来与王冠上的红宝石相得益彰。如果是那个浅棕色皮肤的男孩戴上王冠，或者那个女孩戴上呢？都会有说不出的违和感。霍普知道肤色对于人类来讲，好像是件重要的事情，而对于地精来讲，则什么都算不上，霍普也就不去想太多了。

那个高大的白人男孩喊了些什么，露出凶狠的表情。“外强中干的恐吓。”霍普不屑地想，但至少男孩表现出了些许无畏。这三个人身穿奇装异服，一定不是地精王国的臣民。高壮的男孩穿了件带着皮袖子的外衣，里面是件黑色的短袖；瘦高的男孩穿了件纯棉的帽衫，脚上是一双诡异的紫色帆布料子的鞋；女孩穿了格子裙和看起来很柔软的红色上衣。这些人类的衣着看起来复杂且合身，而霍普到现在连一身正经的衣服都没有。可能这些人类的服装是被他们当地的巫师用魔法拼接在一起的吧？他们出现在这里一定是有什么意义的，不然不会有人类莫名其妙地出现在摩泽尔山下的深渊洞穴中。霍普摆出最友善的表情，放下手中的长矛，向三个人迈动脚步。

那个高大男孩看到霍普的动作后，倒吸了一口冷气，不住地向后退。不知道为什么，趴在地上的男孩也稍稍向后瑟缩着挪动了一点。他们俩看起来都吓坏了。

霍普试图让自己看起来更加友善，说道：“你们怎么了，难道从来没见过地精吗？”

初次见面

令比利自豪的是，自己居然没有尖叫出声。他面前这个走起来有点内八字的怪物，虽然漆黑丑陋、尖牙利耳，但不知为什么，比利竟然能感觉到这个怪物身上所散发出的气息好像不会伤害他们三个人。这种气息不像是威胁恐吓，而像是焦虑、担忧和紧张，甚至还有求救的意思。

面前这两个人用恐惧的眼神目不转睛地盯着霍普，这令霍普十分担忧，感觉他们像是听不懂他在说什么一样。但是他说的是标准的哈诺亚语，他所认识的所有人类都来自哈诺亚帝国，所以霍普没有考虑太多。他对自己掌握的人类语言水平相当自信。这场战乱之前，霍普在高地平原做食品运输监察员，在那时候学会了人类语言。霍普当时的领队把熟练运用人类语言作为工作的一项硬性要求，为了避免地精商人们和疑心病重的人类村民做生意时，因语言差异产生不必要的纠纷。人类村民会用羊毛和皮革换取地精商人们手中的铜制容器和珠宝。霍普知道自己哈诺亚语的口音有一点奇怪，但从来没有人听不懂他的话。

他又试着说："就是你，你是傻吗？我在跟你说话。"

如果非要说有什么反应的话，那就是这几个人类看起来更困惑了。

"必须跟他们说话吗？"霍普身后的小分队中，有人提出问题来了。

霍普转过身看着身后的追随者们，他无法辨别是谁说的这句话。"当然有必要。"霍普说，"我们需要跟他们谈谈，才能分辨预言的真假，明白了吗？"

"请让我来试一试。"一个穿着破破烂烂的蓝色袍子的矮个子地精走上前。这个矮个子留着长长的胡须，编成一根根辫子；耳朵尖尖的，顶端翻折下来，向外展开，像一对蝙蝠的翅膀。他的脖子上挂着一条看起来十分沉重的金项链，上面刻着晦涩难懂的如尼文。霍普摇头拒绝了矮个子的建议。

现在不需要胡乱做法的巫师来添乱。

霍普用怀疑的语气问道："我认识你吗？"

"我是阿卡瑞琪·布鲁夫斯特，大家都叫我蓝霜。"

这并没有减轻霍普的怀疑。名字中带"霜"字的地精通常都是巫师。地精巫师们可能会起名"寒冬""暴雪""严冰""残月"，或者其他昵称，故意让其他人联想到黑暗或者寒冷，这几乎算是地精巫师们不成文的习俗了。

地精巫师从盲山的深渊和幽暗的星辰中汲取黑暗力量，在凛冽的疾风和刺骨的冰河中修炼法力，这样的历练使得地精巫师比人类巫师更加灵巧狡猾。但是无论是什么种族，始终没有巫师能逃得开"疯狂"二字，这就是魔法的弊端。魔力无比强大，却会侵蚀大脑，深入骨髓，不断吞噬使用者的灵魂，直至把巫师的理智消耗殆尽，使他们变得疯癫。

好在蓝霜看起来年纪尚小，可能使用的魔法不是很多，还没有到走火入魔的地步。

"你是巫师的学徒吗？"

"曾经是的。我的师父在索雷斯山谷一战中被杀了，现在我是无依无靠的一个人。"

"你的法术如何？"

"法术如何？那就亲眼看看吧！"话音刚落，蓝霜将全部法力集中于指尖，指向那几个趴跪在地上的年轻人类。洞穴里顿时变得更冷了，黑暗中一道深蓝色光束，像水流般顺着蓝霜的指尖流向男孩。男孩惊恐地向后退，再向后退，然后……

比利向后跌去，眼看着一道深蓝色光束从那个长着蝙蝠翅膀似的耳朵的矮个子怪物指尖向自己飘来，他想要躲开，但没有人能逃得开。光束在整个洞穴中悠悠地盘旋后，飞速刺穿比利他们三个人的身体。比利踉跄了一下，手脚发软，脑袋里像是突然之间被灌满了冬天窗户外的冰凌，寒冷像针扎一样刺着他的大脑，那是言语无法表达的疼痛。比利眼前是一片蓝色。他什么都看不清了，他感到全身上下每一寸骨肉都在疼痛。

“啊！”比利尖叫出声，“好疼！”

稍后，寒冷渐渐褪去了，比利的视线也渐渐恢复了正常，浑身上下也不再有难忍的刺痛感。但是他隐约感觉到似乎有什么地方不对，他身体中某一部分好像……改变了。

“你现在能听懂我说话了吗？”

拿着长矛的一只耳怪物再一次开口，这回轮到比利惊呆了，他居然能够听懂每一个字，而不是之前所听到的匪夷所思的怪叫。之前他觉得这个怪物说的绝对不是英语，一点都不像，反而有点像动物发出的声音外加德语或是什么其他小众语言。但是现在比利居然能够听懂了。

“我……是的……我现在能听懂。”当比利张口说话时，更奇怪的事情发生了。他想说英语，脑海中浮现的也是完整的英文语句，但从嘴里冒出来的，却是和怪物们一样奇怪的声音——是他们的语言。

比利转向科特：“你能听见我在说什么吗？”

“我能，这是怎么回事，我都快吓死了。整件事越来越不对劲了。”

“是巫师的法术，”一只耳怪物解释道，“是他把你们变成这样的。”

“巫师？”比利尖叫道，“你们有巫师？”

那个矮个子怪物，长着一副巫师的样子。他笑眯眯地看着慌乱得语无伦次的比利：“是呀。你们人类没有吗？看起来我们有好多要聊的，是不是？”

“这次我还是没听懂你在说什么。”比利承认。

矮个子怪物稍显尴尬：“我说话的时候口音比较重，可能听起来有些困难。”

“很好，”一只耳怪物打断他们，“这样就可以了。”

比利死死地盯着眼前的怪物，别看他在其他方面没有什么特长，十四年来在他不断举家搬迁的过程中，他经历最多的就是遇见陌生人。尽管现在情况尚未明朗，但好像不做适当的自我介绍，实在说不过去。“我叫比利。你是……什么……我的意思是……你是谁？”

一只耳怪物再次微笑了一下。比利认为他可能试图看起来友善一些，但笑的时候露出满嘴的尖牙，这并没有让比利觉得更加安心。“关于‘我是什么’这个问题，就像我之前说的，显而易见，我们是地精。”

地精？邪恶扭曲、残忍血腥的形象在比利脑中一闪而过。他们居然在和地精对话？

“关于‘我是谁’这个问题，刚刚对你们施魔法的是蓝霜，他是巫师。我是克尔格·欧罗格，大家都叫我霍普。”

“嗯，很高兴见到你，霍普，”比利使用社交礼仪，“那是科特。”只见科特上下晃了晃僵直的脑袋，权且当作在点头，他仍然没有完全理解眼前发生的一切。“那是莱克茜。”

莱克茜发出一声轻微而又痛苦的呻吟，作为对比利介绍自己的回应。比利并不了解霍普和他身后奇怪的同伴们，但是莱克茜现在的情况容不得他选择。

比利铁了心，硬着头皮问道：“她受伤了，你们能……巫师……能不能帮帮她？拜托了！”

索图斯将军允许自己享受这片刻的满足。他有重兵把守在奇拉诺克城门。守卫们奉行自己的誓言，驻守在各处战略要地，从瞭望角到矮墙群，到处都有他们的身影。在很久之前，索图斯就命令皇家守卫队驻兵于迪普恩深渊处、蝙蝠群穴旁、温奇战车阵中，而他的私人守卫队则驻守在佛卡金之门和七大弯口。从军事部署上讲，索图斯的地位举国上下无人可以动摇。

同样重要的是，长老会向索图斯伸出了橄榄枝，表示将全力支持他称王。长老会由一些在族群中极富影响力和号召力的地精组成，包括商业领导人、受人敬仰的大家族宗主、黑帮首领、高利贷债主、地主和社会有力煽动者。由这些大人物组成的长老会，成为城市中不可忽视的非正式政府团体。索图斯有这个群体的支持，没有人能够动他分毫。

“这步棋走得太妙了，”索图斯暗自高兴，“他们的支持将是我胜利的关键。”

当他作为暗夜女王军团中的一员时，索图斯想尽办法赢得了奇拉诺克城中富商和高官们的支持。贿赂、威胁、绑架、勒索、敲诈、拍马屁等，他想方设法运用各种手段巩固自己的地位，拴住富商和高官们的心。甚至在一些特殊情况下，他以“引进军事学徒”的名义绑架富家子弟加入他的军队，并将这些被囚禁的孩子发配至边远战略地，防止他们的父母背着索图斯救助他们，以此要挟富裕的家庭，使他们无法反抗自己的命令。就像一个成语说的那样，索图斯对长老会的控制就像探囊取物般轻而易举，一旦有人想反抗，索图斯就会把对方斩草除根。

索图斯坐在黑曜石修砌成的王座上，回想着自己之前那些来之不易的胜利，隐隐生出自豪感。在奇拉诺克城，万物皆臣服在他的权力之下，根本没有人敢动反抗的念头。

就算那该死的预言是真的。

索图斯环顾装饰在大厅四周的十座先王石像，下一任国王是否就将坐在这个王座之上？索图斯对那个预言并不认同。虽然暗夜女王的预言中书写了索图斯的光明伟大，但不可否认的是，预言中说的是王冠上的红宝石发出光亮就预示着下一位人类国王的到来和地精族群的崛起。一想到他这位大将军已经为国家、为人民牺牲了自己的全部，他的内心涌起一股冲动，如果非要说谁有资格统治这个国家，那么，舍他其谁？

任何不接受这个事实的人，杀无赦。

莱克茜在昏迷的时候感觉自己浑身滚烫。不仅仅是腿上的伤口火辣辣的，她全身上下的每一个细胞，仿佛都在火上烤着一般，由内而外散发着热量。她觉得自己变成了火球，周身冒出浓烟和烈焰。

身边是一片黑暗和寒冷，怎么可能出现太阳般的炙热？

莱克茜隐隐记得身边有两个男孩，他们脸上是关切以及惊恐的表情。他们是谁？是叫比利吗？还有一个叫科特，那个神情凶狠的科特。不，她好像已经不害怕他了。倒是科特，好像很惊慌的样子，这不合逻辑呀，科特在害怕什么呢？

飘浮？她怎么飘起来了？还是在飞？不，是有人把她抱起来了。是谁用粗糙的双手把她抱起来了？这真奇怪。像是玫瑰花藤和胡桃木树枝交叉盘错着，将她托起到半空。在寒冷的黑暗中，周围有身影不停晃动。不像是人类，人类不会用这种姿势行走，也不会发出野兽般的声音。但是她身下这双粗糙不平的、托住她的双手是那么温柔、小心，像是当她卧病在床的时候，父亲轻抚她面颊般温暖。

生病，这就说得通了。她一定是发烧了，正躺在家里柔软的小床上。那些奇怪的身影、生硬的石墙、脑中的疼痛，都只是噩梦，发烧的时候做的噩梦。

身下胡桃木树枝般的双手调整了一下位置，莱克茜在火辣辣的疼痛中翻了身，梦见自己变成了正午的烈日。

比利十分担心莱克茜的病情。她从出现在洞穴的时候就已经处于半昏迷状态了，她的脸色越来越惨白，体温也渐渐降低。两个高大的地精小心翼翼地抱着她走在前面，尽可能地不触碰她的伤口，或者避免任何不必要的移动，但莱克茜还是时不时发出呻吟，在半梦半醒中喃喃自语。

比利试图说服蓝霜就在这里治疗莱克茜，但蓝霜解释说，在使用让他们听懂地精语的高难度法术之后，他需要一段时间恢复，才能进行下一次施法。而且他也不擅长治愈系法术，需要回家参考一些文献，才能确定自己的法术是否有效。是的，他们要带比利三人回家，难以想象的，地精的家。

根据霍普所述，他们所在洞穴中的隧道错综复杂，天然形成的石洞和地精逐渐挖掘的地下通道都有。蓝霜的家在地精之城，一个叫作奇拉诺克城的地方，那座城市本身就是由千万个相互连接的山洞、矿井和隧道连接而成的。比利在加利福尼亚的新家周围，乃至数百千米范围内，连一个像样的小山坡都没有，更不要说地下满是洞穴的地精城市。这使得比利似乎能确认，他们不知怎样穿越到了另外一个世界，在这个世界中，本应出现在梦里和故事书中的地精和巫师，成了眼前活生生的事实。

比利想到他的父母，他们已经好几个小时联系不到他了，一定担心坏了。莱克茜和科特的父母也应该在焦急地寻找他们。比利看向科特，后者一次又一次地试着用莱克茜的手机寻找信号，但都失败了。

“我觉得这个办法行不通。”比利小声说道。

“我知道。”科特挂掉电话，重拨。

“我们会回去的，不管用什么办法。”比利试图让自己听起来自信一些，但眼前的一切让他说起话来有气无力。他们所要面对的是莱克茜几乎残废的腿、比利脑中的晕眩和尾椎骨似乎粉碎的剧痛，还有眼前这做梦也不敢想的一切，他实在说不上自信。

在转过不知道多少个弯之后，比利、科特跟着横抱着莱克茜的地精小队，终于走出了曲折的隧道，他们看到了一条平整光滑、精心雕琢的长走廊。走廊上方种植着和洞穴中同种的荧光蕈，只不过这里的植物被极富园艺天赋的地精园丁修剪成各种样式，顺着走廊顶部和两侧工整有序地向前延伸，形成各种美丽的图案，给整个走廊带来光亮。

“走这边。”霍普带领大家穿过走廊。

在前进的过程中，比利终于稍微安下心，仔仔细细地观察每一个地精的外貌。尽管他们的身体结构与人类有些类似，但还是有很多不一样的地方。地精的皮肤从总体上来讲都是深色的，但其中掺杂了不一样的色调，比如蓝霜的皮肤就是很深的墨绿色，而霍普的则是夜空一般的深蓝色。他们都有让人无法忽视的尖耳朵，像猫眼一样的眼睛十分凸出，还有满口像野兽的牙齿那样的尖牙。他们毛发稀疏，发丝很粗，是统一的黑色，一些女地精会用精致的石头、宝石或者彩色绳条将头发编成辫子；而大多数男地精，就像霍普一样把头发剪得很短，但比利看到有一个男地精的发型类似莫霍克发型。只有男巫师蓝霜，在头发中编了各种各样的绳条和彩带，虽然看起来还是一样乱蓬蓬。

地精们尽管通体是深色的，穿着接近黑色的衣服，但每个人身上都装饰着大量的珠宝。蓝霜脖子上挂着一串金光灿灿的项链，很难不令人瞩目。无论男女，地精在身上穿戴着的手镯、臂环、耳饰、鼻环、古老的戒指，大多是由黄金和宝石或者半宝石制成的。就连霍普这种看起来不喜欢各种首饰，也可能是因为出身贫寒的地精，也穿着精心打造的铜制铠甲，手指上戴着三个金戒指，耳朵上戴着钻石耳饰（戴在他仅剩一半的那只耳朵上），手腕上还戴着无比华贵的铜制腕环。“做工真不错，”比利心想，“这里的矿工和铁匠技术都很棒。”

比利跟着地精小队穿过走廊，地精们走在比利的两旁，把他们三人围在中间。霍普看起来是这个小队的领导者，但其他地精也不像省油的灯，在行进过程中，关于应该从哪个隧道走，谁应该去做什么，地精小队成员之间发生了不少争执。霍普走在队伍最前面，侦察着周围的情况，他坚持让其他人确认每一个拐角和隧道连接处没有危险后，小队成员才一同继续前进。这并没有让比利的心情放松，他们的处境一定不是很乐观。比利这一天过得已经够糟糕了，穿越到了噩梦中才会出现的被怪物包围的世界，而这些诡异的怪物还在害怕着其他东西。这可不是什么好消息。

小队行进到了一处类似检查岗的地方，再往前是一间巨大的房间。两个和霍普穿着一样铜制铠甲的地精卫兵站在检查岗门口。霍普示意大家在原地等候，自己则上前交涉。不一会儿，比利远远地看见霍普摘下手指上的一枚金戒指，递给了两个卫兵。他们四处张望，确认没有其他人看见，收下了戒指并转身走开，假装没有看见霍普和他的小分队。

霍普走回小队中："快给这几个人类披上斗篷，让他们看起来正常一点。"

"我们很正常呀。"科特说道。

"在这个世界，我们可一点都不正常。"比利提醒道。

比利从身旁热心的地精手上接过一件灰色的连帽斗篷。他穿上斗篷，拉起斗篷上的兜帽。现在应该没有人能看得出他是谁了，也辨认不出他是不是人类。

可是科特就没那么容易隐藏起来。他比整个地精小队都高出太多，就算穿上斗篷、拉起兜帽，还是一眼就能看出他不是其中的一员，毕竟这些地精中比莱克茜高的都没有几个。

霍普一眼就看出了症结所在。"可恶，你太高了，不像是我们中的一员；如果装作克拉科巨怪，又不够高。你稍微蹲下身一点，装作是地精好了。”

学着霍普的动作，科特双脚站开，弯腰屈膝，努力假装成地精的样子。但是他一点都不开心。“要我说，”科特边调整斗篷，边轻声对比利说，“咱们逃跑吧。甩开这群怪物，跑回洞穴里，找到回家的路。”

“那莱克茜怎么办？你要把她一个人留在这里吗？”比利毫不掩饰语气中的不满。

“我们需要帮助，但我不相信这群怪物。你呢？”

“地精们的听力是很好的，你们知道吗？”霍普的声音幽幽传来。很明显，他听到了两个男孩的对话。“就算我只剩一个耳朵，我仍然能听清周围的一切声响。”

“对不起。我们只是……有点紧张，”比利解释道，“我们不知道自己是怎么到这里来的，而且我们很想回家。”

“你的意思是，你不想在这里？”霍普心中充满了疑惑。

“我们在洞穴中迷路了，甚至都不知道你们所谓的‘这里’到底是哪里。”

“我告诉过你了，这里是奇拉诺克城，地精王国最伟大的城市。”

科特不屑地说：“什么伟大的城市，我们到现在为止看到的，除了隧道就是山洞。”

“那你就需要见见这个了。”霍普没有做过多解释，而是用头示意科特看前方的拱门，那扇门在巨大房间的尽头。他在小心地确认过房间是安全的之后，便走向了拱门。包括抱着莱克茜的其他所有地精都跟着霍普走了过去。

比利看向科特。“莱克茜在他们手上。”比利心念已定，决定要跟着地精们去看个究竟，“你自己想做什么都无所谓，我倒是要看看这里有什么大不了的。”

比利雄赳赳、气昂昂地走向拱形门，努力装出自信的样子，身板挺得笔直。科特看着比利渐行渐远的身影，在原地犹豫了片刻，终于还是极不情愿地追了上去。

眼前的景象是比利此生看到的最震撼、最令人难以置信的场景。阳光下的金门大桥、车水马龙的繁华街道、科罗拉多的幽深峡谷、人潮拥挤的纽约中心、卡尔斯巴德的魔窟洞穴，那些人们不断称奇的景色加起来，也不敌眼前的半分。

“这里是下沉大道，奇拉诺克城市的中央大街。”霍普带领他们穿过拱门时说，“这是地精文明的灵魂。人们都说，如果你不喜欢下沉大道，那你的内心一定是冰冷无趣的。快看一眼，咱们该走了，不能在这里待过长时间。”

比利站在铁铸栏杆边缘俯瞰。奇拉诺克城的下沉大道有三条车道宽。他们所在的地方是高于城市街道的一处阳台，由铁栏杆围住，下沉大道中间是深不见底的洞穴。比利向下沉大道眺望，俯视着脚下数不尽的石头街道和建筑物，它们紧贴着洞穴两边的墙壁分布。大道向四面八方延伸，建筑物高耸，挺入天际。洞穴中交错分布着用石头和铁建造的拱桥，这些拱桥连接着奇拉诺克城的左右两部分。街道连接着街道，房屋叠挡着房屋，像是古印第安人的游牧部落。比利能认出一些房屋和小商铺，那是银行，那是寺庙，竟然还有警察局，层叠交错的建筑中有数不尽的铁门洞和石窗户，看得人头晕眼花。

在下沉大道的每个角落，在拱桥上，在石板路上，在遥远的小商铺中，遍地都是地精，不同年纪、不同样貌、不同身材的地精。

有年纪较长的地精手拿拐杖一瘸一拐地缓慢行走，也有刚出生的地精婴儿，在父母的怀抱中嬉笑玩闹。有骑着独轮车的，有推着手推车的，还有骑着公羊穿梭在人群之中的。比利看到有两个身高将近三米的巨型地精背着巨大的铁桶越过拱桥，也看到在一座石堡外，几个十分矮小的地精在缝制婴儿服装，还看到有卖艺的地精乐队，在街上唱着悠扬的老歌。

在下沉大道上方和大道中间的深渊里，有一些像是空中缆车一样的东西，相互交织，成为贯穿城市的交通系统，在下沉大道各处快速滑过。上面的地精坐在悬挂在金属钢缆下的木质小车中，从城市上方飞跃而过，缆车发出令人心慌的嘎吱嘎吱的声音。但这些缆车的质量，比比利想象的好太多，居然没有从空中掉下来，造成灾难性的事故。

突然，从远处传来一阵钟声，街头艺人换了歌曲，比利能听到同样的乐曲从城市的各个角落传来，激昂的鼓声、悠扬的管乐、锐利的口哨、低沉的号角，交织混杂于风笛哀伤的嗡鸣声中，从下沉大道各处渐渐席卷整座城市。这乐章是地精们共同的杰作，是无法否认的宏伟，是不能忘记的悲壮。突然之间，城内的地精们不约而同地开口唱起来，像是乐团指挥突然挥起了手中的指挥棒。不是几个人，不是几百人，在比利听来，是地精城中的每一个人，从牙牙学语的孩童，到牙齿掉光的老朽，从声音尖细的小地精，到声音低沉沙哑的地精巨怪，以一种非人类的和谐方法，共同吟唱着这首歌。

遁入黑暗遁入夜
一口终结光熄灭
阳光湮灭于西
黑夜啊是你我永世的爱
薄雾弥漫
新月高悬

夜空中的繁星

是你我四处流浪的轨迹

曾经称霸林野

却已不复往日

隐蔽且隐秘，聪明又健壮

以夜为坐骑

以月光为衣

那区区人类又能奈我何

遁入黑暗遁入夜

一日终结光熄灭

世间万物曾为我所有

草木鱼虫曾尽握掌中

普天之下恐惧又是什么

却未曾想人类

伴随疾风与巨浪

伴随死亡与战争席卷而来

于是阳光从此不曾看见

树林洞穴山脚下

藏匿在黑暗中

躲避在视野外

倒数陷入黑夜

日夜守之谜冕

遁入黑暗遁入夜

一日终结光熄灭

终有一夜

日光西落

当童朽沉眠

当众人皆酣

是你我复仇之时

世人将束手无策

只能哭泣错愕

我们高昂着头

夺回曾经的生活

遁入黑暗遁入夜

一日终结光熄灭

歌曲仿佛浸透了魔力一般，悲伤、勇敢、愤怒、喜悦交织融合。在这首乐曲中，比利忘却了周围的一切，忘却了自己正身处陌生的世界，忘却了莱克茜受伤的腿，忘却了自己身上的伤痛，忘却了父亲的疾病，甚至忘却了自己是谁，他只是静静地站在那里，任由乐章带领他翻开一本从来没有读过的历史书，在他眼前打开另一个世界。

歌声停止了。比利缓过神来，发现自己独自站在栏杆旁边，还想再多听一秒那首哀伤的歌曲，而其他人早已离开。比利拉紧身上的兜帽，试图寻找他的同伴，但眼中尽是陌生的地精——跑来跑去的，身背货物的，手拿武器的。比利慢慢地穿过人群，避免引起任何不必要的麻烦。

“啊，终于找到你了。”霍普的声音突然出现在耳边，比利被吓得几乎跳了起来。“我们还以为你走丢了呢。你没听见我叫你赶紧走吗？”

“对不起，”比利仍然心神不宁地说，“我……那是什么歌？”

“那是《夜颂》。我们每天都会在太阳落山、日月交替的时候唱。”

“那首歌太美了。”

“那才不是什么能用美好形容的歌曲。人类更不应该觉得美。那首歌是用来警告你们人类的。快点跟上，我们要赶去安全的地方。”

话音刚落，霍普就迅速跑了起来。比利从眼前的景象和歌声中清醒过来，紧跟在霍普身后跑着。

在奔跑的过程中，比利的斗篷兜帽不小心滑了下来，露出了他的脸。

周围地精们的反应是瞬间爆发的。

“斯克伯！”第一个喊出声的是位看似腿脚不太灵便，却有着敏锐洞察力和警觉性的老妇人。在一瞬间，下沉大道中回荡着老妇人的惊声尖叫。

“斯克伯！斯克伯！斯克伯！”

比利虽然不知道他们喊的是什么，但是能看出每个地精脸上都带着满满的怒气和愤恨，他们的语气听起来更加不妙。地精老妇人恶狠狠地用手中的拐杖戳着被人群逐渐围起来的比利，“你们这些混账杀人犯斯克伯！”

比利节节后退，不明白自己为什么就成了杀人犯，他从来没有伤害过谁，为什么地精们会如此愤怒？他一心想逃离面前的老妇人，但周围的地精听到骚动，逐渐在比利周围围观，他被包围了。

“斯克伯！快去喊卫兵来！这里有个斯克伯！”

比利身处恐惧中。自从他有记忆以来，比利一直都会做这样一个噩梦，成为局外人，成为别人眼中的怪胎，因为与众人格格不入而被嫌弃，被追打，孤立无援。他现在的处境，就是噩梦中的场景还原，他的脑中一片空白，僵立在原地，他知道自己应该跑开，但双脚却丝毫不能动弹。

“跑！”霍普返回来，一把将比利推离地精老妇人身边，伸手把掉落的兜帽扣回比利头上，死死地拉住比利往街上跑去。一眨眼，霍普和比利逃离了层层叠叠的地精群众，却不敢停下脚步。

越来越多的围观地精紧随其后，一边高喊着“斯克伯”一边追赶着。

“斯克伯是什么？”当霍普一把推开一个挡住他们去路的地精，带着他继续飞奔的时候，比利忍不住问道。

“斯克伯是指人类。只不过说法不太好听。”

比利和霍普在街上四处乱窜，从手工匠的工作台和小商贩的展品柜下爬过，绕过喷泉和广场上拥挤的人潮。后面的追兵渐渐在人山人海的街道中被他们甩掉了。越来越多的地精高喊着“斯克伯”，但是下沉大道实在太拥挤了，没有人能准确看到这阵骚动和喧闹的源头。

比利跟着霍普跑着，却看不到莱克茜和科特的身影。“莱克茜……科特……他们在哪里？”

“蓝霜会把他们带去安全的地方，如果他不傻的话。没时间担心他们了！先自己保命！”

霍普带着比利越过一座桥，跑上楼梯，穿过一个隧道分支，爬下梯子……终于，霍普将比利推进了一个墙壁凹处。

墙壁后面的地面上有个洞，比利没收住脚步，差一点跌进去，还好霍普及时从背后抓住了他的衣领，救了他一命。

“下水道。”霍普解释说。下水道中传来阵阵恶臭，但这是他们逃脱的唯一办法，因为不会被街上的人群看到。比利和霍普挤在墙后拐角处的角落里，等待着街上高喊着“斯克伯”的人群蜂拥而过。比利感觉到自己身体中的恐惧和肾上腺素随着时间的流逝在一点点消失，取而代之的是一种更强烈的情感，那就是绝望。比利害怕自己再也见不到莱克茜和科特，再也找不到回家的路。他下意识地向霍普靠近一点点，像是要紧紧抓住身边最后一根稻草。

但是霍普并没有考虑那么多。

“待着别动。”霍普将比利单独留在墙角处，自己探出身，用谨慎的眼光搜寻越走越远的愤怒人群。起初霍普对能甩掉他们感到非常得意，甚至露出一丝扬扬得意的笑容，但他上扬的嘴角在看向另一个方向的时候瞬间凝固，凸出的眼睛像猫遇到了危险一样突然眯成一条缝。比利顺着霍普的目光看去，绝望地看到不远处有一群全副武装的地精，推挤围观群众，仔细又粗鲁地检查每一家店铺、每一个门洞、每一个摊位。

“索图斯的手下。”霍普退回墙角的隐蔽处，声音中流露着担忧。这只独耳地精四处张望，似乎在考虑着什么，做着艰难的决定。

“跟我走！”霍普冲出墙角，向街上跑去。

他纵身一跃，翻过了离地面很高的栅栏，跳下了伸手不见五指的下水道。

比利惊呆了。跟他走？他是疯了吗？但身后的追兵越来越近，比利已经没有其他选择了。他跑向栏杆，纵身一跃。

他居然没有摔死，比利惊喜地发现，他几乎在下一秒落在了类似蔬菜棚子的编织网上，在重力的作用下，顺着边缘滑到了地面，随即站稳脚跟。不远处的霍普在和一个穿着厚重皮甲、戴着皮制手套的地精争论着什么，那个地精像是一个警察，穿着类似人类世界第一次世界大战时期空军的服装，只不过头上多了一顶皮制的飞行员帽子。

比利紧了紧头上的兜帽，防止自己与这个世界格格不入的面孔再次被人发现。他不得不怀疑，霍普出生入死地帮助他到底有什么目的。他隐隐感觉到霍普需要他和他的同伴们的帮助，但他不确定到底需要帮霍普什么。

比利看到霍普摘下手上剩下的两枚金戒指，塞给那个戴着飞行员帽子的警察。霍普转身对比利说“快点！”，然后站在通向奇拉诺克城中心深渊的露台上。

比利艰难地咽了口唾沫，吞下恐惧，跟着霍普站上了露台。露台的一部分没有栏杆保护，在上面也听不见街道上的喧嚣。比利能感觉到剧烈、寒冷的疾风一阵阵从深渊底部向上吹来，吹过他被冻得生疼的脸庞。他有恐高症，现在脚下是深不见底的深渊，凛冽的寒风将他的斗篷从下向上吹起，像是要把他整个人也吹得飞起来。比利相信在下一秒钟自己就会失去平衡，尖叫着跌进深渊。

“准备好。”霍普在他身边说道。

比利疑惑地看向霍普。准备好什么?

戴着飞行员帽子的地精吹了声口哨。比利不太确定那是不是口哨，他感觉像是。这细微的声响令他牙痛。

在比利还在疑惑为什么会发出这样的声音时，他发现脚下的深渊中缓缓升起了一团巨大的阴影。他定睛一看，那居然是一只巨型蝙蝠，有一头成年大象那么大，甚至更大，一对拍打着的翅膀卷起疾风。比利伸手捂住嘴以防止自己尖叫出声。他知道自己现在的处境不能引起任何关注，否则下场将不堪设想。

巨型蝙蝠在空中慢悠悠地转过身，将背部转向露台上的三人，然后缓缓地呼扇着翅膀，让自己平稳地悬浮在了半空中。在蝙蝠背部脖子的部位有马鞍一样的驾驶位，看上去能容纳三四个人，地精飞行员坚定地踏上蝙蝠，稳稳地跨坐在了其中一个驾驶位上，然后转头看向他们。

“该你了。”霍普从后面推了推比利，示意他上前。

比利踉跄着，坐上了其中一个驾驶位。霍普紧随其后，稳稳地坐在了比利旁边。

“开心点，伙伴们。愉快的旅程即将开始。”

随着另一声尖锐的口哨，巨型蝙蝠动作优雅地起飞了。比利双手紧紧抓住座位，防止自己掉落，被他忽略的兜帽却在狂风中又滑落了下来。眼尖的地精士兵发现了他并发出了警报，下沉大道上又传出此起彼伏的“斯克伯”的喊声。地精飞行员熟练地驾驶着巨型蝙蝠，时而在半空中的缆车之间盘旋，时而又急降穿过拱桥的桥洞，一头扎进通向城中心的深渊中，人群的声音很快就从耳边退去了。

对这座城市的敬畏锁住了比利的喉咙。在几秒钟之内，他飞越了地精之城的山巅，周游了整个下沉大道，他看到无数纵横的繁荣街道，深渊洞穴中层层叠叠的垂直的住宅，成千上万的地精过着他们的生活。

比利记起当他还小的时候，父亲曾经带他看莫里茨·科内利斯·埃舍尔的画作。埃舍尔善于将四五条街道以一种刁钻的角度融入同一幅画作之中。在那幅画中，一条街道的尽头也是另一条街道的起点，画中还有数十个人物，分布在不同的街道、店铺中，正在吃饭、购物或者搬运货物。比利小时候会在这幅画作前面凝视许久，试图数清楚画中出现的人物，敬佩作者运用视错觉的原理将几条有空间距离的街道、台阶和建筑毫无违和感地融为一体。现在，随着巨型蝙蝠在空中盘旋，那幅比利以前欣赏的画作仿佛成真了，奇拉诺克城的街道、台阶和建筑比画中的还要密集，容纳的人数不胜数，仿佛油画般，是巨作中的巨作。

“美得像幅画。”比利自言自语道，“这么说绝不为过。”

巨型蝙蝠骤然在深渊最底部停了下来，身体靠向旁边的平台。那无与伦比的城市建设成就深深印在了比利的脑海中，而他们的冒险才刚刚开始。

只是异乡人

比利和霍普来到了下沉大道最下层的街道。不像深渊上方繁华喧闹、人潮汹涌，这里的街道肮脏且阴沉，霍普说这里被叫作谷底街。谷底街的道路十分狭窄，比利甚至觉得，自己迈一步就能越到街道的对面，街道两边的铁栏杆锈迹斑斑，似乎多年都不曾更换过。

谷底街两侧流淌着从上层流下来的臭气熏天的污水和垃圾。黑色的污水顺着年久失修的街道两边静静流淌，散发着腐臭和衰败的气味。

比利和霍普两人在寻找蓝霜的家。霍普并不知道蓝霜家具体的住址，他也是刚刚认识的那个小巫师，这就解释了霍普为什么之前会跟他们小分队中性格各异的成员发生那么多争执。如果霍普的消息正确，蓝霜的家应该就在附近。这个独耳地精时不时地对照抄写下来的地址不断确认。

“顺着老奎瑞酒馆，往下数第五个门，应该不远了。”

霍普加快脚步，比利乖乖地在霍普身后加速跟上。谷底街的建筑风格与上层的下沉大道迥然不同。房屋天花板十分低矮，比利需要一直弯着腰，否则会磕到脑袋，他可不想再让自己可怜的脑袋受伤了。他尽力忽略头脑中回荡着的敲钟一般的疼痛，仔细地观察周围环境的样貌，同时紧紧拉住兜帽，防止再一次露出脸来。与洞穴墙壁连着的房屋紧凑地排列着，挤在街道上，好多房屋看起来都是废弃的，门和窗户都破了洞。周围的地精衣衫褴褛，身体羸弱，街上随处可见乞讨者。当比利看到在谷底街中央，被污染的水池中有几条活生生的鱼时，他不由得打了个寒战。能在那种水中活下来的任何东西，应该都是不能食用的吧？

“这些人是谁？”比利问霍普。

“你们那边没有穷人吗？”地精回答道。

“有一些，”比利说，“在城市里，但是不多。”在比利的家乡，他见过一些流浪汉睡在公园里，城市中数量可能相对多一些，但是这里，在谷底街，到处都是穷人。“发生什么事了？”

“是战争。”

霍普声音突然降低，他解释说地精王国和毗邻的人类哈诺亚帝国之间的战争刚刚告一段落，地精们战败了，并且损失惨重，很多青壮年地精在战场上牺牲，而活下来的地精们则被报复心极强的人类帝国将领抓回去当了战俘，人类军队在战争之后，仍然贪得无厌地入侵了地精王国的领土。不幸的是，哪怕是像奇拉诺克城这样繁荣庞大的城市，也无法为全部的战争幸存者提供足够的工作机会、食物补给和住所。霍普算是幸运的，他在城市上层找到了一份工作，有了自己的住所；而没有那么幸运的地精们，则沦落到了住在谷底街这个残破衰败的地方。

话音刚落，霍普总算是找到了老奎瑞酒馆的牌子。比利向内张望，酒馆内灯光昏暗，设施陈旧，酒馆老板看上去很明显是个落魄的老兵。

“把头低下。”霍普说。他飞快地拉着比利走过酒馆的门口，口中数着路过的门洞，“一、二、三、四、五。第五个门。是这里了。”

他们面前是一扇破旧的木门，歪斜地挂在低矮粗糙的石拱柱上。霍普站在门外大喊：“瓦达！”

比利听见门内传来一声含糊不清的回应。

比利看着霍普："地精们不敲门吗？"

"不。本来门就不结实了，为什么还要虐待它？我们会说'瓦达'，意思是人类语言中的'哇'或者'嘿'。"

"瓦达！"比利试着喊出声。

"我说了，马上来。"门内传来不耐烦的声音。应门的是蓝霜，他把门打开细细的一条缝，紧张地向外张望："太好了，是你。"

"莱克茜？科特？你们在吗？"比利焦急地向门内喊着，询问自己伙伴的下落。他希望霍普的推测是正确的，蓝霜带他们回了家。

"当然，他们在这里。"蓝霜神情庄重地继续说道，"我，阿卡瑞琪·布鲁夫斯特，以个人及家庭宗主的名义，欢迎两位莅临寒舍。我们将秉持着友善、热心和尊重，永远为您敞开家门。"

"他的意思简单来说，就是你可以进门了。"霍普言简意赅地解释，"但是千万别打破任何东西。"

蓝霜将门开得稍微宽一点，让霍普和比利能够侧身进入，随后立刻关上门。这个屋子非常非常小，但是在房间里等着他们的不止蓝霜一个人，有一个体形巨大的地精，几乎挤满了房间的每一寸空间，像一座小山一样，而蓝霜只能站在巨型地精的两腿之间，像是站在了大山脚下。

“环境一般，请你们多多包涵，”蓝霜说道，“这个年月，巫师很难找到租住的地方，大家总是害怕我们动不动就会把房子炸飞，或者搞其他破坏。”

“蓝霜没有炸飞过房子，”房间里的巨怪发出低沉有力的声音，“倒是炸毁过一两间，没有飞。”

蓝霜瞥了一眼巨怪：“这是布豪瑞奇·李德派普，我弟弟。”

“你们好。”李德又发出低音炮般的问候。

李德至少有三米高。比利透过他深绿色的皮肤能清晰地看到他骨骼的轮廓，指关节、手肘和膝盖处凸出几根锋利如尖刺的骨头，嘴边冒出剃刀般的尖牙。他的毛发比霍普和蓝霜的都要茂盛，用金银两色的发环把头发编成许多股辫子。

“弟弟？”比利问。

“我们的基因就是这样，”霍普解释说，“大部分的地精外表都相似，但会有特例，比如格外矮小……”他用下巴示意蓝霜，“我们把像蓝霜这样的地精叫作奇卡矮人，指的是格外矮小的地精。还有一种像李德这样格外高大的地精。”

“斯克伯会叫我巨兽，但他们那是一派胡言。我们是地精中的另一种，叫克拉科巨怪，指的是格外高大的地精。”

“别管人类叫斯克伯，李德，”蓝霜纠正道，“这样很不礼貌。”

“对不起。”李德看起来由衷地抱歉。

“没关系。很高兴遇见你，布豪瑞奇·李德派普。”比利很自豪自己只听过一遍，就能记住地精拗口的名字。

但眼前的地精巨怪突然大怒：“你以为你是谁，能叫我的全名，我妈吗？”

蓝霜迅速冲到吓呆了的比利和自己愤怒的弟弟中间。“李德派普！他不知道这里的规矩，他不是这里的人。”

蓝霜转向比利：“除非是大悲大喜或者其他重要场合，否则绝对不能叫一个地精的全名。那是种侮辱。”

“我……我不是故意的。”比利立刻解释。他知道眼前这只巨怪能轻轻松松徒手把自己撕碎。比利仰起头看向李德，“现在轮到我说对不起了。”

“我们扯平了，”巨怪说，“叫我李德派普，或者李德。”

“这样就好，”霍普说，“那我们就说清楚了。”

尽管与李德的见面耽误了一些时间，比利仍然没忘记他们来找蓝霜的初衷。“莱克茜，”他看向蓝霜，“你治好她了吗？”

蓝霜摇了摇头：“还没有。我刚刚要开始尝试。走这边……”

蓝霜从他弟弟门柱一样的两腿间穿过，走进房子的里屋。李德派普后退到角落里，好让比利和霍普能够顺利不受任何遮挡地跟着蓝霜走进去。

斯克伯！索图斯的愤怒快要无法忍耐。居然有一个斯克伯出现在自己的奇拉诺克城。一个肮脏、眼盲、牙钝、毛发旺盛的人类，居然闯入了自己的城市。索图斯听着手下的士兵汇报情况，越听越觉得不可容忍。很明显的是，那个肮脏的人类居然有办法混入下沉大道。听说那个黑色毛发、棕色皮肤的闯入者，年纪不大，就是个小男孩而已，居然有办法骗过城门守卫，还能躲过追兵，隐藏在城市中的某个角落。

索图斯在听卫兵汇报的时候，必须用尽全力压制住心中的怒火，他们居然让一个手无缚鸡之力的小男孩从眼皮底下溜走了。索图斯记得自己之前看过一出木偶剧，其中有一幕讲的是大反派因为手下的士兵没有抓到人质，而将士兵处以绞刑。那时候他觉得木偶剧中的大反派是那么愚蠢幼稚，如果一位领导者处死身边忠诚的亲信，那么他将无人支持。但这一次，索图斯突然感同身受，赞同木偶剧中的反派角色。他现在是多么想处死一个办事不利的卫兵，来宣泄心中的愤怒！这不仅仅是因为对人类存有发自心底的怨恨，更多的则是因为他的手下无能。这位大将军对奇拉诺克城的统治才刚刚确立，尚不稳固，随时有可能崩盘，而在这个关键时期，人类的出现对于他的统治、地位和生命都是极大的威胁。

都是因为那没用的预言。

相比于将自己手下忠诚的士兵处死，索图斯更想回到远古，杀死几个所谓的预言家。在他的经验里，预言家们所做的，不外乎是往百姓的脑袋中灌输错误的信仰、虚无的目标和危险的梦想。

索图斯唯一好奇的是，预言对他是如何描述的。归根到底，他的信念与所作所为也是建立在暗夜女王对他的预言之上的。暗夜女王与其他预言家不一样，她是真实存在着的。索图斯亲眼见过她创造奇迹，因此才会坚定不移地要实现暗夜女王在活着的时候未能实现的愿望。如果他需要杀死一两个斯克伯才能达成心愿，对于他来讲，算不了什么。

“找到他，”索图斯命令手下的士兵，“找到那个人类男孩，把他的首级带回来给我！”

蓝霜和李德派普家的里屋更加狭小拥挤，集客厅、厨房、餐厅、书房于一体，但主要是书房。各类书籍散落在房间的各个角落，有的堆在屋内唯一一张木头桌子上，有的放在旁边的两把木质椅子上（一把椅子很小，另一把则是巨大的），有的落满了灰尘，随意放在生火取暖用的壁炉旁。屋里还有三个塞得满满当当的大书架。这些都挤在同一个小小的空间里。比利看见科特坐在地板上，窝在书堆的旁边，往嘴里塞着类似燕麦片的东西，好像不是很好吃。看着科特难以下咽的表情，比利感到好笑，但他并没有笑很久。

“莱克茜呢？”比利再一次发问。

“在角落的床上。”蓝霜跨过屋子里的各种障碍，走向最远处的墙壁。小巫师拨开挂在墙上的帘子，那里有一个可以容身的长条洞穴，里面放着石板床，床上垫着几层薄薄的毯子，莱克茜就躺在毯子上。

“我给她喝下了药剂，帮助她减少疼痛，缓解高烧。用一些草药擦拭了伤口，防止失血过多或者伤口感染。接下来就应该使用法术了，但问题是这个法术特别困难。而我只精通黑暗系法术，我所擅长的法术最多只能让她沉睡过去或者停止流血，但并不能帮助伤口愈合。”

莱克茜的腿看起来仍然惨不忍睹。尽管蓝霜擦拭了血迹，重新包扎了伤口，比利仍然能看到在草药和包裹用的布料周围有撕裂的皮肤和凸出的白色骨头。这令比利有点想吐。

“但不尝试是永远不知道会有什么结果的，所以大家聚过来，手拉着手，我需要你们所有人的能量。”蓝霜说道。

比利小心翼翼地拉起莱克茜的手。她轻轻颤抖了一下，半睡半醒的样子，回捏了一下比利的手表示安慰。这样的莱克茜看起来十分无助，一点都不像白天在学校的时候活蹦乱跳的样子。

“会没事的，莱克茜。”比利安慰道。

霍普牵起比利的另一只手。地精的手掌像是点缀着大大小小的大理石块的粗糙皮革。霍普将另一只手伸向科特，微笑着。科特看着霍普的手掌，像是看到了随时会跳起来咬住他的毒蛇。

“你不会是害怕了吧？”霍普问道。

科特瞪了一眼霍普，握住他向自己伸出的手，另一只手握住李德派普（李德必须弯下身爬进这间屋子）。蓝霜的一只手尽最大可能地张开，只能握住李德派普的一个手指。

蓝霜走近石床，小心地将另一只手放在莱克茜的伤口处，就这样，他们形成了一个完整的圆圈。房间内的温度瞬间降低了，比利感到自己冷得瑟瑟发抖。屋内的灯光暗了下来，他们能看到有种黑暗力量，像云团一般聚集在蓝霜周围。年轻的地精巫师嘴里嘟囔着咒语，语速飞快，语气强烈，但比利一个字也听不懂。然后，突然，大家的眼前闪过一道光，只见聚集在蓝霜周围的黑色云团开始顺着他的手流向莱克茜受伤的腿。

比利能感觉到自己脑中和身上的伤口的疼痛，随着蓝霜的咒语和黑色云团的流动逐渐消失、愈合，但更神奇的事发生在莱克茜身上。原本缠裹在她腿上的绷带自动解开，从蓝霜手中流过的黑暗力量，将伤口包围，在伤口周围肆意翻飞。原本断裂的骨头竟然自动接合在了一起，骨头外的皮肤仿佛被重新编织了一般，一层层地愈合起来。原本几乎昏迷的莱克茜倒吸了一口凉气，突然睁开双眼，魔法仿佛同时治好了她的昏迷不醒。

整个过程是十分漫长的，时进时止，充满了不确定性。年轻的巫师反复低语着冗长的咒语，看得出来，在施法时，蓝霜脸上表现出极大的压力和艰难。

“集中！”李德派普看着他越来越急躁的哥哥说道，“所有人都集中想治疗的事。”

比利闭上双眼试图集中精神。他想着莱克茜的腿，想着骨头自己重新连接，想着重新光滑的皮肤，血肉、血管、神经、肌肉、皮肤都变回原样。那是最好不过的了。

“加油！”李德派普低吼，“你可以的，加油！”

比利全身心地祈祷莱克茜的腿可以复原，他知道她一定会好起来，已经有好转了，不是吗？他不停地告诉自己，她会好起来的，她一定能痊愈！

蓝霜的咒语停止了，灯光和温度重新占据了小房间。施法结束了。

比利已经感受不到身体上的皮肉疼痛了。蓝霜的魔法对他起了效果，但是莱克茜呢？比利迫不及待地睁开双眼，看向莱克茜。

莱克茜并没有痊愈，只能说稍有起色。她清醒了过来，但仍然晕眩无力。腿上原本断掉的骨头没有再向外刺出，但仍然破碎不堪，周围的肌肉组织和皮肤的状况也未好转。

蓝霜垂头丧气地靠着墙滑向地面：“对不起，我尽力了。”

比利想松开莱克茜的手，但令他惊讶的是，莱克茜却更加用力地反握住他。

“继续……”她嘟囔着，好像仍然处于梦中。

“等等，”比利对其他人说，“别放手，我们还要再试试。”

令比利没想到的是，大家居然没有反驳他，都站回原来的位置，仍然紧握住身边同伴的手。但蓝霜悲伤地摇了摇头：“已经没办法了，我治不好……”

话音未落，一道炙热的白光在房间炸开。略显阴冷的房间里温度顿时升高了好几摄氏度，比利浑身大汗，豆大的汗珠从额头不停地滚落。壁炉中的柴火原本只冒着几缕轻烟，突然变得烈火熊熊。这白色的光亮和火热的温度弥漫在房屋的每个角落。

莱克茜的手又红又烫，比利感到手中像是握住了刚从火堆中取出的木炭，他用尽全身力气才忍住没有松开她的手。他看向莱克茜的腿，试图转移滚烫带来的灼痛感。这一次，他惊讶地瞪大眼睛，看到燃烧般耀眼的火红色光束把莱克茜受伤的腿包裹，破碎的骨头开始一片片拼接回原位。就在他眼前，肌肉、神经、血管、皮肤，像是有自己的意志般，在火红色光束中归于原位，完好如初。

亮眼的火红色光束和炙热的温度渐渐褪去。莱克茜的手不再滚烫。比利感到胸口闷得生疼，这才意识到，自己紧张得一直屏着呼吸。他终于缓缓吐出一口气。

“她好了。”比利喃喃自语，几乎不敢相信眼前发生的一切。“她的腿没事了。”比利转向蓝霜，“是你的功劳。”

但眼前的地精巫师看起来比比利还要吃惊。“不是我。那道光是白色的，是光明法术，还有烈火。我做不到的。”

“没有地精能够使用光明法术，”霍普解释说，“只有人类可以。”

蓝霜从其中一个书架上拿起一个黄铜指针罗盘，嘟囔了一句咒语将它打开，用它指着比利，眼睛紧盯着罗盘上的指针，“不是你。”接着指向科特。

“肯定不是我，”科特说，“我都不知道这是怎么一回事。我一直在想着你们就是一个噩梦，等我睁开眼睛，我就能离开这里，你们也不存在了。”

蓝霜摇了摇头。“这不是梦。”他反复看着罗盘确认，“但光明法术也不是你的杰作。”

比利犹豫地说出大家脑中已经显而易见的结论：“如果不是我，也不是科特，那么是……”

“是她。”蓝霜确认了比利的想法，用罗盘对准床上再次沉睡过去的莱克茜。从比利的角度，他能清楚地看到罗盘上的指针疯狂旋转了起来。“是她使用光明法术，治愈了自己。”

比利低头看向莱克茜。她看起来完好无损，格外健康，仿佛从来没有经历过之前的一切伤痛。

“莱克茜？”比利轻喊，试图消化这难以置信的一天中最难以置信的消息，“莱克茜是个女巫？”

是夜，壁炉中的火熄灭了，房间里的灯关闭了，霍普却无法入睡，在黑暗中凝视着三个沉睡的人类，心不在焉地望着四周，地精们的双眼在晚上可以通过调节，由白天的日间视野改变为黑暗中的夜间视野，将周围的一切生物化成眼中不同形状的橘红色光团，像是夜视仪中的热成像效果。他喜欢在晚上看这个世界，在幽幽亮光中，一切都模糊了，世间万事万物都变得那么柔软，带着些许柔光，似乎比白天看起来更加平和，但是没有细节，未经雕琢。霍普眨了眨眼睛，转换为日间视野。棱角取代了原本橘红色的柔光。白天，地精们猫眼一样的双眼可能无法像夜视仪一样洞察身边的一切，但是他们却能看到一个更清晰、更温暖的世界。

三个睡着的人类少年，在夜视中周身散发着橘红色的光，与周围的其他生物别无二致，但白天的他们是那么年轻，那么脆弱。这位经历过战争风雨的独耳士兵很难相信，他的未来，国家的未来，甚至整个地精族群的未来，居然寄托在三个柔弱的人类身上。他们白天表现得困惑、迷惘、脆弱，将如何带领地精们推翻索图斯的统治？他们真的能阻止地精族群走向灭亡吗？

霍普试图安慰自己一切还是有希望的。那个黄色头发的高大男孩，叫科特，看起来很有国王相。再加上那个小女孩能够使用光明法术，一切都还是可以有未来的。就看是否能实现预言中的故事了，那些陈旧悠远、似乎已经失落的预言。如果古老的预言家们所言是真的，如果故事是正确的，如果年复一年的传颂没有被人们理解错误，那么地精族群的拯救者，此刻就在这间破旧的小房间中沉睡着。

暗夜女王也遵循了她的预言，看看她和百姓们的下场。霍普知道现在的地精族群命悬一线，一日不如一日。哈诺亚帝国的黎明军团正在向奇拉诺克城进发，越来越近了，城中仅剩的百姓身体羸弱，军队兵弱马瘦，人们一直以来所奉行的信念在临界点徘徊，即将支离破碎。索图斯正在谋划的所谓的救国大计，势必会带来战败和更多死伤。看来，无论预言是真是假，地精王国举国上下现在最需要的是一个奇迹。

所以霍普准备奉上一位国王。

一位能拯救苍生的救世主。这是预言中红宝石之眼的预示，也是霍普决心实现的。如果这意味着把三个素昧平生的人类置于危险之中，甚至导致他们的死亡，霍普也并不觉得有什么大不了。三个人类的生命换来整个地精族群的兴旺，这有何不妥？

但是为什么他想到这里就睡不着呢？

莱克茜梦见参天的火焰。不是父亲在冬天夜晚会生起的那种温暖跳跃的小火苗，而是熊熊烈焰。她梦见烈火吞噬着四周道路上的一切，而她，走在烈焰中央，火焰如围墙般将她包围，却隔了一段距离，使她不至于燃烧起来。这熊熊燃烧的烈焰凶狠地吞噬着周围的一切，却在将要接触莱克茜的时候，放轻了手脚，仿佛在与她玩闹般搔她的痒。处于火焰之中的莱克茜感到温暖、舒适、安全。

在嘶嘶的燃烧中，莱克茜听到一阵微弱沙哑的呼唤，“让我们进来，放我们出去。放我们出去，让我们进来。”

比利睁开眼睛，闻到了煎蛋的味道。科特已经醒了，坐在角落里，身边散落着各种书，看起来相当暴躁。比利决定不去招惹他，尽管他总抱怨是科特造成了他们现在的处境。比利决定还是先关心莱克茜。她还好吗？昨天傍晚的那场诡异的光明法术真的治愈她的腿了吗？比利向墙洞中的床铺探头，躺在床上的莱克茜刚好睁开了眼睛。

“是煎蛋吗？”这是莱克茜说的第一句话。

好像听到她说话似的，霍普在另一个房间喊着：“只有一个蛋，但是是阿洛卡山鹰的蛋，所以特别大。”

莱克茜看到房间另一端，有个瘦高的地精正用一个巨型平底锅煎着巨大的蛋，她在惊讶中瞪大了双眼。

“这是真的吗？这不是梦或者因为我受伤而产生的幻觉吗？”

“你的腿断了，是真的。”比利说，“但现在治好了。”

莱克茜看了一眼自己的腿本来断裂的地方，现在已经完全可以活动了，只是皮肤上留下了一道颜色较浅的长长的伤疤。“我记得一个……山洞？然后出现了地精，之后是一座城市。我以为自己在做梦。”

“那些都是真的。”

比利为莱克茜讲述他们到目前为止的全部经历。她已经昏迷一段时间了，尽管一开始有些难以置信，但她很快就接受了这个事实，在她半梦半醒的过程中，所看到的一切都是真的，不是梦境。

不幸的是，莱克茜缓过神来，就开始问一些令比利难以启齿的问题，比如说，“我们是怎么到这里来的？”

“是我把你们带来的。”比利心想，但他没有说出口，这听起来太疯狂了，而且他也不想承认自己就是把他们三人拽到这个诡异、陌生又危险的世界中的罪魁祸首。所以他犹豫了一下，嘟囔道：“我也不知道。”

莱克茜的反应令比利惊讶万分：“可能是因为我吧。”

“你？”

“之前你说我是女巫还是什么其他的，所以没准是我毫不自知地使用了魔法，把咱们带过来的。”

“不是的。”霍普将巨大的煎蛋切成几份，分别放在不同的铁盘子上，走向他们的时候听见了莱克茜的话，于是他说：“不是你做的，是国王。”

“国王？”科特问道。很明显，他也在一旁仔细聆听着他们的对话。

“说得更准确一点，是国王的继承人。”蓝霜说，“预言家和牧师们说，只有国王的继承人才有能力将人类从你们的世界送到我们的世界。”他边说边拿起一份煎蛋，“真好吃，味道真棒。谢谢啦。”

“给我拿一份。”李德派普从走廊外探进硕大的脑袋。

“所以是一个地精国王的继承人让我们来到这里的？”比利转回话题。

“人类，”蓝霜说，“国王的继承人通常是人类。”

“等一下，如果国王的继承人是人类，为什么昨天在下沉大道上，那些士兵要杀了我？”比利问。

“因为地精与人类的战争刚刚结束，我们的族群还没有从战争的伤痛中走出来，而预言又太过古老，已经没几个人相信预言的真实性了。”霍普解释说，“快吃。我会告诉你们故事的原委的。”

霍普把剩下的煎蛋分给每个人。他在煎蛋中加入了蘑菇，并用盐、蒜和少许胡椒调味。真的很好吃。

他们吃着早饭，霍普将地精国王的故事缓缓道来。

“从前，我们族群统治着七大王国。领土西至摩泽尔山脉，东及无尽之海，南至失落王朝尔格，北到哈特伍德森林。然后人类出现了。他们驾驶着成千上万的船只，驶入属于我们的海域。他们说想要建立新的家园，开始新的生活，只需要沿海的一小片地方供他们重新开始。地精族群的本性是并不喜欢水的，所以在一开始，我们热情欢迎人类的加入。但是后来，人类的贪欲逐渐露出，并且越来越明显，他们想要的越来越多。我们的族群没有选择，只能反击……战争爆发了。

“在古时候，地精族群只使用石器和骨头作为工具。但人类却拥有铁器和金属，他们有健壮的马匹和能航行四方的船只。第一场战争中，他们毫不意外地获胜了。成千上万的地精死在了战场上。

“之后的故事变得更加黑暗，一个人出现了，他来自摩泽尔山脉的最深处，叫皮亚斯特·克洛德瑞。他不属于人类的哈诺亚帝国，不属于这个世界。突然出现在这个世界的他无依无靠，只能去哈诺亚帝国求助，但帝国中的人类认为他是个善于蛊惑人心的术士，口中的另一个世界都是疯言疯语，于是哈诺亚帝国的国王下令将他绑在柱子上，想要活生生烧死他。

“是地精族群救了他，这是件好事。皮亚斯特在他原本的世界只是个平民，但是他精通土木技术，知道如何用木头制造工具和运输车辆。幸好有了他，地精族群在接下来与人类的战争中，才拥有了相对先进的武器，保住了山脉和森林地区，以及一部分平原和高地。为了表示感谢，我们称他为王。

“在那之后，地精王国在他的统治下，过了很长一段和平繁荣的日子，百姓们都很幸福。终于有一天，这位木匠决定回到他自己的世界，回到自己的国家，好像叫作……泊兰的地方。”

“泊兰？”科特在听到这里的时候忍不住打断了他的话，“你是说波兰？那个皮亚斯特是波兰人？”

蓝霜回答说：“是的，波兰人。从一个叫作高普勒湖的小镇而来。”

“高普勒湖？我去过那里。”科特惊讶地说，“我父亲是半个波兰人，我们曾经去那里度过假。”

霍普点了点头，继续说：“皮亚斯特走之前答应我们，无论何时，只要我们的族群有危险，他的后代就会出现在摩泽尔山脉的最深处，带领我们的国家重新走向和平。从那时到现在已经十次了，已经有十位皮亚斯特的后代在我们最需要帮助的时候出现在那里，拯救了我们十次。”

“算是拯救吧。”蓝霜嘴里念叨着，除了比利，其他人似乎都没有听见，但是比利总觉得霍普的故事还有下文。

“你说的后代，一直都是男生吗？”莱克茜问道。

“当然，”李德派普说，“国王都是男人，不是吗？”

“大男子主义。”莱克茜抱怨道。

“等等，你是觉得我们中的一人……”莱克茜用怀疑的眼神扫视着比利和科特，“他们中的一个人……是皮亚斯特国王的后裔？”

蓝霜点点头。“我们地精族群已经将近两百年没有见过人类国王了。我们现在正处于危险之中。哈诺亚帝国的人类想要将我们灭族，一劳永逸地结束战争。现在就是我们最需要皮亚斯特后代的时候。”

“所以说，国家的救世主就在这里。”霍普信心满满，眼神锁定其中一个男孩。“就在我们面前。”

科特艰难地咽了口唾沫。霍普死死地盯住他。

“是你，科特。你就是我们的地精国王。”

称王不易

莱克茜的耐心渐渐消失殆尽。她已经在这个冰冷、狭窄、潮湿的隧道中藏了一个多小时，她的头多次磕到低矮的隧道顶端。她的双脚踩在凹凸不平的石块上被硌得生疼。“这应该是我做过的最愚蠢的事情了。”她语带不满地说，同时看向蹲在她前面的比利。

“会没事的。”科特向她保证。他蜷缩在比利前方不远处，打头阵。

“那是，你是要成为国王的人，你当然可以接受所有这些事情。”莱克茜愤愤不平地说道。科特转身盯着莱克茜抱怨的面孔，但她丝毫没有退缩。“看什么看？头脑简单四肢发达的人。我没准轻而易举地就能把你变成青蛙之类的动物。”莱克茜在空中转动着手指，“阿拉卡扎莫！”

科特情不自禁地退缩了半步。但什么都没有发生，他仍然是一副身材高大的人类样貌，身上没有任何一部分变成了青蛙。

“胆小鬼。”莱克茜邪恶地嘲笑道。她不得不承认，知道自己是个女巫，是件好玩的事情。虽然自己并不知道如何使用魔法，但听起来就很有趣。

“别逗他了，莱克茜。”比利说。莱克茜不敢相信比利竟然在为科特说话。“他到现在为止这一路上都表现得很勇敢，”比利继续解释，“我是说，如果这里出了什么差错，地精族群会第一个找他算账的。”

科特在听到比利的话时脸色突然惨白起来。所有人都不出声了，连莱克茜也没有再发出嘲笑。她原本希望比利帮助她一起攻击科特的，但比利对这个傲慢自大的橄榄球运动员中肯客观的评价，使得莱克茜无言以对。她知道他们接下来要面对的事情将极其困难和危险，稍有不慎，所有人都会陷入大麻烦。

毕竟，让一个人称王，并不是什么容易的事情。

“都会好起来的。”莱克茜安慰科特，后者则满脸怀疑。

“很快你就能戴上那顶传说中的王冠。”她安慰的话语显得那么苍白无力。比利和科特都没有出声，莱克茜估计他们和她一样，在心里反复推测着一旦计划失败，他们将面临的悲惨下场。

一开始霍普对他们说这个计划的时候，一切听起来都很合情合理。那顶传说中的王冠上未经加工的巨大红宝石，在木匠皮亚斯特的真正继承人戴上的瞬间，会发出耀眼的光芒。这颗红宝石在比利等三人出现在摩泽尔山脉深洞的那一天，就已经初显光亮。现在，那个暴力独裁的地精将军索图斯，却没有胆量戴上王冠。霍普说过，只有真正的继承人，真正的国王戴上的时候，红宝石才会闪耀。索图斯知道自己并不是预言所选中的国王，所以红宝石王冠仍然被安安稳稳地搁置在国王大厅的陈列架上，无人触碰，无人佩戴。科特接下来所要做的，就是戴上那顶王冠。那时，整个地精族群包括索图斯本人，都将看到红宝石在科特头顶闪耀出耀眼的红光，来证明他就是传说中的地精之王。

霍普说，这个计划最难的部分，就是让科特进入国王大厅，拿到地精王冠。想到比利在下沉大道因为兜帽不小心掉落引发的灾难性骚乱，霍普决定放弃伪装这三个人类的打算，他不愿意再冒那么大风险。但不幸的是，王冠所在的国王大厅周围，有重兵把守，不仅有格林克斯巴恩军，俗称

“铜卫兵”，也是霍普曾经加入的奇拉诺克城守卫军，还有效忠于索图斯的将军亲卫队。比利说，如果这件事出现在电脑游戏中，那么它就会像游戏中的最终关卡一样困难。因为除了国王大厅中原有的守卫，在去往国王大厅的路上，还有许许多多的巡逻兵，他们根本无法直接冲进去。

霍普同意比利的说法。“可以继续往前爬了。”他指示道。

霍普领着莱克茜、比利和科特走进这条狭窄闷热的隧道，他解释说，这是古时候的侍者进入国王大厅的路。道路尽头是一扇被焊死的金属门，尽管年代久远，但还能看出十分结实。霍普计划，自己回到卫兵的岗位报到，蓝霜、李德派普和其他一些地精同伴装作朝圣者，进入国王大厅。一旦众人各就各位，蓝霜就会从内部用法术将侍者隧道的铁门打开，随后比利等三人冲入国王大厅，霍普等人从旁保护，科特戴上王冠，红宝石闪耀光芒，大厅中的人们高喊“科特国王万岁”，而科特遵循霍普的建议，拯救地精族群于水火之中。完美胜利。

这就是他们几个人在狭窄闷热的隧道中一直等待的原因。

莱克茜希望霍普知道自己在做什么。城市中的每个卫兵看起来都机敏且英勇，整个计划听起来没什么问题，但就算霍普是个了解内部情况的地精，他也只是个年轻的地精男孩，是个跟他们年纪差不多的孩子。而莱克茜所接触到的这个年纪的男孩，更多的是夸夸其谈，实际并不怎么靠谱。

而且莱克茜还有其他的担忧，霍普为自己的族群殚精竭虑，有很大概率将他们三个人类的生命安全置之度外。她知道，换位思考，如果自己的世界中出了什么大乱子，而牺牲三个从天而降的地精生命，没准会让事情有转机，她会毫不犹豫地将外来人员丢入火坑，眼睛都不会眨一下的。

但毕竟霍普、蓝霜还有其他地精同伴将莱克茜、比利和科特从山脉的深渊中救了出来，如果不是他们的出现和治疗，她可能已经死了。在莱克茜之前读到的故事书中，地精总是邪恶的一方，而身边的这些地精，看起来似乎是好人。尽管他们的外表让人害怕，有着猫眼一样黄色凸出的眼睛，长着满嘴尖牙，有的身上还有锋利的刺，但莱克茜不是那种以貌取人的孩子。她亲身经历过因为自己身材矮小，而被周围的人区别对待，这是她和地精们……和比利的相似之处，他们都是不合群的、被排挤的局外人。

根据霍普所说，哈诺亚帝国的人类要消灭整个地精族群。所以如果要莱克茜选择站队的话，她必定会选择帮助被威胁的弱势一方，而不是要屠杀地精族群的人类。如果事情真的像霍普说的那样，那么，帮助地精族群就是正确的决定。

只要不会引来杀身之祸。

霍普环顾国王大厅的四周，形势不容乐观。索图斯将四周的十座人类先王雕像都用黑色的布盖住了，不想提醒任何人之前国王的样貌与他不同。同时这位大将军在大厅内安排了数十个卫兵，他们各个身穿坚硬的盔甲，手握盾牌，戴着头盔，拿着布满尖刺的长矛。索图斯坐在王座上和他的首席大臣商议着什么。他的贴身护卫，由五个克拉科巨怪组成的保镖团，就站在他的周围。他的亲卫队由二十名卫兵组成，负责在大厅的各个角落站岗。国王大厅的每个门口有两个卫兵，另有六个卫兵在大厅的朝圣者们之间来回巡逻，包括霍普在内的四个卫兵则把守在王冠旁边。

霍普一个个看去，大厅中只可能有不到一半的卫兵会叛变，与他并肩作战，除此之外，在他寻找人类时，他身边的跟随者由二十三名地精组成，这些地精现在四散在大厅之中，等待机会。他们的机会实在太渺茫了。

他瞥了一眼站在被焊住的铁门旁，等待霍普给行动信号的蓝霜。李德派普和其他十个人站在他周围，一旦蓝霜开始施法开门，他们就需要立刻保护蓝霜的安全。到那时大厅中的每一个人都能感受到黑暗魔法的力量，而蓝霜则会被黑暗的咒符包围。巫师们虽然法力强大，却极其脆弱，黑暗之中的盲目一刀，或者不知道从何处飞来的一支箭矢，都很有可能会让蓝霜在法术成功之前倒下。

霍普静静地盘算着接下来的计划。蓝霜开启隧道，需要四次心跳的时间；科特冲进大厅，戴上王冠，需要五次心跳的时间；人们看到红宝石之光的惊讶，还需要几次心跳的时间进行缓冲。他们前前后后需要至少十次心跳的时间才能不被身边的卫兵乱箭射死，真正做好这件事则需要十五次。

霍普猜测索图斯身边的首席大臣不会参与战斗，他们都是上了年纪的地精，有退役的将军，还有商人、银行家、政客，他们没有战斗能力。尽管这样，索图斯本人也是一位久经沙场的战士，而且他手下还有四十五名卫兵、五个克拉科巨怪贴身保镖。亲卫队中，可能会有十个亲卫队士兵转而投靠霍普这一方，但剩下的十个仍然会为索图斯而战。这样的话，索图斯一方大约会有六十名士兵，而霍普一方仅有三十五名左右，他们只有很小的取胜的可能性。大厅中的群众会在受到惊吓时四散逃跑，这种混乱能帮助霍普他们。但霍普一方的伙伴们需要尽全力，才能争取到宝贵的十五次心跳时间。

霍普心中仍然觉得有一丝希望……如果他们打个出其不意，如果蓝霜能迅速完成咒语，如果铁门能顺利打开，如果科特能完好无损地拿到王冠，如果……如果……如果……

蓝霜的视线从大厅的另一端与霍普亮黄色的眼睛交接。是时候了吗?

霍普轻轻地摇了摇头，再多等一会儿吧，没准索图斯会离开大厅，没准一些士兵会离开岗位，没准……没准……没准会发生谁也料想不到的事情，帮助他们提升哪怕一点点胜利的可能性。

在王座上的索图斯用力指向面前地图上的摩泽尔山脉和附近的山林，“出兵对战，在他们看到奇拉诺克城的影子之前，消灭他们。”

索图斯对自己的决策感到十分自豪，他的大臣们也随之点头哈腰，盲目地称赞他的智慧和勇敢。

索图斯做出的这个决策，将守卫奇拉诺克城的全部军队撤下来，去与人类的黎明军团正面抗衡，这样一来，奇拉诺克城将成为一座没有任何士兵保卫的城市。“真是个有‘智慧’的决定。”霍普心想。他努力维持着不动声色，心中却已经诅咒这个愚蠢的将军千万次。如果霍普没能让科特戴上王冠，那么整个地精族群，势必将在索图斯的带领下全军覆没，被杀得一干二净。现在霍普突然希望自己是相信月神的，至少能在如此无助的时刻祈求上天的保佑。霍普之前一直坚信人定胜天，即便如此，现在的他对自己也不是全然相信了。

霍普咬紧牙关，四处张望着，等待着完美时机的到来。

索图斯感觉极好。大厅门外地精们成群结队，想要一睹他的真容，富贵的权势家族向他伸出橄榄枝，索雷斯山谷一战中幸存的将领们也渐渐接受了他出兵摩泽尔山脉屠杀人类的计划。这决定性的一战，必将为他带来光辉的胜利。

当然，士兵们还是没有找到那个人类男孩。下沉大道的守卫们挨家挨户搜查，检查每一家商铺，询问街上的市民是否见到什么可疑人员，答案都是否定的。那个闯入者仿佛人间蒸发了一样，但索图斯并不十分担忧。如果那个斯克伯男孩消失了，那将没有人能够影响他的出兵作战计划，也没有什么好担心的了。

可能逃跑了。索图斯分析，如果没有绝对优势，人类是不会贸然进攻的。胆小懦弱的斯克伯们害怕黑暗阴影，就像他们所谓的黎明军团一样。打他们个出其不意，在他们毫无防备的时候进攻，在人类士兵心中种下慌乱和恐惧的种子，他们就将快速地夹着尾巴逃跑。

索图斯对自己的计划感到前所未有的自信，身后有富家子弟的支持，自己的王位稳固牢靠，更重要的是这种万人之上的优越感让他感觉无比美妙。不管百姓们是出于什么原因来到国王大厅中朝拜，不论他们是支持他还是反对他，重要的是他们来到了这里，表示出了绝对的臣服之意。踌躇满志的索图斯看着眼前的朝拜者们，回想起了以前所曾感受到的前所未有的孤独。

他曾是多么害怕孤独啊。从小时候父母把他遗弃在修道院门口时起，他被迫在冥想中学会安静无声和孤僻疏远。他加入了军队，目的就是逃离无边无际的静默。他喜欢军营中的声声呐喊，喜欢列队训练，甚至喜欢泥泞的远征。

遇见妻子卡婷是他人生最幸福的时光。其他人忍受不了卡婷咄咄逼人的说话方式，索图斯却觉得这是一种放松和安慰。有卡婷在身边的日子，他从来没有感觉到孤单，从没有感觉到自己是没有人疼爱的，身边有她喋喋不休的声音，说着家里的小事，那是他心灵的慰藉。

卡婷的死亡几乎摧毁了索图斯。他在卡婷的坟前跪了一个月时间，连他们的女儿也无法将他带离那里。哀伤和孤单没日没夜地侵蚀着他的血脉和灵魂，将他推入永无天日的深渊。

直到暗夜女王出现，将自己的信念灌输给索图斯，给了他一丝活下去的希望，将他从孤独中拯救出来。

直到索雷斯山谷战败。

毁灭性的战争之后，索图斯经历了人生中的第三次毁灭性的孤寂，他又是一个人了。他失去了自己的军队，失去了一直给他信念的预言家。在那几个月中，他鬼鬼祟祟地躲避着人类的追击，四处乞讨，试图回到自己的家乡。在逃回奇拉诺克城的漫长路程中，他一直是一个人，孤零零的。

但现在他回归到属于自己的地方，统治着他的臣民，指挥着他的军队，引领着身后的无数追随者。

“战争的胜利，是数量上的压制，”索图斯说，他用手指着几张数据表格和出兵形势地图，“我们需要调动城市中的全部战斗力参与到这场战争之中，甚至还要让一些后备军也加入进来。给斯克伯军队以压倒性的震慑，让他们从内心恐惧我们，这样他们必将战败。”

“带上足够多的军队，这样我就不会再是一个人了。就算死亡，我也不会孤单。”索图斯心想。

比利电脑游戏玩得特别好。实时对战，第一人称射击，他都十分擅长。在那个由一行行代码构建的世界中，比利从来没有感觉到自己是被孤立的，从来没有觉得自己是局外人。他喜欢游戏中的人物按照玩家的指挥和要求进行每一个动作。哪怕是在网上认识的朋友，不知道为什么，也比在现实中结识的人好很多，他们友善又简单。他的同行玩家们从来不会过问那些令他难以启齿的问题，像是“父母过得怎么样？”这类问题。在网上他们不知道比利的父亲正被癌症一点点吞噬，他们也不在意比利从小搬过那么多次的家，他们只在意比利的游戏技术，只在乎他能否操纵游戏中的人物完成各种任务，打赢战争，消灭敌兵。这正是比利擅长的。他能精准无误地操纵自己手中的电脑人物率领手下军团，破解各种高智商谜题，组建强大的军队，袭击敌方阵营。在网上，比利是所有人的朋友。

当然，比利的父亲不赞同他玩电脑游戏。老威廉一辈子手握图纸，在工地上勤勤恳恳地设计着房屋，他不会在伸手无法触及的东西上投入任何时间和精力。“简直是浪费生命”是老威廉对电脑游戏的评价。但是随着父亲的病情越来越重，对现实无能为力的比利，只能把更多的负面情绪投入电脑游戏中，作为发泄和疏解的方式。

在感到压力的时候，比利经常会把现实世界看成一场游戏：写作业是个关卡，通关就能得到家长和老师给予的奖励和称号；转到新学校像是来到电脑游戏中展开的新地图，需要辨识地图中的敌方玩家并躲避他们，与己方玩家建交，共同成长。

现在藏身在窄小的隧道中，让比利情不自禁地将这两天的经历与游戏场景进行对比。他、莱克茜和科特马上就要对敌方阵营进行突袭，就像是在玩大规模战争游戏一样，整个游戏的最终目的，就是让科特戴上那顶王冠。科特是队伍的领导者，莱克茜是巫师，比利是……

比利什么也不是。他感觉自己像是游戏世界中的非现实玩家人物角色，随着真实玩家到了某个特定场景之后，在一场混战中将被敌方率先击杀身亡。他是个炮灰，注定会在章节终结之前死亡。

比利看向科特，后者正紧贴着金属大门静候着，心神不宁又毫不自知地啃着手上的指甲。除了他帅气的外表和倒三角形的高壮身材，眼前的科特就是个十几岁的小男孩，丝毫没有霍普口中救世主的气势。莱克茜则用双手不断给自己扇着风。隧道中的空气不流通，闷得人心慌。与科特相比，她看起来更加娇小柔弱，脸上还流露着些许害怕的表情。

如果这真的是个游戏，比利会立马退出，他不想玩这个游戏。他所在的队伍毫无游戏经验，没有做好准备，而这个关卡的难度又如此之大。可是他不能按下退出键。他们被困在这个游戏中了。他们答应地精们会提供帮助。整个地精族群的未来寄托在他们身上，因此他们没有退路。

在这局游戏中，如果死亡，将没有复活机会。

霍普觉得时机终于到了。将军身边的两个克拉科巨怪保镖刚刚离开去做其他的什么事情，索图斯本人正忙于摆脱一位打定主意要向新国王奉上礼物的女店主。蓝霜精准地站在一座盖着黑布的地精国王石像后面，离被封住的侍者铁门很近，又不会被索图斯的保镖们看到。霍普正要发出信号……

突然一切都乱套了。

国王大厅的门轰的一声被打开，月神女祭司的手下闯了进来。祭司们排成队列，手中拿着一条长长的黑丝围布。圣堂武士团走在祭司队伍的两旁，武士们身着黑色的短披风，上面绣着独一无二的精致月神徽章。祭司们都是一身漆黑：黑色的披风，黑色的长袍，黑色的兜帽遮住面容，唯一能看到的，是他们的眼睛。透过兜帽上一条窄窄的缝隙，可以看出他们目光坚定。霍普甚至不能分辨这些祭司是男是女。

圣堂武士团的最前方，走着一名女地精将军，霍普情不自禁地盯着她。在外层短披风下，这位女将军身着质量上乘的铁甲，手戴皮革手套，脚蹬铁底短靴，手握一把宽刃刀，修长的手柄尽头是打磨精细的刀刃。不像其他士兵，她摘下了头盔，以便国王大厅中的所有人都能看清她的长相。她十分美丽，黑色皮肤闪着光泽，像是用黑曜石雕刻出来的人物。她的身材十分健美，细长的尖耳朵优雅地挺立在脑袋两侧，脸上镶嵌着紫罗兰色的大眼睛，有着强壮的下颚骨。她的嘴角挂着一丝狡猾的微笑，微微露出口中小而锋利的牙齿。她说话的声音仿佛天籁，霍普想沉浸在她的每一句话中。

“瓦达，父亲。”她盯着索图斯说道。

霍普惊呆了。索图斯将军的女儿在圣堂武士团中？

“伊斯奇诺·斯利普沙多。”索图斯声音激动，出卖了他看到自己女儿时想掩饰的愤怒。

“正是我。您知道叫我的全名是种粗鲁的表现吗？”大将军的女儿不屑地说。

“你想干什么，月影？”索图斯改口称女儿的小名，语气中满含恼火。霍普十分佩服眼前的这位女将军，她居然敢在索图斯冰冷的眼神中，神情自若地与将军针锋相对。

“不是我想干什么，”她冷静地回答，“是他们想要干什么。”月影朝向祭司们的方向点了点头。“看起来，好像有人擅自称王了？”

“闭嘴！我是名正言顺的国王！”索图斯大吼。

“那么，”月影说，“为什么不戴起你的王冠呢？”

大厅内的所有的视线都集中在了仍然被稳稳摆在陈列架上、无人触碰的王冠之上。

所有的视线中不包括霍普的。此刻的他正环顾整个大厅，试图压下内心的惊慌。他的计划行不通了。有月神祭司们在这里，他们每个人都是顶尖的法术高手。有圣堂武士团的士兵在这里，正威胁着索图斯孤注一掷的脆弱统治。大厅中的所有人都紧紧地盯着那顶王冠。

然而霍普在慌乱中突然意识到……自己不是唯一一个走

神的人。月影正在看他，用一种怀疑的、审视的眼光上下打量他。

她知道了。她一定知道了他心里有别的什么计划。他必须逃离这里，确保其他准备行动的人跟他一起逃离这里，尽快从隧道中救出三个人类。但就在他抬脚向大厅门口跑去的瞬间，在他采取行动之前……

世界爆炸了。

莱克茜感到胸闷，身边的空气火热。刚进入狭窄的隧道时，感觉温度较高，空气不流通，而现在，经过长时间的等待后，她感觉眼前的隧道在不停地缩小，四壁逐渐向自己压迫聚拢，随着狭小空间中幽闭恐惧症的发作，周围的空气越来越热。

“那个，”她终于忍不住问道，“你们感觉越来越热吗？”

但在比利和科特做出反应之前，莱克茜听到一个声音说：“安静，你们听到什么声音了吗？”

远处，从隧道的入口处传来地精的声音，似乎比李德派普的浑厚声音还要低沉。

“好像有声响。有噪声。”第二个地精的声音加入进来，比第一个还要低。“看到什么了吗？”

莱克茜僵立在了原地。她能感觉到身边的比利和科特两个人，也同样尽可能地保持静默，包括心跳和呼吸。

“这边，”第一个地精说，“用夜间视野看。的确有人在这边，而且热量源显示不止一个。”

“不应该有人来这里的。这条隧道的尽头是国王大厅旁边的一个死胡同。”第二个地精说。“瓦达！”他突然大喊，“你们在那里做什么？”

没有人愚蠢到去回答他。莱克茜暗自祈祷地精们会就此离开。

“没人回答，”第一个地精说，“可能是个大蝙蝠或者其他动物吧，夜间视野看不出来区别。前面的隧道太窄了，我分辨不出那是什么。”

“我们应该把他们哄出来，是不是？”第二个地精问道。

“太窄了，咱们俩过不去。”第一个地精回答。

如果这个入口对于他们来讲过于狭窄，那就意味着外面的两个地精，体格应该特别大，类似李德派普，也就是说他们足够强壮，能够徒手撕碎莱克茜、比利和科特他们。莱克茜感到身边的空气更加火热。

“说得倒是。但我不觉得那是蝙蝠，而且将军命令我们仔细检查每一处，不放过任何一个可疑环节。”第二个地精说。

“再用白天视野看一看。”第一个地精同意了。突然他的大喊声贯穿了整个隧道，“前面的！这个隧道是个死胡同，你们无路可走了，快点出来。否则我和刮刀脸就要去找国王保镖团里的其他兄弟，我们会一直守在洞口的，虽然我们不想因为你们错过午饭时间。我们越饿，脾气越暴躁。你们可不想见识我们的暴脾气，是不是？”

“没准我们应该冲出去，”科特建议，“我尽量拖住他们，你们两个赶紧逃跑。”

“你疯了吗？”莱克茜说，“他们肯定会杀了我们的。”

“我们能听见你们说话，蠢货们！”第一个地精大吼，“刮刀脸，快去叫奇卡矮人或者什么其他能进隧道的人来。只要脾气暴躁还能办好事就行。”

“没问题，宽下巴！”刮刀脸说，“我正好知道有几个就在附近。”

莱克茜能听见一个地精离开时轰隆的脚步声，应该是那个叫刮刀脸的地精跑去找奇卡矮人了。想到这里，身边的温度仿佛又突然升高了十摄氏度。莱克茜能感觉到一阵红光蒙住了她的双眼，她的呼吸变得越来越困难。

“简直棒极了，地精怪兽们正在追杀我们，我现在却犯了幽闭恐惧症。”莱克茜心想。

“听着，”比利对留在隧道入口等待的地精喊道，“我们不会伤害任何人，你们就不能放过我们吗？”

“你说话的语调不像是地精啊，”宽下巴若有所思地回答，“倒像是个斯克伯。”

“不，”莱克茜绞尽脑汁，让自己的用词和语调听起来像是一个真正的地精，“我们是地精，阿卡，是不是，瓦达？”莱克茜不确定自己的地精语是不是准确，但她确实在努力帮忙。

宽下巴的回应，则是一声轻蔑的唾弃。

“你们闻起来就像斯克伯，”高大的地精巨怪说，“人类身上的汗臭味和恶臭的呼吸味。”

莱克茜注意到自己在出汗，可以说是大汗淋漓，像置身于高温烤箱中。她必须出去，她快喘不上气了，但是无路可逃。面前是宽下巴巨大的身躯挡在出口处，身后是紧紧焊住的铁门。

“闻着你们的味道，我都快要流口水了。”宽下巴的语气兴奋起来，“我想大口吃人类的肉，已经想很久了。”

“人肉？”科特身上仅存的一丝男子汉气概瞬间蒸发，他惊恐万分，“他们要吃了我们？”

周围滚烫的空气已经令人无法忍耐，莱克茜感觉到额头上滑下硕大的汗珠，她要晕过去了。

“你们是斯克伯！”宽下巴像发现了宝藏般高喊。

突然，莱克茜感觉身体中有什么爆炸了，或者说有什么被点燃了，像是钥匙终于插进了锁孔，机关终于找到了触发点，或者说，像是她第一次不用辅助轮就能骑自行车的感觉一样。现在她身体中所有的疑虑和担忧瞬间消失，她感觉自己飞了起来，飞跃过小山，飞离慈祥的父亲。在这个隧道中，尽管周围的空气在翻滚，莱克茜却感到平静，像处于由火焰构成的龙卷风中心，周围是一片安静。

莱克茜快速又坚定地对科特大喊：“科特，蹲下！”

“蹲下？”科特疑惑地重复着，他正站在莱克茜和封死的铁门中间。

“蹲下！”莱克茜从丹田喊出声，霎时间她的整个身体爆发出强烈的火焰，一束束烈焰飞舞起来，缠绕在她身体四周。

科特蹲下了。

终于。

两道火焰从莱克茜的双眼中迸发，直对着她面前的铁门。这扇古老又坚固的铁门，在莱克茜双眼发射出的高温火焰中逐渐变形，弯曲，熔化……

铁门发出一声刺耳的破裂声，瞬间坍塌。

妄想改变世界的蠢主意

国王大厅角落处的一道铁门被炸开，轰隆的巨响伴随成千上万个碎片四散在国王大厅的每一个角落。铁门不像霍普和蓝霜所计划的那样，从大厅内部被咒语——黑暗魔法的冰霜和风暴——击碎，而是从外部，被一股烈焰击穿。

恐惧瞬间在国王大厅中散布。大厅中的地精百姓们原本是来朝拜索图斯的，或者仅仅是来一睹自封地精之王真容的，面对此情景，他们四散逃窜，拥挤着奔向大厅的门口。国王的卫兵们被爆炸声吓蒙了，不知道声音来自何处，更不知要做何反应。一部分士兵跑向发生爆炸的铁门；更多的则是紧紧围在索图斯周围，四处搜寻着可能出现的危机，保护着国王的安全；还有一些士兵仍试图维持慌乱的朝拜者们的秩序。大厅的另一端，月神女祭司的圣堂武士团则在爆炸发生后立刻形成战斗阵形，在月影的命令下，面朝外围成一个圆圈，手中的盾牌互相连接，形成一堵难以攻破的围墙，将黑袍祭司们保护在圆圈中心。月影扣上头盔，举起手中的宽刃刀，眼睛紧盯着墙上冒着滚滚浓烟的被轰开的门洞。

令霍普欣慰的是，他自己小分队的成员很快就恢复了冷静。尽管这样的爆炸不在他们计划之内，但每个人还是守在自己应在的位置上。李德派普上前一步，守卫在矮小的哥哥身前，与此同时，霍普这方的几个卫兵冲到被炸开的门洞跟前，时刻准备着保护三个人类少年。霍普稳住平衡，决定开始行动。不管他们准备好了没有，就是现在。

“将军！”他大喊着，向索图斯走去，“我们要带你离开这里，这里不安全。”

索图斯身边的保镖巨怪们很明显有着同样的打算。三个留在大厅中的克拉科巨怪紧紧跟在主人身边。

“这个卫兵说得对，咱们应该撤离了。”领头的保镖说。

索图斯看着大厅中的混乱局面。霍普屏住呼吸，计划能否成功，就看索图斯是否愿意离开国王大厅了。如果人类少年们从这场爆炸中幸存，那么霍普需要在他们冲出隧道、拿到王冠之前，将索图斯带离这里。但是索图斯犹豫了。霍普知道这位经验老到的将军不想在臣民面前表现得像个胆小鬼，趁乱离去。

“可能是斯克伯的军队攻进来了！”霍普用命令的语气对大厅中仍心神不定的百姓说道，“索图斯将军要立刻带领士兵们检查城池入口的防御塔，并集结军队。闲杂人等都让开！”

索图斯向霍普点头表示感谢。这个卫兵的声明让索图斯的匆匆撤退显得英勇而伟大。“一切都在控制之中。”索图斯对大厅中的百姓说道，然后准备在保镖的簇拥下，堂而皇之地走出国王大厅。

是时候让科特上台了。

莱克茜在爆炸发生后身体虚软地向下倒去，比利立刻冲到她身边。莱克茜靠着比利滑倒在地上，上气不接下气，眼神涣散，充满泪水。

“我做了什么？”她气喘吁吁地说。

“是魔法，”比利解释道，“你又施法了。”

“太好了，”莱克茜看起来长舒了一口气，“原来你也看见了。我还以为自己疯掉了。”

“门，你把门炸开了！”科特震惊地说道。

比利随即意识到，莱克茜无意识引发的爆炸对于他们来讲意味着什么。就像在实时多玩家对战游戏中，一旦队伍中有人率先袭击了怪兽，程序自动被激活，战斗就不得不开始，无论其他玩家是否准备好，这场战斗都已经无法停止。莱克茜触发了霍普的计划。已经容不得半点差错。

“你该出去了！”比利冲着科特大喊，“去戴上王冠！快去！”

科特知道该自己上场了，他没有犹豫。“放心吧。”这位橄榄球运动员说完后，转身冲出隧道。

比利能听到大厅中传来地精震惊的大喊“斯克伯”，但实话实说，与科特相比，他现在更担心的是瘫在地上的莱克茜。

“你能站起来吗？”比利问道。

“应该可以。”

国王大厅中传来打斗的声音，比利帮助莱克茜歪歪斜斜地勉强站起来。突然莱克茜看向比利身后，倒吸了一口冷气，紧张地说：“他们来了。”

比利转过身，看到两个矮小的地精顺着隧道，一路小跑向他们冲过来。是和蓝霜身高差不多的奇卡矮人，他们每人手里都拿着一把巨大的砍刀，似乎迫不及待地想使用它。

“大餐时间！”其中一个小地精发出了高八度的尖锐叫喊声。

“味道应该不错。”他的同伴飞快地在隧道中移动。

比利和莱克茜对视了一下。他们都意识到，不管国王大厅中现在正在发生什么，总会比赤手空拳地面对两个饥肠辘辘、手握屠刀的野蛮地精要好很多。

当莱克茜被比利搀扶着冲出隧道时，她第一眼看到李德派普抓起了一个无助的地精卫兵，抡圆了胳膊将他扔向一群已经被打晕并且摞成了堆的索图斯手下。李德派普和士兵堆中间隔着蓝霜，莱克茜看到蓝霜被咒语包围。漫天飞舞的冰片和暴雪将那个小巫师围在了中间，他的脚边已经形成了大片的冰面。妄想接近蓝霜的人，都滑倒在地。在莱克茜的眼中，这场战斗有些不真实。炽热的火焰和光束从她体内迸发，烧毁了隧道的铁门，同时也让她整个人头晕眼花。因此现在莱克茜看周围的物体都是边缘模糊的热浪，身边的人以滑稽可笑的慢动作跑来跑去。

莱克茜努力集中精神。隐约中，她看见科特奋力跑向王冠陈列架。他发动身上每一个橄榄球运动细胞，侧身躲开一个地精士兵，一边单手推开向他扑来的另一个，一边低头避开从天而降的长矛，再使用假动作晃开第三个气势汹汹的卫兵。接着，莱克茜看到一个全副武装的重型地精巨怪飞快地向科特移动，光滑的冰面丝毫没有减慢他的移动速度，好像冰面根本不存在一样，沉重的脚步甚至让厚厚的冰面出现蜘蛛网一样的裂痕。仅需四步，那个庞大的身躯就将压到科特身上。

“科特！小心！”比利在莱克茜还在发愣的时候大喊。

科特转过头，看到身后巨大的身躯从天而降。但是一切都太晚了，他无处可逃。

莱克茜试着召唤身体中的火焰帮助他，但隧道中的那种感觉似乎无法重现，她没办法发动自身的火焰魔法。科特可能会死。莱克茜头晕眼花，她太累了，已经没有力量挽救科特，也没有力量哭了。

就在这千钧一发之际，霍普冲了过去，高举起手中的长矛，拼尽全力刺向地精巨怪已经抬起的、马上要落到科特身上的粗腿。巨怪发出一声哀鸣。

“保护人类！”霍普对大厅中剩余的百姓和自己一方的卫兵大喊，“他是木匠国王的真正后裔！”

本来就混乱喧闹的大厅，在霍普宣言般的喊声之后变得一发不可收拾。已经准备逃跑的地精百姓冲回大厅中，高喊着“地精之王！”和“继承人万岁！国王万岁！”原本是霍普一方的卫兵们，听到自己保护的人类居然是地精之王，更加奋力地将科特保护在他们的身后，让他丝毫不会受到索图斯手下的伤害。一些原本站在索图斯一方的士兵，反而转投阵营，保护起霍普和科特，想让他们顺利拿到王冠。

“叛徒！”索图斯向霍普嘶吼，随即拔起身后背着的巨剑，一剑劈开挡在身前的叛变士兵的盾牌，“你居然背叛我，转投斯克伯，你死定了！听见了吗？我要打到你希望自己从来没有出生过！”

霍普这辈子已经有很多后悔的事情了，和降生在这个时代比起来，其他后悔的事情根本算不上什么。还好，索图斯和他间隔很远——暂时隔了很远。现在霍普更加担心的是另一个问题——面前这个地精巨怪手中紧握的长刀，随着地精巨怪每一次移动，四处乱舞，在霍普头上晃来晃去。好险！他刚刚又躲开了一次袭击。霍普怀念之前在战争中，他会找个地方藏起来，一直躲到战争结束。

霍普所面临的危险不仅仅是地精巨怪手中的屠刀，他刚刚为了保护科特，将自己的长矛刺在地精巨怪的腿上，所以现在的他，赤手空拳。他考虑过要把藏在靴子中的短匕首拿出来，但单凭一把小小的匕首，面对眼前高大愤怒的克拉科巨怪，就像小老鼠想要直面凶猛的黑熊。还是想着怎么防守吧。乐观些看，腿上插着一支长矛，使得这个巨怪的动作缓慢了一些。

正当霍普又一次躲过巨怪手中的刀时，他感觉到一股凶猛的冷气团从背后袭向他。不远处，蓝霜酝酿的法术更加密集，竭尽全力保护着人类国王。小巫师站在暴雪和狂风中间，念念有词。地上的坚冰不断向更远的地方蔓延，快要延伸到大厅另一端月神女祭司手下的祭司们所站的地方了。祭司们一动不动，仍然站在圣堂武士团架起的盾牌保护墙后面。突然从队伍中站出了一名黑袍祭司，他低下头看向脚下不断延伸的冰面。那些马上要触及祭司们的冰面，像是害怕面前的黑袍祭司一般，就此不再向前。

这时候的霍普借着奔跑的冲力，顺着地精巨怪的动作跳上了他的腿，又借助跳跃的力量猛地一把将刺在巨怪腿上的长矛拔出。克拉科巨怪再一次发出痛苦的巨吼，威胁着向霍普露出嘴中锋利的尖牙。“我要让你后悔惹了我！”他将手中的长刀挥向霍普的脑袋。

“过来这里，快！”比利将莱克茜拉到一尊高大的蒙面石像后面。尽管这并不是什么理想的躲藏地点，但至少比无处躲藏强。

莱克茜尽可能地挪动手脚，连滚带爬地迅速移动到比利身边。还好她移动了，就在她躲到石像后面的一瞬间，索图斯的手下从大厅上方贴着墙壁扔下了一把几米长的巨大镰刀。比利艰难地咽了咽口水，如果莱克茜没有及时躲过，镰刀已经将她从头到脚劈成两半了。

越来越多的长矛和石块顺着墙壁扔向大厅中的士兵们，蓝霜又发动了一阵寒风法术，来对抗空中四处纷飞的武器，改变它们的飞行轨迹，以免伤到自己和平民们。蓝霜制造的狂风将大厅中原本盖在石像上的黑布吹飞了。令比利惊讶的是，他们用以藏身的这座石像的样子，是在第一次世界大战中一位英国士兵的装扮，头戴边缘宽阔的头盔，肩扛来复枪，手握挖掘用的工具。

但是比利并没有时间仔细消化眼前的景象。从隧道的铁门中冒出两个面露凶光的小地精，他们手中拿着尖刀。两个奇卡矮人扫视着大厅中的每一张面孔，试图寻找从自己手下逃跑的猎物，比利立刻缩回到石像背后。

“我们的大餐在哪里？”其中一个说道。

“这里怎么乱成这样？”另一个不解地问道。

“算了，犹豫什么？快加入战斗！”第一个地精着急地说道。

“没问题！”第二个地精冲进人群，挥舞手中的铜刀，似乎并不在意自己砍伤了谁。

“有麻烦了。”当看到那两个不住添乱的小地精向着他们躲藏的方向移动时，比利对莱克茜说，“咱们有大麻烦了。”

索图斯感到大势已去。他的完美计划土崩瓦解，手下的士兵们纷纷叛变，眼看自己又将坠入孤寂的围城之中。

但是他知道，想要在一场战争中幸存下来，一名优秀的士兵只需要出现在关键的时刻，将未来抛在脑后，专注于眼前的敌人即可。索图斯看到一名贴身保镖正和那个独耳士兵战斗，那个叛徒试图把自己骗离国王大厅。看他身上穿的是铜盔甲，估计是这群叛乱者的领头人。那个胆小鬼只会在国王大厅中四处躲藏，躲避着巨怪的围捕，对大厅中的人类和地精随从们下着命令。

专注于解决眼前的混乱，索图斯对自己说。他决心就算这是他在这世上的最后一场战争，也要拼了老命杀死入侵的斯克伯和地精叛徒们。他面色凝重地凝视着那个叛徒卫兵。索图斯就算死，也一定会拉他垫背。

“独耳叛徒，”他发出大吼，“你给我等着！”

霍普这才意识到，自己想要改变世界的想法有多天真，多愚蠢。一切看起来都是那么简单：给科特戴上王冠，甩掉索图斯，避免和人类之间的背水一战，最好能拯救奇拉诺克城，使其免于灭顶之灾。但现在看来，霍普好像活不到拯救任何东西的时候了。索图斯张牙舞爪地向他扑来，将这场动乱演变成两个人的私人恩怨。与此同时，索图斯身边忠诚的巨怪保镖，也正忙着要将霍普撕碎，最好在他主人冲到跟前之前他就已经将霍普撕碎，他好随即呈上霍普的某部分肢体，供主人泄愤。

霍普终于从靴子中拔出小刀。他知道自己应该怎么做才能活下去。独耳卫兵冲向巨怪保镖，弯腰、低头，左躲右闪，尽可能避开一切攻击。

霍普面前的巨大敌人怎么也不会想到，霍普会向自己冲过来，毕竟这个瘦长的地精一直都在躲避，从来没有主动进攻过。防守的一方最终都会因为疲倦而出现纰漏，到那时，他就可以一举将霍普拿下。看了一眼巨怪裸露着的、没有防备的肩膀，霍普高高跳起，攀上巨怪的肩部，稍微稳住身子，转而毫不犹豫地将手中的尖刀插进了巨怪的脖子，他安全了。但霍普心中一点喜悦都没有，他知道这只克拉科巨怪只不过是在履行他作为保镖的职责，这是场你死我活的战争，他最终选择给自己留一条生路。

下一秒钟，索图斯的巨刃劈头盖脸地出现在霍普的面前。

霍普踉跄着后退了一下，转了个身稳住身体，以分毫之差躲过了刀刃，却还是被刀柄打中了脑袋。霍普感到天旋地转，耳鸣眼花，头上的伤口流出鲜血，他感到腿脚发软，几乎站不住了。

霍普蹒跚地向一旁躲开，索图斯的大刀再次从空中落下，从霍普的半只耳边划过。地精的耳朵对任何刺激都是十分敏感的，头上的疼痛和耳旁刀锋划过带起的风席卷了他的每一个细胞，霍普终于撑不住了，跪倒在地。大将军高举起巨刃。

“下地狱吧。”索图斯诅咒道。

一切都结束了。霍普绝望地闭上双眼，准备迎接自己的结局。突然他听到科特用全身的力气大喊，声音充斥在混乱大厅中的每一个角落。

“地精们！瓦达！”人类男孩高喊着，“看我！”

索图斯下意识地转身看向声音发出的地方。人类男孩满脸骄傲地站在王座之上，耀武扬威地挥舞着手中紧握的地精王冠。

“触地得分哦，宝贝们。”

莱克茜不敢相信自己眼前发生的一切。她身体中的灼热终于渐渐褪去了，但有那么一瞬间，她还在怀疑自己是否沉浸在生病发烧的梦境之中。科特手中高举着地精王冠，站在王座之上，就像霍普计划的一样。大厅中的每一个人都注视着他，科特脸上露出自信的微笑。他成功地吸引到了每一个人的注意力，对于接下来应该做什么，他了然于心。

“地精们，我是科特·诺瓦克，一名橄榄球四分卫。我是大卫·诺瓦克之子，美国人罗伯特·诺瓦克和波兰人海伦·卡拉金斯基之孙，来自木匠皮亚斯特的家乡。作为木匠的正统后裔，我奉召唤来到这个世界。”

大厅中传来一阵对预言半信半疑的地精百姓发出的小声交谈和议论。顿时，大厅上空不断回荡着“皮亚斯特”“木匠的后裔”“正统的国王”这几个词语。

“现在是动荡时期，”科特继续说，“但是我的祖先曾经对地精族群做出郑重承诺，只要你们处于危险之中，只要你们有需要，他的后代就会降临在你们的世界，拯救你们的族群。”

莱克茜觉得科特说得有些过火，但看起来效果格外好——她周围的地精们小声附议着，还有些百姓连连点头赞同，发出无声的鼓励和赞赏。

“他真的很喜欢成为焦点，不是吗？”莱克茜问比利。

“你还好吗？”比利没有回应莱克茜的问话，而是用关心的眼神看着她。

莱克茜讨厌成为别人眼中需要帮助的那一个，那让她感到格外弱小，但基于她刚刚在隧道中的表现和现在的身体状况，比利的担心是有充分理由的。但莱克茜还是对王座上的科特有更大兴趣，她知道科特不会放过这个属于他的伟大时刻，他还没有说完。只见高壮的橄榄球运动员在众人视线中挺直腰杆：“嘘，我要戴上王冠了。”

“现在我要拿回属于我的国家。”科特说道，声音平稳且舒缓，以此来保证大厅中的每一个人都能听到。莱克茜情不自禁地想为科特鼓鼓掌。“拿回我的王座，拯救我的子民。”他的声音渐渐放大，语调升高，慷慨激昂且坚定，“成为你们的国王！”

说完，科特用极富戏剧性的动作，缓慢地将地精王冠扣在了自己的脑袋上。

很长的一段时间内，国王大厅中没有人动弹，没有人说话。所有人都紧盯着科特，他自豪骄傲地戴着王冠，站在王座之上。

然后，终于有人出声了。令莱克茜惊讶的是，出声的是在隧道中想要抓住他们的小地精。

“胡说八道，”小地精挥舞着手中的大刀，“为什么红宝石没有发光？”

的确，王冠中央的红宝石没有像霍普说的那样，在真正继承人戴上时，发出太阳般的红色光芒。现在的宝石仍然是暗淡的，没有丝毫闪耀的迹象。

“骗子！”一个武装到牙齿的高大地精在人群中发出怒吼，除了大将军索图斯，不会是别人，“你们都是骗子！”

所有视线回到了索图斯身上。“杀了他们。”将军冷静地下了命令，“杀了人类。杀了叛徒。一个都不要放过。”

莱克茜试图积攒体内的火焰，但她仍然无能为力。这回没有什么能够拯救他们了，没有什么会打断这场追杀，没有未来了。随着一声令人血液凝固的尖叫，成群的地精向仍然傻站在王座上的科特冲了过去。

“你是说……我不是国王？”他喃喃自语，不知道是在向谁发问。

下一秒，他消失在成群的疯狂地精之中。

神殿审判

比利从黑暗中醒来。他不知道自己在哪里，不知道是怎么到这里的，不知道过了多长时间。他隐约记得，自己被地精包围，他拼命护住莱克茜，看见蓝霜被按倒在地，看见李德派普投降，但一切仿佛发生在很遥远的地方，发生在很久之前，那么不真实。他浑身都疼，脑袋里像一摊烂泥。他试图站起来，但是发现有人把他绑住了，嘴里塞了布条让他无法出声。他挣扎了一下，从回音判断，他所处的房间十分宽阔，至少有国王大厅那么大。地板光滑，像大理石一般，空气中弥漫着奇怪的香味。

比利听见身边传来挣扎、呻吟和晃动身体的声音，听起来像莱克茜发出的声音。比利向声音的方位移动，撞上了另一个侧卧着的躯体。从对方传来的男性的咕哝声和胡乱摆动的挣扎声，比利辨认出这是科特。所以他的两位同学也在这里，同样被绑了起来，嘴被堵住。他稍感安慰，至少他不是一个人。

时间一分一秒地过去。比利不知道是过了几分钟还是几小时。他时醒时睡，还一度梦见他的父亲。他看见父亲穿越海边的雾气向自己走来，看起来极度疲惫，比最后一次化疗的时候还要瘦弱。父亲的手里拿着建筑用的探照灯，喊着比利的名字。

“比利！你在哪里？比利？该回家了！”

比利试着跑向父亲，但周围浓重的雾气像一根根绳索，往后拽着他，不让他接近。他试图张口回应父亲的叫喊，但浓雾涌入口中，灌满喉咙，让他无法呼吸。他只能眼睁睁地看着父亲消失在浓雾中。他看不见父亲了。

比利惊醒了，哽咽着，泪水滑落到口中塞着的布条上。他安慰自己那只是个梦，是因为思念父亲而做的梦，但这仍然令他伤痛万分。他意识到父亲可能撑不到他回家的时候了，他可能再也见不到父亲了。

正当他躺在地上，试图摆脱这场噩梦时，他听见了脚步声，好像是一群地精走进了大厅。这些走进来的人没有说话，但根据大理石地面上传来的回音，比利猜测至少有几百人，甚至可能上千人。他们花了很长的时间，站满了大厅的各个角落。比利感觉离他不远的莱克茜和科特也因为地精们的到来而被惊醒。

屋子里站满了人，一个极富权威的女性声音打破了黑暗中的寂静："请坐。"

众人在大理石地面席地而坐，女性地精的声音继续："众人所在之处为月神女祭司的仲裁之殿。法庭之上禁光，禁声，禁歌，禁扰。如有扰乱本次听证之人，必将处以死刑。"

黑暗中的一些人被女声逗乐了，发出了笑声，但女性地精的声音并没有丝毫改变："够了，这是你们唯一出声的机会。现在闭上嘴，竖起你们的耳朵。审判现在开始。请乌卡奇瑞·斯塔卡勒，普天之下的最高女祭司星语者上前。"

整个大厅，整个神殿，鸦雀无声，比利只能听见缓慢的脚步声在巨大的房间中回荡着，听起来走路的人步伐有些蹒跚。比利能听见脚步声逐渐接近，在离他脑袋不远的地方停了下来。

随着脚步声的停止，星语者开始说话了，她的声音苍老而破碎。"请一起聆听月神女祭司的指引。"紧接着，她开始歌唱，歌声却出乎意料的甜美动听。

挣脱束缚捆绑
平定不公哀怨
生而和平为万物所期
举家安定
炉旁微光
所见之人
所言甚畅
月神之真理相伴
月神之戒律相随
月神之惩戒
围断邪恶终结
指引众生解放
月神之神请听我歌唱

星语者的最后一个音符在每个人的身体中震颤，在大厅中久久回荡。就算是躺在地上无法动弹的比利，也不得不承认歌声的美妙。

“罪行已犯下，”星语者继续说，“你们被送上被告席位。”

比利试着挺直身体，努力让自己显得无辜些，尽管他知道在伸手不见五指的黑暗中，周围的人看不清他的动作和表情。

“现在诉说你们的陈词，”星语者说，“月影。”

原来月影就是率先带领着地精们走进殿堂的人，也是一开始说话的那个女性地精。在她再次开口时，比利听出了她的声音。

“瓦达！”月影高声喝道，“这三个人类非法入侵我们神圣的奇拉诺克城。借着其他地精叛徒的帮助，使用被禁止的光明法术，炸毁了通向国王大厅的通道，动乱中造成一名地精的死亡和无数地精的受伤。其中一名人类抢夺了王冠，戴在了他自己的头上，但是红宝石并没有认可他的继承权。”

“至于剩下的地精叛徒同伙，”月影继续说道，“他们本应该帮助自己的族群，却投靠敌人的阵营，他们明显叛变了。”

“谁是幕后主使？”星语者问道。

“有一个地精逃走了，”月影回答，声音中带着一丝窘迫，“也是他杀死了另一个地精同族。那个卫兵叫作克尔格·欧罗格，人称霍普，他好像是领头的人。我们现在正在四处搜捕他，但暂时没有找到。”

霍普逃跑了？比利隐约记得眼前的一幅画面，在大厅中的黑色王座上，有个地精从王座上跳起来。可能那就是大家都叫他霍普的原因吧，“霍普”在地精语中还有跳跃的意思。他真的很能跳。比利觉得自己应该多多少少对霍普抛弃他们，一个人逃跑而感到生气，但实际上他十分欣慰新朋友活着逃了出去。

“地精巫师抓到了没有？”星语者问。

“那个小个子在这里，阿卡瑞琪·布鲁夫斯特。”

“对其他地精使用伤害性咒语是一件极其恶劣的事情。记下来。”

“是，族长夫人。”月影回答。

“那么在座的各位，有人想为这些罪人说些什么吗？”

“我有话要说。”从大厅后方传来微小的声音。

“我用夜间视野看到你了，佐罗拉斯塔格·格瑞阿克恩，”星语者说，“阿克恩，你的女儿还好吗？她的腰伤怎么样了？”

“她恢复得如星月一般完好，感谢您与月神的保佑。”阿克恩回答。

在黑暗中，比利在脑中幻想着阿克恩的大致外貌。男性，黑色皮肤，不爱说话，平时神情有些游离。比利意识到自己将父亲的形象套在了这个阿克恩身上，想一想如果老威廉的耳朵尖尖挺立，还有双黄色的大眼睛，那该多么滑稽可笑啊！但这又让比利意识到自己是多么思念父亲，多么思念家乡了。

“你想说些什么吗，阿克恩？说吧！”星语者说道。

“我的侄子，哈默尔·卡特，也在这里，”阿克恩说，“不管怎么样，他是个好孩子。但是他的亲生父亲在战斗中牺牲了，被敌人杀害了，就如同这神殿中许许多多孩子的父亲一样。这令卡特愤怒，是不是？他经常说，是非难辨，真理难安。所以如果卫兵需要他的帮助，将这大乱世间恢复到原本的和平，卡特将义不容辞。如果你懂我的意思的话，伟大的族长夫人。”

“说得很好，阿克恩。还有要发言的吗？”

神殿中的人群骚动了起来，比利听见人们窃窃私语，赞同阿克恩的言论。

“我知道了，”星语者说，“能看出神殿中在座的各位都是这些地精的拥护者。有没有持相反观点的人想要发言？”

“当然有，”离比利不远的地方发出咄咄逼人的声音，“没有人能够容忍一名地精巫师对同类使用伤害性咒语。”比利听出了这个声音，说这句话的人也在国王大厅中出现过，他就是大将军索图斯。

索图斯的话音刚落，比利又听见一个熟悉的声音传来，低沉浑厚。李德派普说：“我有话要说。”

索图斯打断他：“他是罪人，他没有权利发言。”

“他可能现在是被审问的一方，将军，”星语者冷静地回答，“但我还是要听一听他有什么要说的。继续吧，布豪瑞奇·李德派普。”

“我想说的是，无论我哥哥的下场如何，我都希望我与哥哥同生共死，一同进退，”李德派普说，“我说完了。”

“我没意见。”索图斯说。

“这不是你能做决定的审判，大将军。这是月神之殿，容不得不敬。”月影的声音里带着愤怒和警告。

星语者的回应则温和许多。“你是个好弟弟，布豪瑞奇·李德派普。我保证神明会考虑你的请求。”比利听见长袍在地面上的摩擦声。星语者转过身，面对着神殿中的众人：“现在除了蓝霜、李德派普和逃犯霍普，对剩余的罪人进行宣判。全体聆听月神的指引，由我代替月神决断。”

整个神殿鸦雀无声，比利甚至能听见他自己的心在狂跳。

“你们都是正直善良的地精族人，”星语者说，“但你们犯了错误。在绝望之中盲目地寻求一名救世主，信任了不配信任之人。当内心恐慌没有依靠时，任何人都容易轻信看似有希望的事情。但你们没有人触碰到王冠，所以你们都是无罪的。没有人会被处死，没有人是杀人犯，善良的月神，请保佑他们。但仍然对你们会有惩罚，这样的惩罚是世人，哪怕是我这种年纪的老者都不忍心看到的。这种愚蠢盲目的轻信，需要长久修行和忏悔，否则将会衍生出更恶劣的后果。所以我的判决如下：今日接受审判之人，必须离开奇拉诺克城，去卡罗要塞的法斯特之角。你们要在那里历练，成为月神女祭司的手下，直到我判定你们的神志已清，不会再做出盲目的决定。”

比利屏住气息听完审判，感到放松了许多。如果他没有理解错星语者的意思，这些试图帮助科特加冕称王的地精们将会被发配到一个类似监狱的地方，在那里工作服役，那里的条件可能不是很好，但总比没命强上百倍。

“就这样？”索图斯忍不住发问，声音中是抑制不住的不满。“为神职人员缝补袍子，擦亮钟摆，种植作物，这就是对他们的惩罚？”

“我保证判决的公正，神殿中人人平等，不会有偏差错爱。”星语者声音威严，对索图斯反复插话感到严重不满。

索图斯没有再提出异议。星语者继续：“现在，蓝霜和李德派普这对兄弟，我的判决如下：魔法的力量强大不可测，随意使用是严重的禁忌，稍有不当巫师将陷入疯癫。无所顾忌地实施法术，你将神志不清，永不清醒。女神在上，法律明晰。如果你不经思考就随意使用魔法，会危及你个人以及身边的每一个人。你需用生命维护你的法术，保护你身边的人。听见了吗，阿卡瑞琪·布鲁夫斯特？”

“听见了，”蓝霜终于开口说了第一句话，“我接受您的判决。”

“你必须接受。”星语者语气威严。“你和你的兄弟不仅要被发配至卡罗要塞的法斯特之角，还要在那里等待月神女祭司的处决。”

“这个判决稍微好一些。”索图斯出声。

“闭嘴，”月影斥责道，“这是月神女祭司的神殿，你只是个客人，没有权利开口说话。”

“我道歉。我只不过是想称赞月神和族长夫人英明公平的判决。”

“在心里称赞就好。”

当这两个地精争吵的时候，比利浑身止不住地颤抖着。“处决”，他听到蓝霜和李德派普的结局在星语者口中定论，他们要被处死了。就是因为他带着莱克茜和科特来到这个世界，否则他们不会死掉的，这全都是他的错。

“接下来是三个人类，”星语者的语气更加阴郁低沉，“有人想替他们说些什么吗？”

比利已经看到结局了。死亡。他、莱克茜和科特的死亡。在他没有意识到的时候，自己就已经喊出声，他试图放大声音，想喊“让我说，我想发言”，但因为嘴中有东西塞住，他发出来的声音是模糊不清的咕哝。

“让这个人类说话。”星语者说。

比利感觉有一只粗糙的手按住他的肩膀，另一只手把他口中的东西拿了出来。

“你的名字，男孩。”星语者命令着，语气中再没有一丝刚刚的和善。

“我是小威廉·泰勒·史密斯，”比利尽力稳住声音，“大家都叫我比利。”

“你说吧，小威廉·泰勒·史密斯，又称比利。”

比利艰难地吞了吞口水。站在漆黑的大厅中，他知道虽然自己什么都看不到，但周围都是人，这种感觉太奇怪了，更令比利紧张的是，他要在这么多人面前公开发言。但从另一个角度来讲，看不到任何人，能够给他空间，想象自己在一个更加熟悉、更加放松的环境里。他要做的，就是假装在班级里或者学校礼堂里做公开演讲，而不是面对一屋子怒气冲冲的地精。可他突然记起……他讨厌在大家面前演讲。

“嗯……那个……我想说的是……”比利犹豫着，不知如何开口。

“这可不算是你的辩解。”星语者说。

“不，等等，我真的有话要说。”比利尽可能飞快地说着，祈祷着地精族长夫人能够听懂。“我们只想回家，没有别的想法。我们甚至都不知道自己是怎么到这个世界上来的。我们心里很慌张，很迷茫，然后霍普找到了我们。所以当他告诉我们，科特是真正的国王，他拿到王冠之后，能拯救许多无辜的生命，甚至拯救整个地精族群时，我们别无选择，完全相信了他，也愿意帮助他。我们绝对没有想要伤害任何人，没有想要打破禁忌或者触犯法律。我们现在意识到了不应该那么做，真的很抱歉。但是我们真的只是想回到原本的家中。”

比利屏住呼吸，期待着听到星语者接下来要说的话，期待着自己能改变他们三人的命运。

“命运的奇妙，有时是很讽刺的事情。”星语者安静了相当长的一段时间才开口。“它把我们送到陌生的地方，指引我们做奇怪的事情。但归根到底，是我们自己做出决定，是我们自己采取行动，也是我们自己要承担后果。我知道你们很年轻，并非来自这片土地，我甚至也能感觉到你们只是想做些好事，帮助别人。但是你们的所作所为过于鲁莽，过于危险。因为你们，有地精丢掉了自己宝贵的生命。不论是意外还是人为，结果不可逆转，死亡就是死亡，罪行就是罪行。判决不会因此改变。”

族长夫人停了下来。比利想她应该在看向神殿中的群众，等待着他们领悟和体会到自己话语的英明和正确。就是这样的一幅画面，他试图在头脑中描绘着。但是他所能看到的，则是自己的脑袋从脖子上被切断，掉在地上翻滚的场景。

在一段令人心悸的停顿之后，星语者终于再次开口：“月神在上，判决如下。三名人类同样被发配至卡罗要塞的法斯特之角，等待对他们的处决。”

比利试图抗议叫喊，但在他发出任何声音之前，一双坚硬粗糙的大手捂住了他的嘴巴。他挣扎着，但知道大势已去，他们已经没有希望了。他听见身边有挣扎和打斗的声音，但都没有持续多久。脆弱、疲倦、迷惘，开始在黑暗中漫无目的地飘荡，他、莱克茜和科特终于被永无边际的黑暗征服了。

身边那个看不见的地精又将布条塞进比利的嘴里，将一个麻布袋套在了他的头上，这时候，比利听见星语者的最后审判。

“月神对这些叛徒还有最后一条审判，”她说，“对于克尔格·欧罗格，人称霍普，这场动乱的发起者，唯一杀死另一个同类的地精，审判如下。如果他在现场，月神赋予他说话的权利，可以为自己辩解、开脱，给予他解释一系列所作所为的机会。这也是我们有审判听证的原因，但他内心太过胆小懦弱，不敢出席，只会逃窜。如果他不为自己辩解，也没有别人站出来为他说话，那么我就只能执行月神对他的惩罚。审判如下：那种懦夫不配在月神眼下被处死，如果有任何一个地精找到了他，无论在哪里，斩立决。不需要等待合适的时机，不需要向任何人汇报。只要看到霍普，当即处死。

“如果他无罪，那请众神保佑他的平安。因为我身为月神的祭司，将不会庇佑他分毫。”

星语者在看着他。霍普知道，虽然这听起来丝毫没有可能；在如此巨大的神殿之中，霍普隐藏在众多百姓中间，而在地精的夜间视野中，每一个生物都只是橘红色的光团，就算仅隔几步之遥，也无法看清对方的长相，更何况周围有那么多的地精，星语者不应该发现霍普在这里的。但是他能感觉到，星语者的脸冲着他的方向，或者只冲着他。她眼中灼热的视线落在他的脸上，几乎要射穿他的头颅。

“如果他真的有罪，那么他终将无法逃脱月神的制裁，终将被处死；如果他是无辜的，”星语者继续说，“那他跑得越远越好。”

这警告霍普不需要听第二遍。神殿中，星语者的话音还在空中盘旋，霍普转身冲出了月神神殿。他跑过奇拉诺克城中废弃无人的街道，星语者的话在他脑中盘旋不散，他拼命地跑，仿佛永远不会停下来。

在筋疲力尽后的昏迷中，莱克茜感觉自己被举在了半空中，由一个高大的地精托着，地精手仿佛有一扇门那么大。莱克茜感到被冒犯了，但更多的是愤怒：为什么大家总是要托着我走路？我明明可以自己走的！莱克茜略微挣扎了一下，但是脚踝和手腕仍被麻绳捆绑，限制她的任何动作。有人在她头上罩了一个麻布袋，紧接着她被扔上一个地精的肩膀，地精扛着她，开始在黑暗中跑动。扛着她的地精步伐很大，在跑了几十步的过程中，他们穿过了三层帷幕一般的帘子。莱克茜能感觉到帘子粗糙的皮质材料从她的身体上滑过。在穿过第三层帘子之后，阳光透过头上的麻布袋，刺痛了莱克茜的双眼。她感觉放松了许多，还以为再也见不到太阳了呢！

高大的地精跑了很久。随着跑动，莱克茜的肋骨不断撞击在地精肩膀的凸出骨骼上，在她疲惫得已经快撑不住的身体上又增添了新的淤青。她刚要尝试使用自己新发现的魔力烫伤这个地精，却记起来地精女祭司说过，如果她非法使用法术导致其他人伤亡，身边的地精们可能不会等到达卡罗要塞就把她处决了。而且就她现在的身体状况而言，如果发动法力，也只能让扛着她的地精觉得有那么一点发热，更别提烫伤了。“简直太不公平了。我不会哭的，”莱克茜告诉自己要坚强，“我是绝对不会流眼泪的。”

伴随着地精长时间的跑动，莱克茜的注意力渐渐开始分散，她想到了自己的家。在家中，她经常感觉自己弱小无力，她生命中的每一步、每一个决定，都有母亲无处不在的影子，莱克茜厌恶这种控制性的保护。现在，她在这个世界经历着令人难以置信的事情，身上被赋予了强大的魔力，却仍然感到十分无助。

终于，地精停下了脚步，毫不客气地将莱克茜摔在了一张网兜上。随着莱克茜的摔落，身下的网兜发出嘎吱嘎吱的摩擦声。随后另外两股震动也传了过来，毫无疑问，是比利和科特被摔在了不远处。莱克茜静静地躺着，已经没有挣扎的欲望和力气，身上大大小小的淤青，让她体内聚集不起一丝逃跑的力气。

她必须睡一会儿了。接下来莱克茜记得的，是一个女地精的声音：“他们都要上来。给他们让路。”

更多的声音随之喊着“让路！”“让开！”以及“走吧，你们这些肮脏的东西！”。

突然，莱克茜身下的网兜向一边倾斜，她感到网兜的四周逐渐绷紧，然后开始摇晃。一开始网兜前后左右四处乱晃，稍后晃动渐渐变得缓慢且有规律。

莱克茜曾经跟着学校中家庭富裕的女同学在海湾坐过游艇，当时的感觉跟现在的晃动感十分相似。“是船，”她心想，“我们一定在一条船上。”莱克茜猜测他们所在的网状平台从船身的一侧伸出，悬在海平面上，就像古老的货船在运送货物一样。她躺在网兜上，试图捋清楚身边正在发生的事情。如果她能够想明白，或者知道他们在哪里，没准就能想出一个逃跑计划。莱克茜的脑中闪现过当她成功解救了科特和比利时，两个男孩洋溢着感激的面庞。她要向世人证明自己不是弱小的。

但她脑中闪现的画面更像是翩翩美梦。很快，伴随着轻柔的摇晃，莱克茜被困倦席卷全身，终于睡了过去。

很长一段时间，她都没有再睁开眼睛。

梦境都是相似的。索图斯又梦见自己独自站在一个被阳光晒得脱色的平台之上，周围是无数长满尖刺的植物，从干枯的土地中拔地而起，植物上长着许多圆形的白色果实。他突然感觉到饥饿，于是走近其中一棵植物。侧身躲开尖刺，穿过荆棘，终于摘下了一颗拳头大小的白色果实，准备心满意足地填饱肚子。就在他将果实靠近嘴巴，张开嘴准备咬下第一口时，手中的果实突然变成苍白的头骨。

通常，索图斯在此刻会被吓醒，但这次并没有到此结束。暗夜女王在那里，还是那副与地精完全不同的面孔——象牙白的皮肤，夜空般的黑发，令人恐惧的月光般银色双眼。

“我们能种植千百棵这样的树，但经历了岁月洗礼才能享用，”她银色的双眼似乎穿透了索图斯的灵魂，“一升血染大地，换一滴汁液留存。如今每一寸疆土都在叫嚣着等待填食。”

“告诉我要怎么做，”索图斯说，“请告诉我。”

“单靠强硬的命令怎能培育繁茂的宝藏！”暗夜女王声音中带着痛苦的美丽，“每一棵植物都有因果，每一个决定都有劫数。”

说完，狂风骤起，暗夜女王化为尘埃。脚下的石板台，眼前的植物，树上的果实，甚至连索图斯自己，都破碎成千万粒尘埃，消失在风中。

索图斯惊醒，浑身大汗。但是他得到了想要的答案。

危险的卫兵霍普和他的人类同僚已经被处决，永无翻身之日。这样就不会出现人类国王拯救地精子民，没有预言中的奇迹了。只有索图斯。

而树上的果实，是战争和死亡培育的产物。

亡巫灵

莱克茜醒过来，感觉自己好多了。难道是在睡梦中，新发现的魔力悄悄治愈了自己？莱克茜感觉只有这种解释能说得通。她翻了个身，发现原本把自己捆得结结实实的绳子不知道被谁解开了。

然后她看到了身边的比利。她清楚地记得在国王大厅的骚乱中，在自己遇到危险的时候，比利是多么勇敢地保护她躲开愤怒地精们的刀剑。尽管有比利的保护，她因为使用魔法而导致的虚弱仍然没有完全消失。但相对于比利，她的情况好太多了。比利的长袍兜帽上满是凝固了的斑斑血迹，脸上和胳膊上到处都是伤痕。他在睡梦中呻吟着，明显处于痛苦之中。

莱克茜知道自己要做些什么了。

“比利？比利？”比利听见有人叫他的名字，感觉到有人在摇着他的肩膀。他从睡梦中醒了过来。是莱克茜。

比利睁开眼睛。他躺在软软的网状物中，在轻微地晃动着。现在是晚上，雾气弥漫，但他还是能在不远处隐约闪烁的吊灯光亮中，将周围的环境看个大概。看起来自己在一艘船上。莱克茜跪在他身边，神情焦虑地看着他。

“你还好吗？”她问。

“还好，”比利思考了一下，回答说，“感觉好了一些。”

这是真的。比利身上的淤青和红肿已经消失了。他坐起身，引起网状物的些许波动。

“我好像发动了什么法术，治疗了咱们。”莱克茜说。比利能看到她眼周明显的黑眼圈，她累坏了。

“你不需要这么做。”比利说。

“需要的。你看起来糟透了。”莱克茜上下仔细打量着他，“现在算是好一些了。我是说，你还是一副瘦弱的宅男形象，但至少没有那么吓人了。”

“是的，谢谢你。”比利虽然感觉好了一些，但他不愿意莱克茜因为治愈自己而更加疲倦。“听着，我觉得你不应该过度使用法术。老用魔法对你的身体好像不太好。”

“所以，我就应该看着你躺在那里痛苦地叫唤，什么也不做吗？”莱克茜针锋相对，心中的不满超过了对比利的担忧。

“比利说得对，”蓝霜的声音突然加入，在黑暗和雾气中移动过来，小心地不去晃动他们所在的这张大网，“男孩不用你的治疗也会恢复的。你应该让他自己康复。”

“只要我可以做到，就绝对不会让别人在痛苦中挣扎。”莱克茜说。

“但是代价是什么，小丫头？”蓝霜问道。小地精巫师还没有从他自己的伤痛中缓过来，原本稍向下垂的耳朵更加失去精神，已经完全翻折了下来，眼中的光亮也暗淡了许多。“这就是魔法。它会让你拥有一些能量，但同时会从你的身体中消耗更多。”

莱克茜发怒了：“我知道我在做什么！”

蓝霜悲伤地摇了摇头，“所有年轻巫师都认为自己能控制魔法，但他们都错了。魔法是强大无边的，对不对？但它同样是诱惑人的深渊或魔窟。你拥有的越多，渴望的就越多。像酒一样，偶尔喝一两口不是坏事，但喝得太多，就会麻痹头脑思维。”

比利知道这不是莱克茜想听到的。“我做的一切都在帮大家的忙。”她说，“我治愈了我自己，带着大家冲出隧道，刚刚又让比利的疼痛停止了。”

“两天之内使用这些魔法简直太多了。让我问问你，实话说，你现在感觉怎么样？”

“特别累，”莱克茜承认，“像是一周都没有睡过觉。”

“这就对了，我的感觉比你更糟糕，”蓝霜皱着眉说，“但是有方法可以让我们好起来。一个咒语就可以见效。实话告诉你，我现在十分想念出那个简单的咒语，一瞬间肉体和精神上的一切疲倦都可以解决，立竿见影。但是我知道一个巫师，曾经这么肆无忌惮地使用法术，是的，一个叫月落的地精女巫，她比我大几岁，当我刚刚当上学徒的时候，她就已经毕业了。”

这段回忆看起来格外令人痛苦，但蓝霜逼迫自己讲述这段故事。

“我们所有刚刚当上学徒的年轻巫师都敬佩月落。她聪明、美丽、贴心。在使用法术上，没有人能超过月落。她能够发动各种各样的法术，做任何想做的事情。可能这就是问题的症结。因为她有能力，她就会忍不住使用。只要生活不如她的心愿，月落就会使用法术去改变，将生活变成自己满意的样子。使用法术起床，使用法术吃饭，使用法术睡觉，使用法术增加力量。

“没过几年的时间，月落的整个生命中只剩下了咒语，她的头脑瘫痪了，眼神涣散，目光呆滞，再也没有从前的聪明伶俐。我们称这些巫师为亡巫灵，没有灵魂，没有思维，像是一个空罐头。亡巫灵的灵魂已经死去，只剩肉体，用咒语支撑而活着，不加思考地使用法术。那就是月落的生活：只要她饿了，食物就会从天而降；有东西挡在她面前，一阵疾风会把挡着的物品击碎；如果有人让她不开心，那……那个人就会死亡。

“最后，全部巫师集体出动，包括我在内，师父命令要杀死月落。我们聚集了所有巫师的力量对付她，终于将她杀死了。但事实上……那个时候的月落早已经死了，只是一条条咒语还支撑着她的存在。我们只是按照要求完成工作而已。”

蓝霜揉了揉脸，趁着这个工夫偷偷擦掉了眼泪。“这些都是陈年旧事了。”他很快转变了话题，“不是每个人都有机会坐船的，这简直太奇妙太罕见了，来赶紧看看我们错过了什么。”

比利困惑地看向周围：“我们有什么可开心的？我们是阶下囚呀。”

“就算明天我们终将死亡，但是现在，我们比任何时候都要自由。所以如果你想坐在原地唉声叹气，那随你便。反正我要享受身边的一切，直到生命的最后一秒。”蓝霜说完，小心地走向灯光闪耀的一端。几步之后，蓝霜的身影消失在了浓雾之中。

“可能他是对的，”比利说，“我们应该活在当下。而且这艘船，感觉也应该是不错的探索之地。”

莱克茜点了点头，但她看起来不是很开心。“比利？”

“怎么了？”

“你觉得我不会变成蓝霜口中的亡巫灵，或是什么头脑瘫痪的怪物吧？”莱克茜犹豫着，害怕着，一点都不像是平时的她。

“不会，”比利说，“你比她好太多、坚强太多，也酷太多。”

他和莱克茜晃晃悠悠地向蓝霜的方向走去。这不是件容易的事情。在网兜上行走像是玩某种奇怪的闯关游戏。在灯照不到的地方，四周相当昏暗，而在黑暗和浓雾的笼罩之下，他们很难看清周围的事物。比利站起身，感觉到从船甲板方向刮来的风吹过他的脸颊，要么是风比较大，要么就是他们行走的动作太大，网兜晃动得十分恐怖，或者两种原因都有。

在他和莱克茜移动的过程中，比利小心翼翼地不去看脚下的洞，编成网兜的绳索像是蹦极的时候绑在身上的绳子一般粗。每隔几步，比利就能看到网中间立着一根棍子。可能是紧急扶手吧，比利猜测，尽管他很怀疑，一艘船到底为什么要有这么多这种扶手。

浓雾散开了一些，比利发现网兜中不止他们几个人，甚至还有些拥挤。不远处，有几个地精囚犯缩在一起，互相说着安慰的话。船头上，一小群祭司裹在黑色的长袍中，围在一起祷告。一个地精卫兵在船上四处巡逻，其他士兵要不就在玩骰子，要不就在船尾的火炉旁取暖。

十几个身材矮小且灵巧的地精在船的甲板上跑来跑去，随时查看着船行驶的方向，操作着船上的绞车，保证一切按部就班进行。他们是水手，比利猜测。水手们都光着脚，在船甲板这种湿滑的地面上，地精的脚趾比鞋子更能防止他们摔倒。他们穿着普通的灰色水手制服，戴着羊毛帽子，防止自己的耳朵冻伤。

这里的天气真的很冷。寒冷的堪萨斯州几乎是比利所到过的最冷的地方了，这里比堪萨斯州还要冷。他拉紧自己的外套拉链，正要戴上兜帽的时候，看到了莱克茜。莱克茜只穿了单薄的红毛衣，而且她穿的是裙子。她快冻僵了。

“你……那个……需要我的外套吗？”比利问。

莱克茜看起来对比利的绅士行为很感动。之后她看了看他身上的外套，笑容中带了点悲伤：“不用了，谢谢。”

比利顺着莱克茜的视线看向自己的外套。以前他穿的时候，这件外套还是很干净的，但那是多久之前来着？两天还是三天之前？在比利不小心撞到科特，溅到满身的意大利面和酱汁之前，在他跌跌撞撞跑进学校旁边的泥泞隧道之前，在抱着流血的莱克茜艰难前进之前，在他在阴冷潮湿的诡异洞穴中摸索爬行之前，在被众多地精围攻之前，在骑巨型蝙蝠之前，在爬过布满蜘蛛网的古老隧道之前，在被另一群地精袭击之前。

比利的外套现在肮脏不堪，上面有干了的西红柿酱汁，有干了的泥点子，还有不少干了的血迹，还有蜘蛛网、汗渍、灰尘……在衣服上形成一副难看的图画。除了肮脏以外，这件衣服严重磨损和被撕扯过，右边的袖口不见了踪影，兜帽两边的拉绳扭曲缠绕，系成了两个大疙瘩。

“好吧，这衣服很脏了。你说得没错，”然后比利试图微笑着，“但至少能暖和一些呀。”

莱克茜看着比利无奈的表情笑出了声，随即担忧浮上了她的脸。“比利，这是条船，是不是？”她看向周围的浓雾。

“当然是的。要不然还能是什么？”

“但是……我没有听见任何水的声音。”莱克茜看向模糊的天空。“我觉得天可能要亮了。太阳要出来了。等天亮一些，我们就能看到要去哪里了。”

莱克茜走向船的那一边，尽管脚下是网兜，她还是走得相当平稳，而比利则艰难而又缓慢地跟在后面。摇摇晃晃地走了几步之后，比利终于走到莱克茜身边，面向船舷的那一边。船舷是由竹子一样的黄色木料做成的。船身的晃动更大了，他看向四周的时候紧紧抓住船舷。

“雾还是太大了，”他说，“我什么都看不见。”

比利向下望，想要看看这片寂静的海面，但下面也是雾气弥漫，一片朦胧。船头是雾气，面前是雾气，身后还是雾气。最令人不安的是……脚下还是雾气。

“那个，莱克茜，”比利试图掩饰声音中的恐惧，“你看见海面了吗？”

“没有。雾气太……”莱克茜突然停了下来，她意识到自己眼前的是什么了，“这不是雾气，对不对？”

“我觉得这是云，”比利说，“我们在飞？”

“不是我们，”莱克茜的声音中充满了敬畏，“是他们。”

伴随着黎明的曙光，周围的浓雾渐渐消散了，比利和莱克茜终于能看清到底是什么驱动着船前行。蓝霜曾经管这艘船叫作“蝙蝠船”。现在比利知道原因了。

整艘船是由蝙蝠托起来的。

云层渐渐分开，在阳光的剪影中一艘船形的庞然大物在天空中飘浮着。橄榄形的木质框架中间拉着巨大的网，形成蹦床一样的平台，一个在上，一个在下。上层的网状平台上装载着乘客，货物则堆积在下面的网状平台上。船舷和横梁从船体中延伸出来，在船体的前后左右各个方向交错，像是一个水平延展开的迷宫，由一种精细复杂的铰链式帆状系统连接在船体上，整艘船由十六只巨大的蝙蝠托在空中。前后左右分别有四只蝙蝠，每只蝙蝠上都有一名地精骑师。这些蝙蝠前所未见的巨大，比在奇拉诺克城骚乱时比利所骑的那只还大上两三倍。它们一起飞行着，让这艘船在空中飞速前行，像是地面的一队骏马驮着货物飞驰。“哇！”比利看到领队的蝙蝠骑师发出一系列命令，指引驾驶的蝙蝠转弯时，忍不住发出惊叹。其余的蝙蝠骑师跟随着领队，将自己身下的蝙蝠转弯方向稍做调整，船体平缓地向一旁倾斜。

随着船转弯时的晃动，比利更用力地抓住手中的栏杆。他情不自禁地赞赏机敏灵活的骑师们能够游刃有余地驾驭着身下的巨兽。他们身上只有一根细细的安全带，保护着他们不会滑落。凭借口中一系列命令、口号和手中的一根长杆，骑师们掌控着蝙蝠使整艘船优雅地划过天空，沿着正确的方向前进。

“我想干这个职业，”莱克茜说，“看起来也太酷了。”

比利看见领头的蝙蝠骑师在空中把身子努力倾向一边，

几乎翻转了九十度，引导着自己的蝙蝠转弯。他补充道：“也很吓人。”

“是呀，”莱克茜同意，“但有时候这种事情恰恰是最让人开心的事情。”

“像是跟科特过不去吗？”比利开玩笑地问。

“挺好玩的，”莱克茜说，“对了，咱们的假冒国王去哪里了？”

“嗨，小瘦猴，”科特说，“感觉好点了吗？”

莱克茜和比利找到了科特，他正坐在另一边的船舷附近，眺望着从脚下飘过的云朵。他浑身都是伤，糟透了。莱克茜想用自己的新能力帮他止疼，但是她突然想到蓝霜讲的故事和警告。在使用魔法这方面，她可能真的不能太随意。

“好多了，”比利回答道，“莱克茜帮我治疗过了。”

“我就知道她舍不得你受苦。”

莱克茜看到比利听见科特的暗示时，害羞得连耳朵都红了。她敢断定比利脑中现在一定在想他自己需要回答些什么，让他看起来没有那么窘迫，但他什么都没说出来。莱克茜压下嘴边想要斥责科特的话，她不想让比利更加尴尬。但是她很高兴，因为她有理由不用帮助科特治疗。让他疼去吧。

在这时，这艘船冲出了最后一片笼罩在眼前的云层。三个人对眼前展现的另一个壮观世界齐声赞叹。

蝙蝠驮着船体飞过高耸山脉中间的峡谷。两边的高山林立。船的飞行高度超过了山顶的林木线，周围冰冷的空气让莱克茜喘不上气来。船体下方是狭长的山谷，眼前的高山顶端被冰雪覆盖。冰川从山顶延绵向下，奔涌的水流形成瀑布，跌落在峡谷底端，发出怒吼般的隆隆巨响。

“这太美了！”莱克茜赞叹道。

“是呀，”比利附和着，但他随即皱起了眉，“几乎能让你忘记，他们要处决你这个事实。”

“你太会破坏气氛了。”科特说。

有生以来第一次，莱克茜站在科特这边。“比利，咱们能假装一切都没有发生过吗？没有离家千里，没有被地精追杀，没有被判处死刑。咱们能不能不去想那些，就一小会儿？”

“当然可以。你说的都对。”比利又尴尬了，这会儿还有些羞愧。这让莱克茜感觉好了一些。至少他在乎她的想法。

接下来的几个小时中，这艘船穿越过一个又一个的相互交织的山峰和峡谷，每一处的景色都十分壮观，十分宏伟。比利、莱克茜和科特坐在船舷边，敬畏地看着擦肩而过的瀑布、茂密的森林和宏伟的冰川。这景色永远不会令人厌倦。到处都有各种各样的野生动物：成群结队的鹿群，建造家园的水獭，悠闲漫步的象群。比利看见一群像是绵羊或是山羊的动物，随着船体不断接近，他才发现，其实那些是犹如山羊般巨大的兔子，它们正大口地咀嚼着山地上的草。眼前壮丽奇特的景象，不断提醒着比利，他离家已经很远了。

快到中午的时候，蓝霜为他们三人拿来了冒着热气的汤。突然意识到自己早已饥肠辘辘，比利两三口便将汤喝得精光，像是洋葱和胡萝卜炖的汤。船下，一头毛发亮泽，看起来像熊的动物跳入河中，再冒出来的时候，嘴里叼了条活蹦乱跳的鱼。

“我猜，你的心情是不是好多了？”蓝霜看着比利喝下汤，“生命就是这样。生活中不可能都是坏事，是不是？如果你退一步，换个角度看，就会发现美好的事物在眼前。”

比利意识到小巫师说的没错，他已经有一段时间没有想起难过的事情了。眺望山峦树木和丛林鸟兽，以及在蝙蝠托起的船上飞行，是他这辈子也不会忘记的经历。

这辈子，他反应过来，可能不会很长了。

“谢谢你的汤。”科特狼吞虎咽地喝下最后一滴，对蓝霜说，“我被打了，要好好休息一下。”科特说完转身离开，一瘸一拐的。

“我本来能帮助他的，但是我并没有那么做，因为你说过要谨慎使用魔法这类的话。”当科特走远了，莱克茜对蓝霜说。

“也因为他是个混蛋。”比利心想。但随即他为自己的想法感到罪恶。科特冒着生命危险帮助霍普和其他地精，如今他们失败了，科特也同样面临着被处死的下场。

“我们只做力所能及的事情。”地精小巫师说完富有哲理的话，就走向了另一边。

比利和莱克茜二人回到原地，肩并肩坐下，欣赏眼前飞逝而过的风景。他们就这样静静地坐着。比利想握住莱克茜的手，但他忍住了，因为他不知道这个脾气急躁的女孩会做出怎样的回应。然后，令他惊讶的是，莱克茜竟轻柔地把手覆在了他的手上。在这一瞬间，比利忘却了自己心中的所有烦恼，忘却了自己在无意之间带着他们来到这个世界的罪恶感，忘却了不久的将来有一场死刑在等待着他们。这个瞬间，他的幸福是纯粹的。

过了不久，船飞过了另一座山峰，下降至峡谷中的平缓地带飞行着。这个峡谷与其他的峡谷不太一样，其他峡谷中不见任何人迹，这里却有个依山脚的一片蓝湖而建成的小村庄。

远远地，比利就看见有滚滚浓烟从小村庄中飘出。

走近后，比利发现村庄的农舍、谷仓都被烧毁了，原本贴着山峰开垦出的整片梯田也已被烧焦，还有几间小房子仍然在燃烧。显然，这里发生过灾难，就在不久之前。

霍普跑得绝对不够快，也不够远。索图斯，那个混蛋，将城市严密封锁起来。想要进出城市，就必须手持刚刚下发的一枚金属牌子，以作证明。深渊洞穴中的秘密通道，也都被查封了，而且不是由普通的卫兵把守。城市的卫兵们整体升级更新，士兵们的战斗力大幅提升，拥有的武器也不是装装样子的短枪钝剑。军队的总指挥官由索图斯亲自授封，新晋的士兵们每个人脖子上都挂了一圈脖环，上面用蝙蝠的利齿作装饰。人们很快将这支军队称为“铁齿军”。

在铁齿军走上街头的几个小时内，大街小巷中都贴满了同样的告示。霍普躲藏在谷底洞的阴影角落中，听见身边没受过什么教育的索图斯拥护者高声朗读着。其中一张告示上写道：

国境之守护者索图斯告示

奇拉诺克城从今日起实行军事化管理。

所有市民不得聚众同行，要求三人及以下人数出行。

所有市民不得随意出入城门，经特殊批准后方可出入。

国境之守护者赐违令者死。

霍普在黑暗中摇了摇头。很明显，因为害怕祭司们的反对，索图斯不再称自己为国王，而称自己为“国境之守护者”，然而这并没有让这份告示的口吻稍显温和些。不允许出入城门，不允许聚众，不允许违反规定？违反规定基本上算是地精们的传统。即使被强迫着做其他事情，不让做自己想做的事情，还可能会因此被处决，这是人类世界才会有的谬论。

如果说第一份告示让霍普不满，那第二份则让他愤怒：

国境之守护者索图斯告示

现命令任何能拿得起长矛的地精速来报到，

参加强制性军事训练，保护地精族群的安危。

霍普对最后一句“保护地精族群的安危”没有任何意见。事实上他所做的一切，都符合这一初衷。但霍普知道所谓“将军命令”“军事条款”“大多数人的集体决定”的意思。没有谁能够“命令”另一个人加入战争。地精们为荣誉而战，为信仰而战，为守护家庭而战，为娱乐而战，为金银而战，甚至为酬劳而战。霍普自己也曾经因为军队为他提供了住所和食物，提供了一个家，而加入了卫兵的队伍。但无论他对军队有多少感激，在内心深处，他一直坚信，如果一个人认为这场战争不值得他付出，那么他就有权利不参与进来。所以无论“强制性军事训练”是什么，霍普都不想去蹚这趟浑水。

最后一则告示并没有让霍普觉得更加令人臣服，也没有更加惊讶。从某些角度来说，他甚至觉得有些暗自骄傲。但对于个人安危来说，这是三张告示中，最令他心惊胆战的一张。

通缉叛徒

克尔格·欧罗格，

前城市守卫。

此人全副武装，极度危险。

如看见此人动向，

请及时联系警方。

奖励丰厚！

无论死活！

最后这张告示旁边有一张霍普的画像，雕刻在木板上，与真人的样子几乎没有差别，甚至将霍普那只只剩一半的耳朵都细致地描绘了出来。他的身高（刚超过一米五），体重（大约十一个石块的重量），眼睛的颜色（亮黄色），都在旁边做了详细标注。这张告示中没有写明捉拿他的酬劳是多少，这让霍普有些担心。如果索图斯只提供几加恩的铁币，那他没准有希望从城里活着逃出去。如果索图斯说的酬劳是几科伦的金币，那么霍普现在跟死了没什么区别。

此生第一次，霍普希望自己在别人眼中没有那么值钱。

“没有那个卫兵的踪迹，索图斯将军。”宽下巴眼睛盯着地面，小声汇报道。

索图斯从自己房间的窗户向外眺望，望向从山脚下开凿出的佛卡金之门，那是沃尔霍德军的战略总部，新招募的士兵们正笨手笨脚地随着训练将士的喊声挥舞长矛。

“排好队列，你们这些笨蛋！”索图斯对下面的士兵吼道。听见大将军的声音，训练场上的士兵们立刻开始排列队形，终于排成了看得过去的样子。“好多了，小伙子们。”索图斯补充道。即使语带不屑，大将军的只言片语也能激励这些不明就里的士兵。

“需要我们继续寻找他吗？”宽下巴胆战心惊地说。

“找那个卫兵？”索图斯轻蔑地摇了摇头。“他很可能已经逃到很远的地方了，最近一段时间暂时不会带来麻烦。沃尔霍德的军队就快集结完毕了，士兵也接受了训练，接下来就该开始行军了。”

“还有与人类的战争。”宽下巴补充。

一瞬间，熟悉的梦境再次闪入索图斯的脑海中。每次都是同样的噩梦，在他的睡梦中，在他最没有防备的时候，被渲染得越来越诡异。昨天晚上的梦境更加恐怖：树枝上成千上万的骷髅痛苦地发出凄惨的尖叫声。索图斯在梦境中第一次听清了他们在极度的压抑后终于释放时，口中痛苦叫喊的内容。

是他的名字。

索图斯眨了眨眼，眼前的梦境消失了。训练场上的士兵们按部就班地进行着训练。准备长矛，举起盾牌，队伍整体向前一步、向前两步、向前三步，准备，冲锋！

“我们如果有机会抓住那个卫兵，就不要放过他。如果暂时没有机会，那么也不要强求，他已经不能阻止什么了，”索图斯冷静地说，“什么也不能阻止我们出征。”

“甚至连我自己也不能，”索图斯在心里默默加上一句，“尤其是我，也无法阻止。”

蝙蝠骑师们发出信号，船在被烧光的小村庄附近缓缓降落。

星语者命令将囚犯们锁在下层的甲板上，这样船能腾出足够的空间安置村庄的幸存者。但是并没有幸存者。整个村庄的人都被屠杀了，除了死亡和灰烬，什么都没有留下。守卫们搜寻了整个村庄，他们看见了三十几个地精的尸体，其中有克拉科巨怪，有奇卡矮人，还有一些已被烧得焦黑的牲畜。他们还在一个燃烧的畜棚里找到了一只受了伤的巨兔。这只兔子宽厚的背部满是伤痕，少了一条腿。它奄奄一息地靠在一名守卫身边，身上传出浓浓的烧焦味道。士兵们没有办法，只能帮它结束了痛苦。

比利知道，眼前的这个画面，他会记很长很长时间。尽管现在船已经再次升空，那个布满灰烬的村庄的画面在他脑中仍挥之不去。他想看向别处，但是做不到。冥冥之中他知道，自己需要记住这样的画面。这对他来讲是很重要的。

船刚离开了地面，就有士兵来打开锁着囚犯们的锁链，允许他们回到上层平台上。没有拥挤和推搡，囚犯们的表情与卫兵的一样凝重庄严。

“是人类干的好事。”一个地精囚犯低声咒骂，他们脚下的村庄残骸已经渐渐缩小成一个小黑点。“可恶的斯克伯。”

听到同为囚犯的地精嘴里冒出侮辱性的称呼，比利感到心惊。毕竟一开始大家是帮助霍普给科特冠上国王的称号的，不是吗？

“你怎么知道是人类做的？”比利问，他试图压制语气中的怒火。

“地面上有铁蹄的印记，是的。”囚犯回答道。从他光滑的皮肤和高高挺立的耳朵，比利推断他应该是个年轻的地精，差不多与比利同岁。“铁蹄印是马匹留下的。我们地精从来不骑马，而人类骑。”

另一个年纪稍长的女地精点头表示同意。“更不要说他们破坏了一切——所有的农舍和谷仓，甚至杀害了巨兔。杀死牲畜，烧毁粮仓，浪费好的食物，在我们地精看来，这是天理难容的。以前当我们突袭人类村庄时，会把那些不能带走的东西原封不动地留下，这样之后还能再来。”

“所以在我们看来，”她继续说，“就是人类袭击了那个村子。”

其余的地精囚犯纷纷赞同，都愤怒地瞪着比利、莱克茜和科特三人。从他们的眼神中，能看出他们都是这种想法。比利很不自然地转过身，他不知道要做何回应。

“如果那是人类的所作所为，我们感到十分抱歉，”莱克茜说，“我们很遗憾，很抱歉我们的族群会对你们的族群做出这样的事情。这样做是不对的。”

刚刚发言的年轻地精仍然满脸怒容，但年长的女地精表情缓和了一些。“我们知道不是你们袭击了那个村子。你们虽然是人类，但是还仅仅只是少年。只不过现在我们感到非常害怕和疲惫，相信你们也是一样。”

地精们纷纷点头附和，除了与比利唱反调的那个年轻地精。这回他看向了科特，愤怒中夹杂了失望。“我们相信你，”他对科特说，“我们以为你是国王的继承人，我们为你付出了一切，但你什么也不是，一无是处。现在我们都要被处死了，就是因为你。”

说完，他走向船尾，眺望着远处逐渐消失在视野中的村庄。

地精老妇人对科特说，“别在意卡特说的话。他是个好孩子，只是现在太伤心了。”

“是的，我知道。”科特安静地走开。

令比利惊讶的是，他发自内心地对科特感到同情。科特一定感觉发生的一切都是他自己的错，在心中默默惩罚自己。他深刻地知道这种感觉。“我去跟他说说。”

在莱克茜发表任何反对之前，比利走向船舷旁的科特。“这不是你的错，”比利试着开口安慰，“你只是帮忙而已。”

“这也是我一直告诉自己的。你知道如果我父亲在这里，他会说什么吗？”

比利不认识科特的父亲，但是从科特的跑车和身上价值不菲的衣服来看，他父亲一定十分在乎他，甚至有些溺爱他。想到这儿，比利说道：“他可能会说同样的话：别逼自己太紧。”

科特假装擤鼻涕，阻止要流下的眼泪。“我父亲从来没有说过这样的话。他应该会破口大骂，责备我，告诉我哪里做错了，否定我的所有决定，否定我的每一步。就像我今年在橄榄球赛上一样，每一步都有人阻挠，直到我最后摔倒在边锋身下，错失了触地得分的机会。我父亲从来不会让我忘记的。他惩罚我整个暑假都在球队实习，无数遍重复比赛中的每一个动作。'不要再发生那种丢人的事情了，'他一直警告我，'一流的大学，绝对不会接收一个在跑动中被人压制的四分卫的。'"科特看起来满脸愁容，"可能他是对的。可能我就是个头脑简单的大块头而已。"

比利不敢相信自己的耳朵。眼前的橄榄球四分卫外表看起来是那么自信，对自己那么满意，但在表象之下，他竟然和比利一样，对自己充满了怀疑。但至少科特能把这些问题归咎于他的父亲。比利的双亲对他很好，是他自己把自己压抑成了现在的样子。

"我的父亲可能会说，只有从错误中才能学到东西，错误是成长的根基。"

科特的眼神从船舷外转向比利。"你爸爸听起来很酷。你真幸运。"

比利想起他日渐羸弱的父亲，每天都要在医生的指导下做各种各样的治疗。"是呀，我很幸运。"他的声音中听不出任何喜悦之情。

科特不解地看着比利，于是比利只能解释道："我父亲得了癌症，可能很快就不行了。"

"我不是故意的……对不起。"

比利知道，这不是科特的错，他不可能知道父亲的病情。"不，是我不应该这么做。我过来试图安慰你，却让你感觉更加沉重。"比利换了种语气，再一次说道，"听着，你什么都没有做错。你拿到了王冠，戴了上去。如果你是真正的继承人，红宝石就应该亮起来，霍普的计划就应该行得通。"

"可能吧。但我不懂的是……如果我不是国王，那么我们到底为什么会出现在这个世界？"

"是我的原因，"比利想，"是我把你们带到这里来送命的。是我让你们出现在了那个山洞中，让霍普燃起了希望。是我让你冒着生命危险戴上王冠，而没有勇气自己冲上去，导致现在我们被困在一条会飞的船上，等待着自己的死期。如果要追究，这全都是我的责任。"

他没有勇气说出上面这番话，只能勉强说道："我也不知道为什么。"

他在说谎。这个谎言萦绕在比利的心头久久不散，直到巨大的蝙蝠驮着船身，再次飞入了黑夜。

残花之舞

随着太阳升起，船飞跃过最后一座山峦，在两山之间的峡谷中缓缓下行。

“我们到了，”蓝霜说，“卡罗要塞。”

莱克茜、蓝霜、李德派普、科特与比利站在船头，看着眼前的景色。蓝霜作为向导，为其他人解释说卡罗要塞是地理上的奇迹，也有人认为是月神女祭司的赏赐，无论何时问地精族群的人，总逃不出这两种回答。卡罗要塞从南北走向的铁脊山脉中间横跨，为西维斯特帝国形成天然屏障。西维斯特帝国地大物博，盛产黄金和钻石，外围有古老的魔法森林庇护，另一边是地质肥沃的海岸线，还有辽阔的捕渔区。几个世纪以来，地精们用强大的咒语和难以攻破的堡垒守护着要塞通道，防止人类侵入西维斯特帝国。但近几十年，哈诺亚帝国的军队不断入侵，已经涉足西维斯特帝国的边缘，为人类提供机会在西边安家立业，繁衍后代，并不断开采着西边的铁矿，砍伐着周围的森林。

蓝霜叹了口气。“你仍然能够感觉到，在这片土地的深处那古老的守护之咒。但现在大部分都已经破灭了，年久脆弱，日渐消逝，像我们地精族群一样。直到这一切化为尘埃，只存在于后人的记忆之中。”

莱克茜试着感受蓝霜所说的咒语。她绷紧身子，眯起眼睛，看见密密麻麻的、如同蜘蛛网一般的蓝色光束弥漫在城市下方，隐藏在厚重的泥土之下，连接着每一个城堡和高塔，描绘着每一条道路的走向。是魔法，莱克茜知道，是只有她和蓝霜能感觉到的魔法。

“并不是所有魔法都会消失殆尽，暂时还不会，”李德派普打断了蓝霜的幽怨，“那就是法斯特之角的守望堡，已经能用肉眼看见了。”

李德派普指向远方。莱克茜看到巨大的墙壁和栅栏、城堡和守望塔、土方支架和路堤从城堡底端蔓延，一直延伸到远方的群山附近。城堡外墙由深绿色的花岗岩堆砌而成，法斯特之角守望堡从远处看，外表是森严恐怖的。在城防之下，莱克茜能感受到更多蓝色魔法光束互相交织盘踞在守望堡的下方，令人目不暇接，还有些吓人。这就是地精们执行死刑的地方。

随着船的接近，法斯特之角看起来更像是一座城市，而不仅是冰冷的守卫阵地。莱克茜能看到，在高墙和城堡周围聚集着成百上千的小商铺、农舍和风车谷仓。守望堡下面的街道上覆盖着密密麻麻的蔬菜花园，四处种植着果树，黑莓的藤蔓覆盖了一大部分墙面。

莱克茜的恐惧逐渐减弱。你怎么能害怕一个四处种植着黑莓、两个守望塔之间拉起绳子晾衣服的地方？怎么能害怕一个树枝上挂着小铃铛、随风发出悦耳叮当声的地方？怎么能害怕一个地精孩童在街上追着大型宠物兔子玩耍嬉戏的地方？

随着船的下降，越来越多的地精孩童从家里跑出来，在船飞跃过他们头顶的时候，向船上的人招手欢笑。蝙蝠骑师们减慢速度，让身下的巨兽平稳地降落在法斯特之角高处的一大片空地上。这片土地十分空旷，不像城中长满了植物，这里什么植物都没有。穿着圣堂武士制服的士兵们在这里做着日常训练。随着一声令下，士兵们退到四周，让船着陆。

这艘船别看如此巨大，降落时却相当平稳。莱克茜只感觉到船身在与地面接触时有一些轻微起伏。巨大的蝙蝠们仍然挥动着翅膀，等待着它们的骑师将它们与船体分离。然后，在经过疲惫的飞行之后，它们用仅剩的力气拍打着翅膀，飞向旁边一处没有窗户的石塔内休息。石塔像是带有货仓的人类哥特式教堂，底部是一扇巨大的单开石门，顶端是拱形天花板。几位骑师先为蝙蝠们唱了一曲颂歌，赞扬它们一路上能够平稳飞行，之后关上了石塔大门。长途飞行后，它们需要休息了。

蝙蝠进入石塔的时候，船上的水手们从上层甲板拿出了木板，斜撑在地面上。士兵让囚犯们靠后站，先让船上的其他乘客下船。月影，那个在神殿审判中与索图斯针锋相对的圣堂武士女将军率先走了下去。在船上，李德派普告诉莱克茜、科特和比利，月影是索图斯将军的女儿。莱克茜没怎么见过地精独裁者，但她能明显感觉到月影和她父亲一样，不怒自威。月影身着光滑锃亮的铠甲，优雅自信，高昂着头率领着手下的圣堂武士团走下船。

船上的圣堂武士们随着月影的脚步，与地面上原本在训练的士兵们合成一支队伍，准备欢迎月神女祭司手下的祭司们回到法斯特之角。祭司们还是一贯的黑色长袍。就在第一名祭司踏上地面的一瞬间，月影高喊一声："瓦达！"两旁的士兵们随着这声命令敬礼，直到最后一名祭司的身影消失在法斯特之角守望堡的主堡之中。

祭司们进入城堡后，水手们卸下船上的货物，摘掉连接蝙蝠的绳索，把船变回正常的船应该有的样子。终于，士兵命令囚犯们准备下船。莱克茜、科特、比利、蓝霜、李德派普站在同一队列中，他们怀疑自己会不会被套上手铐和脚镣，扔进昏暗的地牢。但令所有人都想不到的是，一位穿着黑色长裙的年轻女地精走上甲板，害羞地向他们走来。

“我是伊斯格拉·斯尔克特娜，”她鞠了一躬，对船上的囚犯们说，“我是月神女祭司手下的侍女，大家都叫我特娜。”

莱克茜和同伴们也先后介绍了自己。特娜看起来很愉快。“人类请跟我来，这边走。”她说完转身走下船。

“等一下！”比利喊住她，看向蓝霜和李德派普，“我们的朋友怎么办？”

他们会杀了蓝霜和李德派普吗？现在就处决？莱克茜感到身体中愤怒的火焰燃烧了起来，但是蓝霜缓缓地摇了摇头，示意她不要轻举妄动。莱克茜尽力压下怒火，听特娜继续说下去。

“他们会有自己的房间，在圣坛附近，蓝霜的法术在那里会被隔开，这样比较安全。至于人类，星语者吩咐我把你们带到另一个地方，在那里你们会更加舒适。”

“没事的，”李德派普安慰莱克茜、比利和科特，“我们会照顾好自己的。”

“你们可以，但我们呢？”比利问。

“你们也会没事的。”蓝霜说。

科特上下打量在一旁耐心等待的特娜。“看起来是没什么威胁。”他说。

“那是当然，对于你来讲是没事。”莱克茜心想，“只不过估量错了你是国王人选，毁了整个计划，导致现在我们命悬一线。那个表面无害的地精女孩很可能把我们领向死亡。就算她不会，她身边的人对我们也会是威胁，不会让我们离家更近一步。”莱克茜想发泄，想用烈焰烧毁整个法斯特之角，就从特娜开刀，而不是像现在待宰的小羊羔一样，乖乖地跟手握屠刀的人走向死亡。

然后，比利的身影进入了她的视线。莱克茜明白他的意思了：冷静。跟着他们走。别做任何傻事。

莱克茜、比利和科特极不情愿地与蓝霜和李德派普道别，然后随着特娜走下了甲板。

但莱克茜心中还是想烧掉些什么。

比利、莱克茜和科特小心地跟着特娜走过迷宫一样的门洞、小巷和地道。他们进入一栋古老的建筑，走下螺旋形的楼梯，像是已经离地面很远了。她领着他们走过狭长的隧道，又下了一次楼梯，穿过一扇门，终于出现在露天阳光之下。当比利的双眼适应刺眼的阳光后，他发现他们的地下之旅从山顶开始，到半山腰结束，尽管他们还是没有离开要塞的高塔。

不幸的是，比利很快发现，这就意味着他们还需要爬山。他们爬上紧贴着山壁的台阶，走过两边是高墙的过道。当他们终于停下来时，比利已经上气不接下气了。还没从施咒的疲倦中缓过来的莱克茜，虚弱地靠着墙壁，支撑着自己的身体。比利发现，就连运动健将科特，也开始喘粗气。

特娜看起来一滴汗也没有。“快到了。”她向他们保证。

就在他们开始新的长途跋涉之前，比利听见从前面的转角处传来地精的声音，还有奇怪又沉重的脚步声。特娜脸上原本轻松的表情立刻被担忧取代。

“兽骑兵，”特娜说，“给他们让路，快点！”

模仿着特娜的动作，比利、莱克茜和科特紧紧地将后背贴在道路两旁的墙壁上。地精的声音越来越近，奇怪的脚步声也随之跟进。很快，在拐角处，他们看到了逐渐接近的地精们。有四个兽骑兵。

但不仅仅是地精。

每一个地精都骑着一只巨大的野兽，这些怪兽长着猩红色的眼睛，身上满布特殊的图案。第一眼看去，它们像是狼，黑亮的皮毛，身长两米多，高一米五左右，嘴里满是长牙。再仔细一看，它们又像狮子，尤其是脑袋周围，长着一圈雄狮一般的鬣毛，巨大而扁平的脚掌踏在石板路上发出奇怪的声音。

“小心点，”一位兽骑兵开玩笑，“它们可咬人。”

这些半狮半狼的野兽背上装配着精致的座鞍，坚硬的锁子甲覆盖在其前胸、两侧和后背上，后腿则包裹着皮革。它们身上没有绳索，骑兵们全靠口哨声和用膝关节施压来控制身下的野兽。

骑兵们手拿长矛，身穿用金色精细雕画的黑色皮甲，坚硬的弯弓挂在鞍旁。这四个骑兵看起来自信、勇敢，且十分危险。

其中一只野兽在通过狭窄的通道时对着比利的脸打了个喷嚏。它滚烫的呼吸闻起来像是腐烂的生肉味。在它们通过的时候，野兽黑色的鬣毛刷过了比利的脸颊，出乎意料的柔软。

“那是什么？”莱克茜小声地问特娜。

“瓦格尔狮狼。大多时候我们地精会把博克姆高地羊作为坐骑。那是一种特别大的羊，你们见过吗？但是博克姆高地羊性情温顺，不适合作战或者用于其他激烈场合。它们害怕鲜血和噪声。所以在战争中，地精们通常会骑瓦格尔狮狼。”

最后一个骑兵经过时，只见一个精瘦的女地精轻松地坐在鞍上，微笑着望向比利和他的同伴们，说道：“别害怕。只有当我们下命令后，它们才会吃人。”

兽骑兵和他们的瓦格尔狮狼消失在身后的拐角处。道路一通畅，特娜就继续走了起来。“穿过前面的门就可以了。”

比利、莱克茜和科特跟着特娜到达了最后一道门，高大的石拱下，是一扇宏伟的木门，门上雕琢着铁花。谁也没有想到，推开门看见的，竟然是一片世外桃源：宽阔的庭院有红色鹅卵石装饰，十几棵茂盛的石榴树上挂着沉甸甸的果实。交错的灌溉水渠在庭院中蔓延开来，从中心喷泉中流出的水，顺着水渠流淌到每一棵树下。

但并不是树、水渠、鹅卵石或者喷泉吸引了比利的注意力，而是庭院中的居民。

居然是人类。

但庭院中的人类与比利是不一样的。他们身穿朴素的单色鞋服：没有装饰的棉质无袖短外套，羊毛长裤和皮制长靴。不管男女，都穿了一样的圆形斗篷，头发是各种浅颜色的卷发，浅棕色、浅红色、金色。他们有着近乎棕色的皮肤，几乎和比利的肤色一样，眼睛的颜色很浅，但偏向于浅蓝色、浅绿色或者浅褐色。

比利、莱克茜和科特走进庭院时，这里的居住者们正忙着收获树上的石榴。看到新来的人，大家都放下了手中的活，围了过来。一开始冲过来的是小孩子，成年人很快也凑过来。一位高高的、头发花白、自带威严气场的男子以平稳又自信的语气向比利、莱克茜和科特三人做着介绍。

但是，他在说什么？

“好吧，这不是西班牙语，也不是法语。”莱克茜率先开口提出异议。

“不是拉丁语。”比利也帮忙排除错误选项。

“不是波兰语。”科特说。

“不是菲律宾语。”莱克茜继续补充。

“是哈诺亚语。他们是哈诺亚人，”特娜说，“这些是从哈诺亚帝国的首都格兰哈诺来的难民。”

比利深感疑惑。“难民？我记得人类赢得了战争。”

“是的，是的。但是他们是僧人，是哈诺亚领导者们唯一的、对其怨恨超过地精族群的一类人。在哈诺亚帝国，他们把僧人绑在棍子上活活烧死。僧人们因此才逃难到这里。女祭司星语者允许他们留下来，僧人们就在这里一直生活下来了。”

“白发男子说了些什么，好像很正式。”

“他是多纳金·达瑞，这里的长老。”特娜翻译着他的话，

“他欢迎你们来到毓圆庭院。请你们把这里当作自己的家。”

多纳金继续说着什么，好几分钟都没有停下来，像是一段冗长的演讲。他说完，特娜的表情有些困惑。

“他说……那个……”特娜停了下来，不知道从哪里说起才好。

“这太浪费时间了。”莱克茜不耐烦地说。话音未落，她周身的空气突然闪起光亮，热辣的光束从多纳金和特娜身上发出来，汇聚到了一起，继而穿过莱克茜的身体，接下来是比利的身体，最后穿过科特的身体。特娜尖叫一声，捂着眼睛倒在地上。比利感觉自己身体中流过的不再是血液，而是岩浆，呼吸中竟是火热的气息。

随着咻的一声，烈焰般的光束撞到了莱克茜身后的一棵石榴树上，光束火花在空中炸开，落在庭院的各个角落。围观的人吓坏了，他们尖叫着四散逃跑。树上的石榴被光束火花击中后，石榴籽如雨滴一样掉落下来，化作千万颗火星，落在比利身上，像是疯狂的蜜蜂叮咬着他的皮肤。

莱克茜在疼痛中大喊着倒在地上。比利感到身上的疼痛停留片刻后终于消失了，他踉跄着退了几步，甩了甩头，试着将脑中、嘴里和耳朵里的火辣感觉甩掉。

“你疯了吗，丫头？”多纳金冲莱克茜怒吼。

这回比利听懂了每一个字。原来莱克茜刚刚一怒之下，使用蓝霜教会他们能听懂地精语的咒语，只不过这一次，莱克茜让他们听懂的是哈诺亚语。

然而，莱克茜的咒语几乎杀死了她自己。她躺在一片燃烧过后的石榴籽中间，衣服上斑斑点点的满是烧出的洞。她身上散发出水蒸气，这些热蒸气在山间寒冷的空气中又凝结成一片水渍。比利冲到她身边。

“别生气。她只是想帮忙啊！”比利说。

“你能说哈诺亚语？”多纳金惊讶地问。

“是她的功劳。”比利将注意力转回莱克茜身上，“莱克茜！莱克茜！你还好吗？”

莱克茜的脸上泛起笑容，无声的笑容逐渐变成低声窃笑，继而变成哈哈大笑。很快，莱克茜在地上笑得前仰后合，眼中笑出了泪水，上气不接下气。原本逃跑躲避爆炸的僧人们慢慢又围了过来，想知道是什么让这个奇怪的女孩笑得这么开心。

终于，莱克茜停下笑声。她看向比利，微笑着说道：“太好玩了。咱们能再来一遍吗？”

“你觉得好笑吗？”多纳金怒视她，“你那个小把戏可能会弄死自己，顺便也让我们所有人一起遭殃。为了什么？就为了听懂我们的语言吗？只要你有点耐心，我们会教你们的。”

“放松点，又没人出事，至少现在你骂我的时候，我能听懂你到底为什么生气了。”尽管她还是有些疲惫，但莱克茜眼中的某些东西还是吓到了比利。是违抗，还有一些疯狂。

“莱克茜，想想亡巫灵。”比利在她耳边小声提醒。

“我没事。”她反击。

“真的吗？看看特娜。”

莱克茜将注意力转向他们温柔的地精引导员，后者仍然捂着脸倒在地上。看见特娜在受苦，莱克茜稍微清醒了些。“你还好吗？”

特娜抬起头。她的眼中充满了泪水，原本闪烁着的浅黄色光亮，现在却消失了。“我……我看不见了。”

莱克茜的笑容消失了，取而代之的是一种歉意。“对不起，但是我能治好……”

多纳金摇头：“我想今天你用的魔法已经够多了。”多纳金的语气中带有不容反驳的威严。

“我不是故意的。这是个意外。”

“我们怎么知道在你试图弥补这个意外的时候，不会制造出另一场灾难？”

莱克茜没有话说了。比利轻轻地捏了捏莱克茜的肩膀，作为安慰。莱克茜抬起头，面露感激。

多纳金向庭院的另一端喊："阿雪尔！"

一个与比利年纪相仿的女孩跑了过来。她很美，有着红铜色的头发和明亮的绿眼睛。"怎么了，父亲？"

"带这个地精女孩去找你的母亲，跟她解释这里发生了什么。上天会保佑这个女孩的双眼的。"

"是。"阿雪尔温柔地扶起特娜。"别担心，我母亲是日佑法师。你会没事的。"

"日佑法师？"看着阿雪尔扶着特娜走开，比利问道。

"是得到了日光庇佑的人，跟你那个没有责任心的朋友一样会使用法术。"多纳金解释说，然后他好像突然想起了什么，转向莱克茜，"小丫头，是谁教你的魔法？逐光者吗？你开始法术实习了吗？"

莱克茜困惑地看着多纳金。比利帮她回答："我们刚刚来到这里没有几天，从遥远的地方而来。来到这里之前，莱克茜从来没有任何超能力。"

多纳金的表情缓和了些："这就能说得通了。对不起，小丫头。我不应该那样对你发脾气，我不知道你是个光使者。"

"光使者？"莱克茜问，"那是什么？"

"是从来没有经过魔法训练的法师。这类人从来不知道自己有魔法，直到第一次使用。就像是空中一闪一闪划过的亮光，"多纳金权衡了一下利弊，"我的妻子萨瑞雅，她能够告诉你如何使用法术，训练你的能力，如果你愿意的话。”

“我……太感谢了，”莱克茜对多纳金的善意很是意外，她结结巴巴地说，“我……我十分愿意。”

“那就这么定了。”多纳金微笑着转向比利和科特，“就像我之前说的，我们热情欢迎你们的到来，”他向莱克茜点点头，“你们所有人。这就是你们的家了，无论你们住多久都可以。”

“你的意思是，住到我们被处决。”科特嘟囔道。

多纳金听到科特的抱怨，隐去了微笑，但是他的双眼仍然闪着光芒。“世间一切乐曲都有终章，但只有上天知道何时结束。所以在最后一个音符消失之前，请尽情舞蹈，尽情享受。”

说完，围观的僧人们上前热情真诚地欢迎他们的到来。很快，莱克茜刚刚制造的那场闹剧就好像从来没有发生过一样。多日以来，第一次，比利感到了安全。他觉得这种感觉可能不会停留太久，但他决定听取多纳金的教诲，享受生命中剩余的每一秒钟。

“站直了，士兵们！”新组建的军队在奇拉诺克城门口列队站好，索图斯站在军队前方，审视着手下的士兵们。庞大的沃尔霍德军在听到大将军的声音时，立正站好，尽可能地挺直腰杆。地精们的立正并不是真正意义上的站得笔直或者多么有威严，甚至连有生机都算不上，但是，至少是整齐的。

索图斯继续说：“很快我们将要出兵，去面对想一举毁灭我们的敌人。但是在那之前，我想请各位在头脑中想象自己心爱的人的脸庞，你的亲人、邻居、爱人。在脑中想着他们的样子，然后记住：如果你在战场上退缩了，如果你没有消灭眼前的敌人，你所爱之人的鲜血将会洒在脚下的土地上；如果你倒下了，那么接下来倒下的，就是他们。”

索图斯停顿了一下，等待话语中描绘的恐惧渗透进每一个士兵的血脉中。他没有明确指出，士兵们抛家弃子、背井离乡去面对的敌人是谁，没有解释为什么他们的亲人会倒在血泊之中，没有解释谁将会来屠杀这些无辜的生灵。索图斯认为，最好还是留点悬念。

“所以我请各位，紧盯你们的目标，那就是胜利。因为只有赢得胜利，你们的爱人和你们才能再次相见。”索图斯咧开嘴笑着，“那么，你们的选择是什么，胜利，还是死亡？”

士兵队伍中传来了稀稀疏疏的回答，并没有想象中的整齐划一，也没有铿锵有力。但别担心，索图斯有办法补救。

“胜利！”索图斯高喊，“这才是你们的答案。大声说出这两个字，从心底说出你们的选择，像是肉眼可见、触手可及的未来。胜利！胜利！胜利！”

士兵们一开始稍有犹豫，但渐渐找到了节奏，很快就跟着将军大喊着目标，声音越来越大，响彻整座城市：“胜利！胜利！胜利！”

索图斯看向身边的队长。“全军出击！”他的声音中稍带鄙夷，“在他们的激动情绪消失之前赶快出兵，省得他们冷静之后会想太多。”

军队浩浩荡荡地出发了，走向大将军口中的“胜利，或者死亡”。

“死亡的可能性更大，”索图斯在内心思忖，“死在战场上，总比死在城中的某个山洞里强。再说，黑暗会赋予我们另一个奇迹。黑暗深知我们的渴望。”

“如果流言没错，沃尔霍德军现在已经出征了，”霍普心想，“太庆幸我不是他们中的一员了。”霍普坐在街边一个露天小酒馆黑暗的角落，又给自己倒了一杯祖比加帕蘑菇酒，一边小酌，一边窃喜。他永远也不会为了谁而贸然出兵，谁都不能命令他。

“我真不应该离开古克尔各塔楼。”他想。手指滑过右手腕上的铜腕环，这是他身上唯一的铜制品了。第一次战争就不应该参加。霍普又灌了一口蘑菇酒，耸耸肩，试图甩掉脑中黑暗的念头。在古克尔各塔楼的日子很愉快。那里人不多，地方也不大，只是一座用石头建的堡垒，守护着旁边矮矮的小村庄，只有二十几个地精轮流放哨。但是他在那里的服役时间不短，使他有机会从小兵晋升为中士，得到了自己的一间小屋子，免费的一日三餐。工作带给他责任感和成就感，让他觉得自己的生命有了归属。

霍普是古克尔各塔楼的军事总管，手下有二十几名前哨地精士兵。那里的执勤任务比其他地方安全多了。霍普手下的士兵大部分是刚刚从山区出来的年轻人，剑都拿不稳。但霍普没有丝毫轻视，仍然尽最大努力教他们战斗技巧。他立了一些规则，告诉他们如何战斗，总的来说，就是使他们成为一名真正的士兵。

霍普的上级是古克尔各塔楼的总指挥马托克，他是一个老头，总是一副睡眼蒙眬的样子，游离在退休生活和总指挥的工作之间，混吃等死。马托克年轻的时候是一名意气风发、骁勇善战的战士，因为上了年纪，再加上霍普的晋升，这位老兵就将手下的工作全都托付给了霍普，自己安心地度过晚年。在马托克睁一只眼闭一只眼的指挥下，霍普的生活无忧无虑，没有什么责任，没有什么危险，根本不用去想会面对真实的战争。

不仅如此，霍普在那段时间还看上了洗衣房里的一个女地精。她叫考婷，十分美丽，略带羞涩。她和霍普一起吃了几次晚餐，一起在旅行者们路过村庄时夹道欢迎，一起在田间散步，留下很多美好的回忆。霍普甚至想与她确定初步的恋爱关系，他送她鲜花，为她做饭，还送给她一条金项链。

之后战争爆发了。

一切从银灵女巫化作暗夜女神降临那天起，就乱套了。银灵女巫——人类习惯称她们为“精灵”——是一种法术强大的族群。这就意味着，他们中的极大部分人一生都在钻研法术和咒语，灵魂已经空虚了。她们身材高瘦，优雅，极度危险，像是一把雕工细致的利剑，一旦出鞘，注定会有死伤。幸运的是，银灵女巫很不常见。她们通常住在位于东南沿海地区的自己的城堡里，隐藏于海风堆积的沙丘和浓雾之中。她们很少出现在世人的视野中。传说中只有一两次，随着诡异独特的咒语，她们出现在众人面前。在这场战争之前，霍普从来没有见过银灵女巫。

出现在大众视野中的银灵女巫自称“残花之舞”。有一天她独自游荡，来到奇拉诺克城，眼中闪着热烈的法术光芒。地精们并没有限制她，因为大家都知道，招惹一个银灵女巫的下场肯定不会很好。她们的法术太过强大，任何看不顺眼的人在她们手下，只会变成一抔尘土。所以连续很多天，这位银灵女巫独自站在下沉大道的中央，嘴中念叨着陌生的预言，对每一个靠近她的行人说着重复的话。终于，有几个好奇的地精围在她身边，完整地听完她口中的预言，接着很快，一传十十传百，聚集的人越来越多。

她口中的预言太棒了。她说地精族群会重新创造自己的辉煌，他们会将奇拉诺克城重塑为最富饶的城市，地精族群终将夺回被占领已久的领土，人类将会臣服在地精的脚下，奉上忠诚。

然后开始出现奇迹。疾病被治愈了，天生的盲人重见光明，饥荒地区长满了粮食，被污染的古老泉水重新变得清澈见底。

银灵女巫很快吸引了大批的听众，地精百姓们称她为“暗夜女王”，越来越多的百姓坚定不移地站在她身边，相信这位女王能够为地精族群带来不一样的未来。

几个月过后，索图斯来到了奇拉诺克城。在那之前，他做法斯特之角的总指挥已经十五年了，他忠贞诚实、有条不紊、着眼实际，是位模范士兵。星语者指派索图斯前往奇拉诺克城，探查这位暗夜女王真的是接受上天的指令，来帮助地精族群，还是一名不计后果、不守神明规定，来哗众取宠的骗子。接到这个指令之后，索图斯前往下沉大道，连续几天在旁聆听暗夜女王的预言。

他成了暗夜女王的信徒。不仅仅是信徒，他变成了狂热的追随者。他感到必须有人将暗夜女王的预言变为现实，那是自己的责任，于是他借着职位之便，统治了沃尔霍德军。加上暗夜女王的协助，索图斯招募了成百上千的新士兵加入军队，形成严格的等级排位。然后，因为有暗夜女王的预言保佑胜利，索图斯带领军队走向战争。

霍普所在的队伍被要求响应号召参加战争。考婷吻别了霍普，为他祈祷安全和胜利，将上臂的铜臂环摘下送给霍普，让他在一场又一场的战争中记住，她会在这里永远等着他的凯旋。霍普的手臂比考婷的粗上许多，他只能将臂环当作腕环，从此戴在手腕上，不曾摘下。

然后他们出兵了。

霍普和士兵们为索图斯打赢了第一场令人兴奋的战争，他们一鼓作气杀过费伦特风暴城，横渡汶丝河，一路打到高地平原的荒岭之中。在崎岖的边境上，地精们赢得了一场又一场战争。霍普大口吞咽着从人类村庄中偷来的粮食和猪肉，喝着人类酿造的美酒，看着瓦格尔狮狼一口吞下整头牛。

然后一切都开始走下坡路。在人类的前哨比斯汀小镇之战中，霍普失去了两名年轻的哨兵手下。比斯汀小镇之战是人类第一次有组织的反击战。小镇最终还是被攻下了，但百名地精士兵在拼死抵御的人类士兵手下死去。

在柏兰德镇一战中，地精军团首次遭受了前所未有的大失败，被一波接一波的人类骑兵赶回山墙。霍普和他的指挥官杀死数十名人类士兵，但这场杀戮似乎没有尽头，人类士兵还是源源不断地向他们冲过来。更多的地精士兵阵亡，霍普在那一天亲手埋葬了十二名跟随自己前来参战的哨兵。索图斯的宏伟大业，终究还是沦为了暗夜女王的疯癫幻想。

索图斯终于意识到地精们的战线已经拉得太长了。当一波人类士兵上场战斗时，后面至少有三个进攻队伍在待命，数量上的差距使得沃尔霍德军只能撤退。

索图斯撤退到了比斯汀小镇，地精们被一场绵延不绝的秋雨困在了那里。在那里，霍普第一次亲眼见到了暗夜女王。他看出在女王坚毅的美丽之下，是疏离，是孤立，是恐惧。她很少开口说话，大部分是单独对索图斯说的，她的声音像音乐般动听，只是其中夹杂着疯癫的气息。不管怎样，暗夜女王的法术强大：当士兵们抱怨粮食紧缺的时候，她让农田中长出粮食，哪怕是在瓢泼大雨中。她治愈受伤的士兵，让瘸腿的士兵能重新站起来像正常人一样行走。没有她，地精根本熬不过这个阴冷的秋天。当然，没有她，这一切苦难也根本不会发生。

霍普尽可能地躲开暗夜女王，她令他胆战心惊。但有一天深夜，霍普走出营房，灌下几口人类酿造的烈酒，在黑暗中走着。那是个雨夜，暗夜女王独自站在泥泞的街道中间一言不发，霍普伴着一股酒劲，看不清眼前的一切，于是直直地走向了她。

当霍普意识到那是谁后，他立刻后退，口中念叨着表示抱歉的话。但是不走运，暗夜女王注意到了他。她低下头，将霍普禁锢在银色、冰冷、果决的视线中。霍普知道自己永远无法忘记那双眼睛给自己带来的恐惧，仿佛掉下了深不见底的矿洞，一直在下坠，没有光亮，没有活下去的希望，只会粉身碎骨。

她说话了，轻声细语：“最健壮的野兽碾碎了最勇敢的人，最勇敢的人屠杀了最狡诈的狐，最狡诈的狐捉住了最难寻的鸟，最难寻的鸟叼到了最小的虫。一只小虫就能毒死野兽。我们归根到底都是捕食者和捕食者眼中的腐肉，终究会融入泥土成为后人的肥料。在这片泥土上放上一个王冠，这就是所谓的天堂。”

说完她走进了瓢泼大雨中，转过一个转角，消失在霍普的视线之中。

第二天雨停了，冷空气随之而来。道路上结了厚厚的冰，沃尔霍德军决定继续上路。

他们才走出小镇不到一千米，就有消息传来。大约在一周之前，人类骑兵突袭了地精坐落在山林之中的小村庄，袭击了古克尔各塔楼。人类士兵翻过矮矮的墙壁，冲破了驻军要塞，烧毁了整个村庄……杀了村子中的每一个地精。

马托克死了，曾经一起驻守城墙的小士兵们死了，为霍普铸剑和盾的老铁匠瑞德死了，厨师们死了，洗衣工们死了，园丁们和石矿工们都死了。

还有甜美害羞的考婷也死了。希望破灭了。霍普的心也死了。

当他听到这个消息的时候，全身的力气仿佛被抽离。他无助地跪倒在冰天雪地之中，膝盖磕在结冰的地面上。但身边的军队没有停下脚步，仍然向着与人类的最后一战进发。没有人会因为霍普的悲伤而停下脚步。

霍普没有知觉地站起身，傀儡般向前走着，唯一的感觉是手腕上冰冷的铜腕环，刺痛着他的每一根神经。

此时霍普已经不需要预言家和女巫来告诉他，在这冰天雪地之中，地精们在索雷斯山谷的结局。他茫然地走着，听见自己的盔甲与手中的盾牌碰撞的声音，听见军队前进时的擂鼓声，伴随着两万地精士兵脚下的铁钉靴子发出整齐划一的脚步声。

每一声都是灭亡的临近。

霍普从沉思中清醒过来。他发现自己喝了太多的蘑菇酒，想起了太多往事。他选择这个酒馆是因为这里灯光昏暗，顾客不是很多。但是在奇拉诺克城，每一个小酒馆在下班之后都会人满为患。在思维飘散的时候，霍普所在的小角落已经有一些顾客了。几个矿工坐在旁边的桌子旁，他们面色阴沉地看着掌柜将酒杯装满红色的啤酒。其中一个矿工上下打量着霍普，在昏暗的灯光中看到了卫兵的盔甲。

“我认识你吗？”矿工问道。

霍普没有抬头。他偷来了一顶老旧的蝙蝠骑士的飞行员帽子，用来遮住自己过于好辨认的残耳。但这个矿工仍然有可能认出他来，无论是根据大街小巷的告示，还是根据他是卫兵的那段日子中认识的人那里获得的信息。

“不，大众脸而已。”霍普说。

矿工看起来不想再问，至少现在失去了好奇心。霍普想要逃跑，但是他知道，现在冲出酒馆一定会显得十分可疑。霍普耐心地喝完杯中的酒，结了账，留下几加恩的铁币作为小费。他让自己尽可能地显得冷静，然后从椅子上站起身，向门口走去。

踏上街道的那一秒，霍普长舒了一口气。那个矿工没有再继续问其他问题，也没有跟着霍普出来。下班的晚高峰差不多过去了，街道上几乎没有什么人影。所有人都已经回家了，或者泡在喜欢的酒馆里。霍普在谷底街上摇摇晃晃地走着，虽然不想承认，但他明显是喝醉了，眼前的一切都是模糊的线条。几个铁币能买比想象中更多的蘑菇酒。

所幸霍普不用走很远。几天之前他在老旧的喷泉池下面发现了一个栖身之处，现在那里是他至关重要的卧室，不是很舒服，但至少是温暖而隐蔽的。现在他要做的，就是再晃悠几百步，滑到喷泉池下方的缺口处，舒服地睡一觉，等酒劲消退。

他刚走了没几步，突然从旁边冲出了一个人，抓住了他的胳膊。

“你！”粗鲁的声音传进霍普的大脑。

霍普满身酒气，借着旁边的人抓住手臂的力量原地转了个圈。“我告诉你了，我从来没有见过……”

但那不是之前的矿工。竟然是索图斯私人守卫队中的一名士兵，索图斯的铁齿军，还有其他两名全副武装、手握长棍的士兵。霍普试图挣扎，但两名士兵用力将霍普摔向旁边的墙壁，并将他死死按在墙壁上。第三名士兵，最高大的一个，渐渐走近被按住的霍普，他的身影将霍普笼罩住。

“抓到你了。”铁齿军的领队高高举起手中的长棍。下一秒，霍普陷入了黑暗。

地精语启蒙

在这段充满奇幻的故事中，人类口中的地精语（地精们自己又称“高帕亚语”），在这本书中被翻译成多种通俗易懂的语言。但是，为了保留地精们语言的独特性，译者在翻译的时候仍会保留一些地精们自己的语言。

下面这些词是在本书中出现的地精语及对应的解释：

阿卡：看这里。通常用于表示警告、兴奋、突然感兴趣。

博克姆高地羊：生活在山地的巨大绵羊。地精们通常使用博克姆高地羊耕地或拉车。

爪尔克：金属制品剩余边角料；垃圾。地精语中的感叹词，通常用于咒骂的语气中。同样可以用作形容词，形容某人或者某物是多余的、没有价值的。

多恩：银色；也指地精们之间流通的一种银质金属货

币，全称为“奇拉诺克银币”，也因硬币上雕刻着摩泽尔山脉而被称为“雪银”。一个多恩的价值，大约等于一顿相对合理的饭菜，或是地精孩童的一个玩具，或是一件样式简单的衣服。一个多恩银币等于八个加恩铁币，五十个多恩银币等于一个克伦金币。

银灵女巫：历史上又被称为“银灵陌人”，指的是身材高挑，有强大法力的地精或人类。银灵女巫通常十分危险，不可预测，在地精们看来，她们被法术侵蚀了血脉和头脑。地精们通常会用“像银灵女巫一样疯狂”来形容某个地精不可理喻。人类通常会把银灵女巫叫作“精灵。”

秋分日：寒日之初，地精的秋分日指的是一年中秋季的第一天，在这一天，通常会举办一场叫作“逐日之旅”的比赛。秋分日在地精中还有另一个名字，叫作“平衡日”。

亡巫灵：指沉浸于魔法不可自拔的巫师。亡巫灵通常是由魔法控制的行尸走肉，通过不停地施魔法而生活。

哈诺亚语：生活在地精大陆旁边的哈诺亚帝国中人类的语言。

加恩：一种用来充当地精货币的金属硬币。一个加恩通常价值一个苹果、一把蘑菇、一杯热茶。

奇卡矮人：一种不常见的小型地精。人类通常称之为“科博尔德”或者“地精侏儒”。

克拉科巨怪：一种不常见的巨型地精。人类通常称之为“巨怪”或者“食人怪”。

巨兔：一种巨型食草动物。分为野生巨兔和家养巨兔两种。一些地精家庭会将巨兔当作宠物。

奇拉诺克城：又名“岩城”。世界上最大的地精之城，坐落于摩泽尔山的山脚下。城市全称为“kijakkiranokzargroztormemegeshkarbeniknirtghulkt”，意思是“坐落于摩泽尔山之下被圣夜庇佑的至上岩城”。

克伦：金币。一个克伦价值五十个多恩银币，或者四百个加恩铁币。一个克伦能够购买一把上好的铁剑、或者一只博克姆高地羊。很多地精一辈子都没有见过一枚真正的克伦金币。

斯克伯：人类。原意为“小耳魔鬼”。是一种十分不敬的称呼。

瓦格尔狮狼：生活在铁脊山脉和附近林地中的巨型食肉动物。瓦格尔狮狼外表既像狼又像狮子，脸周有一圈狮子般的鬣毛，头部有犀牛般的犄角，数量一般为一到两根。地精们通常将瓦格尔狮狼当作宠物、打猎或者战争中的坐骑。

弗沙克：非常迅速。地精习惯用语，通常表示“死神的召唤”或用于表示事情像是死亡般在一瞬间发生。

瓦达：语气词，表示兴奋。有时候用来吸引注意力，相当于人类的“哇！”或者“嘿！”。

祖比加帕蘑菇酒：一种温和的酒精饮料，由蜂蜜、蘑菇汁和红辣椒汁调制而成。也被简称为“蘑菇酒”。

比利与地精王国 1

王者再临（下）

[美] 罗伯特·休伊特·沃尔夫　著
楼继岚　译

GUANGXI NORMAL UNIVERSITY PRESS
广西师范大学出版社
·桂林·

WANGZHE ZAILIN

出版统筹：汤文辉　　　　　　责任编辑：戚　浩
品牌总监：李茂军　　　　　　助理编辑：韩杰文
选题策划：李茂军　戚　浩　　美术编辑：刘淑媛
版权联络：郭晓晨　张立飞　　营销编辑：李倩雯　赵　迪
责任技编：郭　鹏

图书在版编目（CIP）数据

比利与地精王国. 1, 王者再临 ：上下册 /（美）罗伯特·休伊特·沃尔夫著；楼继岚译. --桂林：广西师范大学出版社，2023.3
书名原文: The Goblin Crown: Billy Smith and the Goblins, Book 1
ISBN 978-7-5598-4828-4

Ⅰ. ①比… Ⅱ. ①罗… ②楼… Ⅲ. ①儿童小说－长篇小说－美国－现代 Ⅳ. ①I712.84

中国版本图书馆 CIP 数据核字（2022）第 075543 号

广西师范大学出版社出版发行
（广西桂林市五里店路 9 号　邮政编码：541004
网址：http://www.bbtpress.com）
出版人：黄轩庄
全国新华书店经销
唐山富达印务有限公司印刷
（唐山市芦台经济开发区农业总公司三社区　邮政编码：301501）
开本：889 mm × 1 240 mm　1/32
印张：13　　　字数：228 千字
2023 年 3 月第 1 版　　2023 年 3 月第 1 次印刷
定价：58.00 元（上下册）

目 录

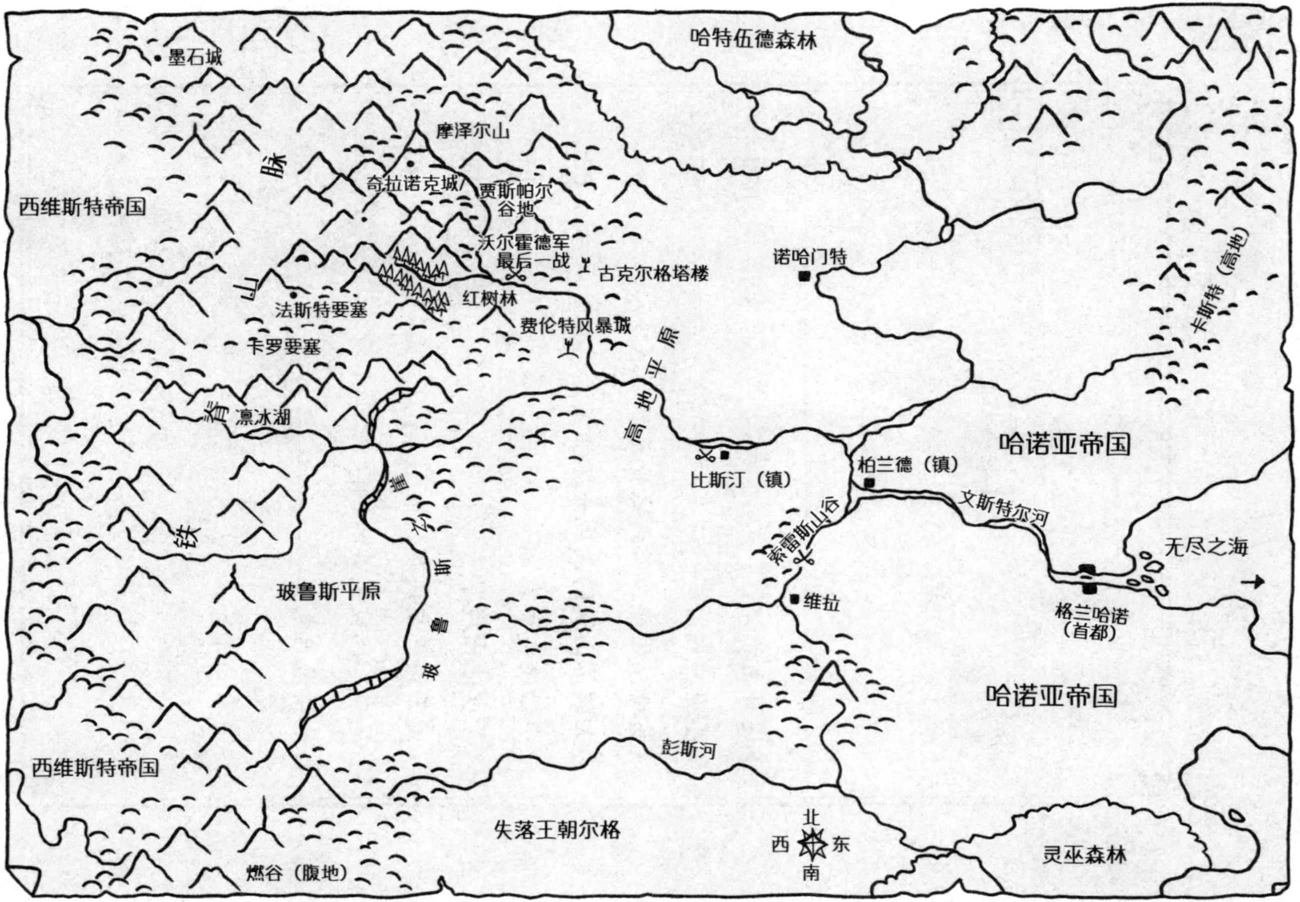

墨石城
哈特伍德森林
摩泽尔山
奇拉诺克城/
贾斯帕尔
谷地
西维斯特帝国
沃尔霍德军
最后一战
古克尔格塔楼
诺哈门特
卡斯特（高地）
铁脊山脉
法斯特要塞
红树林
费伦特风暴城
卡罗要塞
高地平原
凛冰湖
哈诺亚帝国
比斯汀（镇）
柏兰德（镇）
文斯特尔河
蒂雷斯山谷
无尽之海
玻鲁斯平原
玻鲁斯崖
维拉
格兰哈诺
（首都）
哈诺亚帝国
彭斯河
西维斯特帝国
失落王朝尔格
北
西
东
南
灵巫森林
燃谷（腹地）

走钢丝

当比利举着两头负重的锁链在天空中挥舞的时候，他突然很想念家乡，想念父母，想念电视和网络，想念网络游戏，想念音乐和书籍。

他们已经来到法斯特之角将近一周了。现在看来，星语者对于处决他们三人的事情一点都不着急，因此，在这里他们逐渐过上了被流放的生活。在僧人们的热情招待下，比利、莱克茜和科特过得十分舒适。僧人们为他们提供了一日三餐，甚至还有一栋独立的小房子。但是，他们三人终究是囚犯。他们不能离开法斯特之角，而且比利知道，星语者迟早会宣布他们的死期。这也就是为什么比利每天晚上躺在床上，都会急切地祈祷着能有什么奇迹出现，将他们转移回家。

但每一天清晨，他还是在法斯特之角中人类庭院的简易小床上醒来，用盛在盆中的清水洗脸，咀嚼一种薄荷味的树叶来代替刷牙，之后去院子里加入僧人们吃早餐的行列（早餐通常是奶酪和一些水果）。早餐过后，他就开始日复一日的漫长焦虑，等待着处决他、莱克茜、科特、蓝霜和李德派普的噩耗传来。

但等了很久还是没有音讯。他们三个反而在这里和僧人们度过悠闲的时光，甚至开始有些享受。他们学习僧人们的传统文化，顺便等待着死期的降临。

僧人们有自己独特的宗教传统。不像地精们崇尚黑色魔法，也不像哈诺亚帝国的人类崇尚光明魔法，这里的僧人们对黑暗和光明、白天和黑夜、火与水，都予以同样的尊重。他们认为，生命本应是万事万物的平衡，是冰与火的交融，是爱与恨的交织，是乐观与悲观的妥协。

多纳金这样解释道：“夜晚从来不是纯粹的黑暗。有月与星的照耀，总会有幽光。白天也从来不是纯粹的光明，总会有角落处的阴影，有云朵的痕迹和阵雨的来袭。每种环境之中都会有相应的对立面。真正的幸福来源于对正反两方相互交织融合的理解和接受。真正的成功不是摧毁你的敌人，而是接受对立的存在。”

他的女儿阿雪尔进一步解释道：“人生就像是走钢丝，要一直保持平衡。这才是人生有趣的地方。”

正是因为这种信仰，这些僧人才被逐出了哈诺亚帝国，被迫流亡海外。在比利的认知中，他不明白为什么会有人想要杀死多纳金、阿雪尔和这里其他的人。他们是那么善良，那么慷慨；他们性格平和，宽容大度。他们许多的精神和族群理念是通过日常游戏来传递和学习的。庭院中真的有走钢丝的地方。科特仅仅花了几个小时，就通过自己的天资和平衡感，完美驾驭了这项运动。他们同样会玩一种类似蒙着眼睛抓人的游戏——用布条蒙上其中一个人的眼睛，其余的人站在他周围发出声音，可以唱歌、演奏乐器、鼓掌等。被蒙住眼睛的人要试着通过声音的走向，捉住其他的人。

还有杂耍。僧人们很喜欢杂耍。皮球、瓶子，甚至刀，都是杂耍时的道具。更令人佩服的是，就连火焰也是他们的道具之一。晚上，他们会在绳索的两端挂上燃烧的火球，在黑夜中挥舞出绚烂的火红色光影。现在，他们就在练习这种杂耍。

“哎哟！”比利在甩绳索的时候，不小心将一端的石块甩到了自己身上。有点疼，并不是难以忍受，但他不想再被甩一次了。

“集中精力，”阿雪尔建议，“然后尝试着不去想你在挥动绳索的事情。”

“怎么可能同时做到？”比利重新挥起来，顺便疑惑地问。

“这就是难点，不是吗？”

比利专注凝神。他放松地拿着绳索，转动手腕，将两端的石块挥舞起来并小心地用绳索两端的负重控制转动的速度。比利逐渐找到了节奏，他试图放空头脑，一心只想着手中的动作。思想集中，放松。

“好多了，”阿雪尔对比利说，“你没问题的。感受一下这种动作。感受一下波动。”

“波动？好吧，”比利心想，“转动手腕，交叉胳膊，在八拍的节奏里将全身都动起来。转动手腕，交叉胳膊，数到八。”

科特只用了几个小时就学会了基本要领，现在已经开始尝试挥动火球了。而比利连最基本的训练——甩绳索还没有使用熟练。

疼！比利手中的绳索又失去了控制，砸到他的脊椎上。虽然已经经过了连续几天的训练，他还是会伤到自己。

“我永远都学不会。”他沮丧地嘟囔着。

“慢慢来。所有事情都有循序渐进的过程。看着我。”

阿雪尔轻松地挥动着她手中的训练用绳索，看起来优雅极了，不费一丝力气。比利忍不住盯着她看。她与比利年纪相仿，和善友好，乐观向上，而且她不会像看奇葩一样看着比利。比利的头发和皮肤颜色，与莱克茜和科特相比，使他看起来更像是这里的僧人之一。在毓圆庭院中，比利是合群的。这种情况以前倒是从来没有出现过。

想到莱克茜。“莱克茜还好吗？”他问道。

阿雪尔的注意力被分散了，她手中的动作顿了一下，但不像是比利，她很快找回了节奏，没有打到自己。她更用心地花式转动了下手腕，绳索在手中又开始平稳地环绕飞行着。

“母亲说莱克茜需要时间和训练。当一名逐光者或逐暗者是很危险的，但是她现在得到了帮助，很快就会没事的。”

“真是好消息。”比利这下安心了，又开始笨拙地挥舞起绳索来。

但是阿雪尔看起来还有话要说：“莱克茜是你的许诺之人吗？”

“许诺之人？什么意思？”

“就是说……她许诺给你了吗？当你们长到合适的年龄时，会结婚吗？”

比利手中的动作瞬间变得无比混乱，他左躲右闪，防止砸到自己。

“那个，在我来的地方，事情不是这么简单的。”他边躲闪着边回答。

“那是什么样子？”

幸运的是，在比利想好要如何解释之前，庭院大门处传来嘈杂的声音。穿过层叠的石榴树，比利看到几个骑着瓦格尔狮狼的兽骑兵，进入了人类庭院。

比利转向阿雪尔，问道：“发生什么事了？”

“逐日之旅。”阿雪尔兴奋地说，然后扔掉了手中的绳索，跑向大门口。

“什么？”

“过来看就是了！”

这简直越来越愚蠢了。霍普看向眼前巨大的帐篷。他一边暗自庆幸着自己的脑袋还牢牢地待在脖子上，一边不住地担忧，这样可能性几乎为零的侥幸逃生还能持续多久？如果霍普信仰神明，那他现在应该会跪地感谢月神的倾力保佑。但他足够理智，他知道，如果月神真正存在，那么归月神操心的事情应该多了去了，而小小的一个霍普，绝不值得月神分神一丝一毫。因此他现在还在呼吸这个事实，全然是运气的杰作。

他同样确定的是，自己的狗屎运快用完了。也许很快。

就拿他现在的处境来说：索图斯的铁齿军抓住了他，霍普以为会被送上断头台，或者会被直接就地处决。但这几个愚蠢的士兵居然不是因为认出他是被通缉的国家要犯，而是因为看到了霍普头上所戴的，用来遮住自己断耳的飞行骑师帽子，把他当成了一名普普通通的蝙蝠骑师，将他抓到军队中充数。很明显，索图斯焦急地想要招募有经验的飞行骑师，命令手下把城中每一个还在喘气的骑师都抓到军队中。

这也就说明了，现在的霍普，虽然没有丝毫的飞行经验，也没有一丁点骑师的潜质，却成了索图斯新组建的沃尔霍军空中分队的一员。这倒比他上次加入军队时的地位大有提升。骑师们的待遇极好，工资极高。军队对于飞行分队的偏爱，使得霍普在好好隐藏住自己身份的前提下，能够偷得许多好处，行得许多方便。没有人会将骑师与其他士兵掺和在一起。只要霍普时时刻刻戴着帽子，哪怕是吃饭和睡觉的时候都不摘，那其他人就应该不会发现他的真实身份，只会觉得他是一个爱戴帽子、习惯怪异的男孩而已，不是吗？

但霍普仍然要面临一个重大的问题，他终究是要骑上一只战斗蝙蝠飞向战场的。到目前为止，他一直假装生病咳嗽，以此来逃避飞行任务，还用些其他瞎编乱造出来的严重疾病，让他免于“升天”。他曾经让地面部队的士兵为他讲解基本的蝙蝠骑法，希望能在“痊愈”之前学会基本操作。现在，霍普站在巨大的帐篷前面，眼睁睁地看着其他蝙蝠骑师走进帐篷，与自己的坐骑沟通感情，而他却丝毫不敢有所动作。霍普学东西很快，但他仍然搞不懂那些座鞍上的众多把手和脚蹬分别是做什么用的，搞不明白各种各样的口号代表着什么，看不懂旗帜命令，连在蝙蝠俯冲和爬升的时候怎么才能让自己保持平衡都不得而知，他唯一的希望就是不要摔断脖子。要成为一名基本合格的蝙蝠骑师，需要很多年的训练。

而霍普只训练了几天。

通过召回老兵，征收年轻的新兵勇士，恐吓和威胁奇拉诺克城中每家每户的男丁，索图斯终于组建了一支从数量上看还过得去的军队。霍普知道，如果索图斯不想发起战争的话，就不会千方百计地集结这么多人。战争的号角即将吹响。一旦战斗开始，霍普和飞行分队的其他士兵将会驾驶着蝙蝠，参与到战斗之中，但这一切都建立在他能够搞清楚如何操纵蝙蝠，用口哨命令它升空，在空中维持时间超过一秒钟。那可不是件容易的事。

而且，人类军队在上一场战争中亲身体验过了地精飞行部队的勇猛。这些天上飞的地精士兵能够轻易瞄准并狙击地面的人类军队，准确地在敌方堡垒上方投下石块，可以进行突如其来的攻击，对人类军队造成大范围的杀伤。所以一旦战斗蝙蝠出现在空中，人类会想尽一切办法将它们打下来。人类士兵准备了原本切肉用的锋利长剑和十字弓作为武器，但更多的还是使用法术，从天而降的火球和利剑一样的光束将战斗蝙蝠和它们的骑手一同烧成灰烬，残骸从天空中一片片缓缓掉落。如果霍普不知道怎么躲避这些刀剑和咒语，那么很快，他就会死无葬身之地。

“害怕了吗？”

霍普转过身，看见一位年长的、历经沧桑的地精，戴着骑师帽站在他后面，准备走进帐篷。

“为什么这么说？”霍普尽可能地保持冷静。

“因为你看起来像是个还有理智的地精。任何一个有脑子的地精，在骑着庞然大物冲进硝烟弥漫的战场之前都会觉得紧张，是的，”年长的骑师上下打量着霍普，继续说，“尤其是一个之前从没有当过飞行骑师的地精。”

“我看起来不是骑师？”霍普心中一惊，试图让自己的表情看起来像是受到了极大的冒犯。

“你以为你能骗过我吗，小伙子？可不能随便戴上一顶骑师帽，就管自己叫骑师。谁知道那些愚蠢的铁齿士兵是从哪里找到的你。”

霍普的大脑飞快地运转着，想着托词。他可以继续假装骑师，装傻充愣，但这个老骑师很明显不会相信。他也能够逃跑，但如果面前的人大喊，他绝对跑不了多远。他还可以跟这个趾高气扬的老兵打一架，但眼前的人似乎也不是什么好惹的，霍普应该不会轻易取胜的。很不幸，霍普剩下的唯一选择，也是他最不想面对的选择——实话实说。

“我在一家店铺里买到这顶该死的帽子，就一直戴着。”霍普嘟囔着。

“然后士兵们误认为你是骑师，把你抓到这里？”老骑手似乎恍然大悟地点点头，“你为什么不告诉他们事实？”

“因为我是个通缉犯，他们知道了就会当机立断杀了我？不。今天的诚实已经用得足够多了。”霍普心想。

霍普尽最大可能表现出害羞和窘迫。“其实，”霍普说，“我一直都想成为一名骑师。这也是为什么我会去店铺里买一顶骑师的帽子。所以当铁齿军抓到我的时候，我心想，这没准就是命中注定的。”

这个聪明的老骑师并没有完全相信。

“除此之外，我也不想被迫当步兵，整天走在泥泞中，”霍普尽可能地让自己表现得像在坦白内心最深处的罪恶，“上次战争中，我就是步兵，受了很多罪。你们骑师可是挺轻松的。”

“轻松？你神经不正常吗，小子？战斗蝙蝠骑师是整个沃尔霍德军中最危险的工作了。”

“看起来不是很累。在我看来，是蝙蝠承担了所有的工作量，骑师们就是坐在上面而已。”霍普假笑着，希望自己没有露出马脚。老骑手正以他的专业而感到自豪，没错，霍普就以这一点进行语言攻击，分散对方的心神。到现在为止这种做法好像还算成功，对方还没有叫铁齿士兵来，但他会一直上钩吗？

“跟你说实话，小伙子。我们现在很缺骑师。从索雷斯山谷一战后，飞行部队一直都处于供不应求的状态。”霍普在那场战争中亲眼看到了蝙蝠和骑师们的下场。大部分都在战争中被杀死了，化成一个个火球，从天空中坠落。老骑师继续说：“你是这几个礼拜中，我见到的唯一一个足够愚蠢的地精，居然想做这么危险的工作。好吧，我会告诉你怎么成为一名骑师。然后你再说这份工作是不是轻松。”

“成交。十分感谢您能为我提供指导。谢谢您。”霍普试图绷紧脸，不让自己笑出来。尽管在他的内心，逃脱一劫的喜悦激烈涌动着。

“如果你活下来了，咱们再说后话，小帽子。你现在正式成为一名战斗蝙蝠骑师了。蝙蝠骑师的寿命跟黑夜森林中肥美的巨兔的寿命一样短。”老骑师笑出声，转了个身往帐篷中走去，帐篷上方就蹲着一只巨型蝙蝠，将铁质的帐篷支架压弯了。“别磨蹭了，小帽子，”他叫着还停在原地的霍普，“你有太多要学的，咱们又没有太多时间。就听我老莱特中士的话，做我让你做的事，说不定你会死在你的第一场战争中。”

霍普跟在莱特中士后面，假装踌躇满志。

听他这么说，逃跑也许本来应该是个不错的选项。

莱克茜努力克制着自己不把房子点着。

“小小的火星就可以，小姑娘。我们不需要太多。像是爱人耳边的轻声细语，不是大吵大闹。”多纳金的妻子萨瑞雅，让莱克茜记起了自己的姨妈——乔。将近四十岁的年纪，身材稍有些臃肿，声音轻柔，笑声甜美。萨瑞雅是个逐光者，一位治愈师，竟然还是位绝顶好的老师。仅仅不到一周的时间，她就教会了莱克茜不下一百种在使用魔法时，不会被自己体内的火焰烧伤的技巧，还教会了她如何治愈一些小病，如何烘烤黏土，如何熔化金属，如何点燃东西，甚至，从理论上讲，如何飞翔。但以上所有的咒语都依赖于莱克茜的一种重要能力——自控。

莱克茜的自控能力极差。她经常随心所欲，由着自己的性子行事。她说话不过大脑，经常改变主意，无法在同一件事情上集中注意力太久。有时候她觉得自己有多动症，或是什么其他的医学病症，但莱克茜的父母并不喜欢让孩子随便吃药，于是从来都没有带莱克茜去医院检查过。他们坚信无论莱克茜是不是有病，她自己总能通过一点努力、一点前瞻性思维、一点自知之明克服它。

他们说得倒容易。

现在，她正在尝试着点燃一根蜡烛。萨瑞雅说过很多次这个法术的注意事项——将最小的能量集中在蜡烛的捻线上，控制一段时间。莱克茜连续很多天一直在反复尝试这个法术，但每次的结果都是一样的——

呼啦一声，整根蜡烛都燃了起来，像鞭炮一样从桌子上腾空而起，尾部带着火焰飞向天花板。

“好一些了。”萨瑞雅说，顺便使用自己的法术将飞散的火星熄灭。

“情况根本没有好起来。”莱克茜失望地小声说。

“捻线已经开始冒烟了，就在整根蜡烛飞上天之前，但你失去了耐心。”

“我的整个人生都是这样。”

“你的人生才刚刚开始。你刚跟着我学习了一周时间，进步已经如此巨大。你应该为自己感到骄傲。”

莱克茜摇摇头，不解地问：“你为什么对我这么好？”

萨瑞雅微笑："对别人好是很容易的。去怨恨身边的人，总是怀揣酝酿着的怒火和愤慨，才真正会消耗人的心智。自控并不是压抑住身体中不自然的情感，而是用轻松和优雅面对生活。"

"你说得倒容易。"莱克茜差一点要反击，像之前一直顶撞父母一样。但是这一次，她控制住了自己。或者，她下意识地消化了自己的回答，没有让冲动控制她的头脑。轻松和优雅？试一试也无妨。

"你看，"萨瑞雅轻吻上莱克茜的额头，"好多了。"

这时多纳金走了进来，脸上一如既往地带着轻柔微笑。"吾之妻，吾之爱，你可能需要把课程先暂停一下。"

"吾之夫，吾之依，发生什么事情了？"

莱克茜设法不对多纳金和萨瑞雅之间的昵称作出嫌弃的表情。"放松和优雅……放松和优雅……"她像是念咒语一样反复警醒自己。的确有帮助，一点点帮助。

"逐日之旅的时间到了，"多纳金说，"兽骑兵开始筛选了。我知道你是多么喜欢抚摸那些瓦格尔狮狼。"

在比利熟知的故事中，地精的形象一直都很简单和单一。他们是愚蠢的，头脑简单的，尖酸刻薄的，站在坏人那一边，有时候还会吃人。可是当他看到身边这些地精，他的地精伙伴们的时候，却感觉到他们与众不同。比利身边的地精们是很奇怪、很复杂的，而且非常像人类。他们有自己完整的语言体系、文化底蕴、厨艺、音乐，甚至还有现在比利正在经历的传统节日。

地精们的逐日之旅有点像人类各种节日的合体，是一种骑在瓦格尔狮狼的背上在山坡上追逐的比赛。领头的兽骑兵向他们解释了比赛的基本流程，然后宣布逐日之旅会在五天之后开始，根据传统，今天要选出参赛选手。

比利、科特和僧人们围在兽骑兵周围，焦急地想知道更多比赛细节。

然后比利听到身后有人说话："嗨，你们两个！"

莱克茜加入了他们，能看出她在刚刚结束课程后稍显疲倦。"我下课了。听说要过节了。"

比利已经好几天没有见过莱克茜了。"莱克茜！"他冲到女孩身边，给了她一个大大的拥抱，随即意识到自己的表现有点过分，"不好意思。"他松开手。

"不，没关系。我没生气。也很高兴见到你。"

"你还好吗？"比利上下打量着莱克茜。她的眼圈是青紫色的，好像根本没怎么睡过觉一样。

"没事。我一直很努力地练习来着。我要学的东西有很多。"她边说边环顾毓圆庭院。"多纳金说这个逐日之旅是一种赛跑？一大群地精骑在这个像狼一样的大野兽身上，冲上山坡，再冲下来？”莱克茜说，“听起来好危险。”她紧张地看着瓦格尔狮狼。

“是很可怕。”阿雪尔承认，她站在三个外来的人类后面，“我们在去年逐日之旅前不久来到这里，所以那是我们第一次亲眼看见地精的传统节日。从这个角度，只能看到最后几百米在平原赛段的冲刺，地面没有坡度上下起伏，但我仍然看见十几个骑手从瓦格尔狮狼身上摔下来，或者被其他人的坐骑撞下来。”

“他们会互相打架？这符合比赛规则吗？”科特问道。

“地精的比赛通常没有什么规则可言。他们互相推搡，互相碰撞，任何阻止别人的方法都可以用。我听说在山上的树林里，这些小动作会更多，那里裁判们看不到。逐日之旅的参赛选手们每年都有受伤的，甚至有死亡的。”

“那为什么还有这种比赛？”莱克茜问道。随着一名女骑手的瓦格尔狮狼缓缓靠近，她紧张地后退了一步。

“人的一生不冒点险，又怎么算得上活过？”一位不小心听到他们对话的兽骑兵回答，“这些僧人把玩火球；其他人类舞剑；在秋分时节，我们地精骑着瓦格尔狮狼在山中赛跑，这些都一样危险。让麻痹的心脏重新跳动，让静止的热血再次澎湃，每一次呼吸都是令人兴奋的。”

“而且这是对山神和瓦格尔狮狼的一种崇敬，”另一个兽骑兵接着说，“庆祝烈火般天气的结束，庆祝丰收的开始。”

“这也是原因，但主要还是因为这种比赛很有趣。简直太棒了！”第一位兽骑兵兴高采烈地吆喝，笑的时候，露出她尖尖的牙齿。

第二名兽骑兵环顾庭院中的人类：“是时候看看你们中的哪些人能够参加今年的逐日之旅了。”

连阿雪尔都不敢相信他的话：“去年没有人类参加？”

第一位兽骑兵咧开嘴：“去年你们是新来的，是的。那时候你们只是这里的客人。而今年你们已经是社区中的一员了，对不对？星语者承认了你们族群的存在。在法斯特之角，每一个社区都会选出三名参赛选手。所以，今天就轮到你们毓圆庭院了。”

“我参加！”科特上前一步，脸上带着坚定的表情。

“可不是说说就可以的，否则所有人都会想参加的。阿卡，我们抽石块决定。”

第一位女骑兵从座鞍后的挎兜中拿出一个皮质袋子。“所有人从袋子中摸出一个石块。如果你摸到的石块是白色的，上面带有数字，那么你将参与今年的逐日之旅，石头上的数字是你挑选坐骑的顺序。这项比赛是给年轻人准备的。小孩子和有家室的人不能参加。所以如果你的头发已经长过了肩膀，又没有子嗣，请排队，在这里抽取你的石块。”

毓圆庭院中符合条件的年轻人排成了一列，有的兴致勃勃，有的稍显不情愿。比利知道在毓圆庭院中的人类结婚年龄都不太大，约莫到了十八岁就可以成家了，所以队列中的人类年纪与比利相仿。只有他、莱克茜和科特没有站进队列。

兽骑兵的领队用她猩红色的眼睛盯住他们三个人。“你们三个，也站进去。”

“你让我们也参加吗？”比利惊讶地问，“我们是囚犯。我们会被……”比利停了下来。“会被处死”这种话他说不出口。

“瞎说，”兽骑兵责骂道，“我知道你们是谁。星语者到现在还没有赐你们死期，而且今天看来是不可能了。所以在那之前，你们是这里的居民，适龄居民。所以你们要跟别人一样排队抽签。”

“有什么不好的？”科特兴高采烈地站进队列。

考虑了片刻，比利也站到了队伍最后，莱克茜跟着。

“你们两个干什么？”科特说，“你们太年轻了。”

比利不喜欢科特语气中的优越感：“怎么了，我也……”

“老兄，我不需要知道你的私生活。”科特打断他。

“他们说，我们三个人都要抽签。”莱克茜指出，“在你身上背了个死刑的时候，最好乖乖听话，不要再跟他们族群中的任何人有任何争执。”

科特放弃了。比利知道这个理由科特无法反驳。

一个接一个，队伍中的少年僧人们都抽到了自己的石块，比利、莱克茜和科特在队尾翘首以盼。第一个抽到有数字的石块的是一个叫亚泽的男孩，他身材魁梧，是木匠的儿子，曾经和科特一起练习挥舞火球链子。他看起来十分满意这个结果。

阿雪尔紧跟着，抽到的是黑色石块。她脸上洋溢出解脱的笑容：“幸好不是我。”

随着袋子中的石块越来越少，比利看见科特的表情从一开始的兴奋雀跃，到现在逐渐黯淡了下来。“这是个天大的错误。”他小声地说。

比利没什么底气地安慰道：“我们可能不会抽到的。”

“不只是这个比赛，一切都不对。留在这里就是个错误。自从我们跟着霍普冲进那个疯狂的国王大厅，一切都不对了。我们如果待在那个山洞里寻找出路，就不会遇上这些乱七八糟的地精，也不会遇上这么多危险。”

“我们当时没有其他选择。”

“我应该想办法的。我是说，我是咱们三个中年纪最大的，我应该带着你们去安全的地方。但我搞砸了。在这个疯狂世界里面的每一件事，我都搞砸了。否则，也不会沦落到现在的地步。”

比利知道这个一直表现完美的橄榄球四分卫心中有无比的自责和失望，他笑了笑：“但生活并不是一帆风顺的，你不可能控制身边的一切事物。如果发生什么事情就认为是自己的错，只是另一种认为自己是宇宙中心的表现。这些僧人说的对，有时候事情会毫无预兆地出现在你面前，疯狂的事情，像这里的整个世界。但是当坏事发生的时候，你能做的则是尝试平稳地甩起手中的链球，或者保持内心平和，像是走钢丝，别的也做不了什么了，不是吗？”

“你真的相信这些？”莱克茜问。

“正在努力。”

科特惊讶地望着比利：“你什么时候说话这么有哲理了？”

“自从我决定不再因为带着你们来到这个世界，经历这些疯狂的事情而责备自己的时候。”比利心想。他现在还不想对莱克茜和科特坦白，于是说道：“可能是多纳金的说教终于起了作用吧。”

莱克茜脸上露出深思熟虑的表情，她说道：“你知道吗，如果科特不是我们来到这个世界的原因……”

在莱克茜不依不饶地进一步发问之前，他们被人群中的喧哗声打断了。随着人们抽取石头，又一个数字出现了，这回抽到的人，是一个比比利年纪稍小，看起来十分娇弱的女孩。她看到手中的石块瞬间大哭着跑向她的母亲。围观的僧人们都不太赞同让这么一个弱小的女孩参加这种可能出现死伤的野蛮比赛。

“别担心，”兽骑兵的领队向大家保证，“我们会帮她选择一只年纪较大、性情温和的瓦格尔狮狼，并把她牢牢固定在座鞍上。瓦格尔狮狼会带着她缓慢、温和地上下山，不会出现危险的。”

这番话安抚了人群的情绪。抽签再次继续，但是接下来的人抽到的都是黑色的石块，还有最后一块白色的数字石块静静地躺在袋子里。终于，兽骑兵拿着袋子站在了比利、莱克茜和科特面前，最后三个人。

“三个人，三个石块，一个答案。”女骑兵露出尖牙笑着。“数量刚好。你们谁是那个幸运儿？”

地精摇了摇袋子，递到科特面前。科特自信满满地将手伸进去。“别得意，爱嘲笑人的家伙。就是我了。”他握住一个石块，自信满满地收回手。但并不是，科特的石块上没有数字。“该死，我的命怎么就这么不好！”

“两块石头，两个人。”

莱克茜刚刚要将手伸进袋子，比利立刻上前：“我先来。”

比利知道莱克茜在这几天的学习中耗费了大量的精神。

他下定决心不让她带着这种精神状态上场。他将手伸进袋子里感觉着。当然，里面有两块石头，它们的手感都像是光滑的鹅卵石，所以他无法辨别哪一个上面写了数字。其中一块石头稍大，中间部位有些许凸起。比利反复摸着，试图回忆着已经出现的两块数字石头是不是有什么共同的特点。

突然他感到身边的空气温度不自然地升高了。他转头看向莱克茜。

“不许作弊。”

莱克茜瞬间又变回无辜的样子，空气的温度也恢复了正常。“我只是想，用魔法能……”

比利打断她：“我不需要你保护我。再说了，随意使用魔法正是你不被允许做的事情。”

然后比利想起来了，另外两块石头都有一面是平坦的，这样方便在上面书写数字。他的手包住那块较小的、有一面较平坦的石块。

“就是你了！”比利信心满满地拿出，恰是上面标注着地精数字“五”的白色石块。他高举手臂，让周围的人都看见。人群欢呼了起来，包括科特。但莱克茜看起来十分担忧。

地精骑兵大声鼓掌，用手热情激动地扶住比利的肩膀：“太棒了！你，我们会给你准备一只健壮的瓦格尔狮狼的，好不好？”

“好的。”比利倒没有很激动，他走向另外两个逐日选手——得意扬扬的男孩和抹着眼泪的女孩。可能他应该让莱克茜获胜。他从没有骑过任何动物，连马都没骑过，更不要说长着尖牙的巨兽。

比利脑中描绘了一幅自己从座鞍上跌落，尖叫着跌跌撞撞摔下悬崖的画面。

不，他警告自己，那是因为害怕才会冒出的念头。在担忧之中，他隐约知道自己做了正确的事情。是他，把莱克茜和科特拖入了这个世界，是他，将他们拖入了疯狂和危险中，而这一次，他会是唯一一个面对危险的人，后果也将由他一个人承担。

只是希望他不会死于自己的一时冲动。

逐日之旅

“还不差。”当他们结束一天的训练时，莱特中士表扬了霍普。

这名经验丰富的老骑师渐渐喜欢上了霍普这个孩子，可能因为他是整个飞行分队里面唯一年纪够大，又不至于老到耳朵长毛的地精。“再训练几个月，你就能成为我手下一名合格的骑师了。然后你就能理所应当地戴着骑师帽子，在你没有不小心掉下来摔断脖子之前，自由翱翔了。”

但所有人没有想到的是，他们没有几个月的时间了。连一周的时间都没有。

两天之后，霍普收到了自己人生中的第一个飞行命令，他被派去巡逻，同时也是检验自己飞行技术的首次测试，他驾驶的是一只温和可靠的雌蝙蝠黛芙德尔。莱特中士命令其他八位地精工作人员与霍普组成黛芙德尔飞行小队，他们帮助霍普进行飞行前的检查，负责调整速度的是斯奈尔，一个眼神尖锐的男性地精，作为飞行小队的探子；还有弗鲁特，负责与沃尔霍德军的士兵交流，并且通过各种颜色的旗子和灯指挥其他蝙蝠骑师和其他飞行小队。霍普挣扎着用自己极不熟练、并不专业的口哨声，命令黛芙德尔准备好飞行姿势，他们排在了整个飞行队伍的最后一位。他们要做的，就是听从前面骑师的指挥，紧紧跟着前面飞行小队的轨迹，完成这次飞行侦察任务，并将侦察情况汇报至索图斯军队总指挥帐篷。莱特中士管这个叫作“夜间巡查”，看起来是个轻松的活儿。斯奈尔和弗鲁特看起来十分放松和自信。在他们巡查的路上，斯奈尔甚至唱起了一首《飞行骑师小调》。弗鲁特也跟着一起唱起来：

每一天盘旋请月神赐教

每一次穿云请月神保佑

空气稀薄处

我独自一人

死亡的召唤也无法阻止我的翅膀

坐骑之上
景致无比
上方容忍一时失误
下方等待死神之穴
那就这样吧　尽情飞翔吧

战鼓震颤大地
骑手背负使命
但一首光之法歌
将我们葬送深渊
哦　这是首悲伤的歌

天空和云朵请守护我们
赐予微风与安宁
赐予净化与和平
若终要下坠
大地的岩石与冰霜呀
请准许我立即死亡
请准许我远离纷争

坐骑之上

景致无比

一时失误

下方就是死神之穴

那就这样吧　尽情飞翔吧

加入我们吧　穿上战衣

听从号召吧　飞上云端

每一次盘旋都是生命的赌注

请准备坠入深渊

请在脱手坠落时

身边是窒息的景色

坐骑之上　天空之上

终有一日

世间万物归于尘土

男女与老少　壮弱与高矮

但在那之前请与我们一起翱翔

那就这样吧　尽情飞翔吧

一开始，就如同计划的一样，蝙蝠小队在曲折的山谷上方按队列前进，飞越过弯曲的山路，飞越过索图斯军队的帐篷，用旗语汇报着地形地貌、风雨雷电等自然现象，以及偶尔出现的人类。然后，就在临近黄昏的时候，弗鲁特突然将挥舞着的标志旗改成信号灯，这名负责传递信号的女骑手使劲眯起眼睛，看到前面不远处的山谷中传来一系列紧密又激烈的灯光信号。

“看起来出了大事！”霍普也看到了远处急促闪烁着的灯光，他向弗鲁特大喊，声音在空中破碎，“发生什么了？”霍普十分努力地尝试学会弗鲁特各种各样眼花缭乱的信号，然而不从黛芙德尔身上掉下来平稳飞行，就已经花费了他大量的时间。

弗鲁特眉头紧皱，指挥着蝙蝠飞向闪烁的灯光信号处。她可能没听见霍普的大喊，更大的可能是选择忽视他。

斯奈尔帮他确认了方位：“用夜间视野看下一个山谷，小帽子。”

“小帽子”，这是霍普的新外号，莱特中士知道他偷飞行骑手的帽子后送给他的名字。

霍普轻轻眨了下眼睛，切换成地精的夜间视野。在越来越昏暗的日光中，他用普通视野几乎看不清眼前的山谷。但在夜间视野中，整个山谷都变成了一团橘红色。橘红色意味着热量，意味着火焰或者生命，或者两者皆有。霍普看着眼前的大片红色不断变化形状，不断涌动，像是要冲上岸的海浪。他专注地试图辨认出每一个橘红色的光源是什么，到底有多少。但他做不到，他数不过来，至少有上百个光点，还有大团的深红色光。那只可能是火团，大团聚集的火球，还有能看出是马匹形状的光点，成千上万个光点聚集在深红色火焰的周围，向着地精所在的山谷气势汹汹地走着。在霍普的生命中，他只见过一种那种形状的光点——人类。蝙蝠飞行队发现了人类的黎明军团。

“这也太多了吧！”斯奈尔说，他的声音因为兴奋和害怕变得有点尖细。这让霍普猜测斯奈尔小时候会是什么样子，是不是像索图斯的军队中许许多多幼小的士兵一样。霍普认为参加这场战争的每一个人，要么太小，要么太老。

“确实太多了。”霍普赞同探子传回的情报，并跟随着队伍飞回索图斯的驻军帐篷。无论索图斯愿不愿意听到这个消息，都要汇报给他。

在指挥官帐篷中，索图斯不耐烦地听着巡逻兵们汇报的消息。据他们所说，成群结队的人类正向他们进发，人类军队的地理位置就在地精山谷外不远处。巡逻兵们喋喋不休地说着人类军队的数量是多么庞大，至少是索图斯军队的五倍；他们如何将军事驻地分配在驻军帐篷旁，如何控制战略高地；数千名骑兵正在日夜不停地为步兵们提供粮草和其他供给……

其中一个瘦高、尖牙的骑师，索图斯对他有点模糊的印象，但怎么也想不起曾在什么时候见过他。此刻，这个年纪不大、叫作“小帽子”的小骑师正滔滔不绝地说着攻打这样的哈诺亚帝国军队是多么的不明智，他正试图建议索图斯撤到山区，将现有的沃尔霍德军分成不同的小分队，在黑暗中伏击敌人；从后方斩断人类军队的供给链，偷偷射杀他们的巡逻兵，减慢军队的行军速度，扰乱交流沟通……任何事情都比硬碰硬的战斗要好很多。

就跟他是将军一样，就跟他比索图斯更懂战争一样。

这些巡逻兵们的汇报不可能是真实的，他们一定看错了。索图斯已经召集了奇拉诺克城中的每一个男性地精，还有很多女性地精也加入了军队。这支全新的沃尔霍德军，士兵数量是之前在索雷斯山谷一战中失败军队的两倍。人类的军队不可能超过这个数量，不可能出现在这里，不可能远离他们在海岸线边的家乡。

就算他们有更多的士兵，也不是问题。人类都是懦夫，索图斯轻蔑地想。那些斯克伯甚至会被自身的阴暗面击溃。打他们个出其不意，突然袭击他们的基地，将恐惧渗入他们的骨髓，他们一定会夹着尾巴逃跑的。

不过，索图斯心中比较理性的那部分，还没有被怨恨腐蚀的那部分，却知道自己逻辑中有太多漏洞。当沃尔霍德军袭击比斯汀小镇和费伦特风暴城的时候，人类士兵一直奋战到了最后一秒。在柏兰德镇，人类守卫军坚持了很多天，直到黎明军团大部队的补给和后备战士终于到达战场，将索图斯的军队打退。在那些战争中，人类和地精一样英勇。这种想法在索图斯脑中转瞬即逝，他立刻打消了疑虑。索图斯可不是一个会因为这些不太确切的消息就轻易改变自己来之不易的优越感的人。对于索图斯来讲，现在这种情况，只有一种处理方法，一个明确的指示。

“够了！”他打断眼前这个喋喋不休的小骑师，转向身后的将军和巫师，“开始进攻！”

霍普失望地离开了帐篷。他冒着被索图斯发现的危险奉劝大将军撤兵。尽管疯狂的大将军没有认出面前的这个小年轻就是他想处死的叛徒，但从长远看，一切都已经没有什么关系了，他们在索图斯的带领下，面临的终究是死亡。索图斯没有听取巡逻兵们的汇报，反而遣散了他们，向手下的将士下达了出击的命令。

霍普知道索图斯虽然有诸多缺点，但胆小懦弱永远不是其中一项。其他将领在战争爆发的时候会躲在军队后方指挥，而索图斯身为大将军，仍会带着手下的军队率先冲进敌人的阵地中，不顾自身安危。而且索图斯提供给手下士兵的待遇也是别处难以相比的：他为沃尔霍德军提供充分的食物供给，坚持自己的领兵原则，没有充分的原因绝对不会让手下的士兵超时工作。每当有困难的任务，索图斯一定会与士兵们站在一起，共同进退，他能做到不骑马，徒步行军，与士兵吃同样的军粮，与战士们共同挥舞手中的刀剑或者劳动工具。这位大将军原本可以成为一名更加优秀、更加深得人心的将领，或者成为一名优秀的战士，像霍普一样优秀，甚至比霍普更优秀。

不幸的是，索图斯不是战士。他是整个沃尔霍德军的领导者。在霍普心中，领导者的身份铸造了索图斯的勇气、自信和果决，但同时也将这些原本优秀的品质变成了累赘。大将军索图斯喜欢每一场战争，他从没有退缩过，从没有灵活机动地应对一场战争；他会做的，只是带领军队冲向敌人的包围圈。而接下来的这场与人类的战争，在这种作战方式下将没有丝毫希望可以获胜。就霍普了解，这场战争计划将是典型的索图斯风格——大胆，血腥，永不退缩。

霍普看向斯奈尔和弗鲁特，以及飞行小队中的其他成员。沃尔霍德军中有太多老弱病残，他能感觉到骑师们心中的落寞。大家内心都知道，他们获胜的希望太小了，索图斯已经失去了理智，但他们是好士兵，他们会为自己的家园献上生命，他们会跟随索图斯战斗。

霍普的心快碎了。他看着飞行小队中的队员们为黛芙德尔做好战斗的准备，他发誓，如果索图斯所谓的战争演变成另一场屠杀，他会尽自己的全部力量拯救尽可能多的地精生命……可能还能救下自己，如果有机会的话。

在法斯特之角天堂般舒适的土地上，比利和其他的逐日之旅的成员，大约五十个人，排成一列，正在选择他们的瓦格尔狮狼。那个哭泣的小女孩杰西尔，就站在前面离比利不远的地方，她是第三个，比利是第五个。而最后一个人类选手亚泽，排在差不多最后的位置。剩下的选手都是地精，十几岁或者二十出头。周围很多地精比利都不认识，但他能认出特娜，那个为他们引路的地精少女，莱克茜和科特站在他们后面的不远处忐忑地看着。特娜紧张地向比利挥了挥手。随后比利注意到了卡特，那个在蝙蝠船上脾气暴躁的地精男孩，站在他和特娜中间。当比利看向他的时候，这个年轻的地精男孩眼中闪过怒气。

兽骑兵们分配瓦格尔狮狼的地方，是法斯特之角边缘的空旷场地。这些野兽体形硕大健壮，从四处跳跃、面带兴奋的小兽，到肌肉结实的成年兽，再到体形臃肿、面色柔和的老年兽，它们的毛发随年龄逐渐发生不同深浅的变化。参赛者们用心观察着面前的瓦格尔狮狼，试图看出其中哪一只有潜质，能让自己在与刚结识的对手比赛时胜出。

比利一直紧紧地盯着不远处的一只老年雌性瓦格尔狮狼，它的利角已被磨钝，尖牙也不复锋利，只会偶尔地吐着舌头。它看起来十分友好，这样温良的瓦格尔狮狼应该不会在比赛中玩命狂奔上下山。听说它是其他瓦格尔狮狼的养育者，想到这一点，它似乎就已经赢得了其他野兽的尊重，不需要在这愚蠢的比赛中拼命证明什么。它就是比利的瓦格尔狮狼了。比利感到解脱。因为他排在第五位，这只瓦格尔狮狼妈妈看起来一定会被他选到。他没准真的能从这场比赛中幸存下来。

比利看向四周，成千上万的观众在一旁翘首以盼，好奇地猜测每位选手将得到哪只坐骑。比利看见远处有一群地精将手中的硬币交给一个年长的盲眼奇卡矮人，盲眼地精旁边有两个克拉科巨怪守护。赌注，他猜，一定没有人会愚蠢到在他身上下注。

不一会儿，他突然在人群中看到两张友善的面庞。是蓝霜和他的弟弟李德派普，他们正与其他地精囚犯站在远离人群的边缘。他们看起来都很健康，丝毫没有受折磨的样子，比利长舒了一口气。蓝霜远远地冲比利点了点头，李德派普则热情地挥舞着手臂，不小心将一旁一位身材高大的地精手中的啤酒碰洒了，整杯啤酒直接扣在他矮小的哥哥头上。蓝霜下意识地将脸上的啤酒抹去，看起来并没有生气，反而是沉浸在深深的担忧之中。但他的担忧是为了比利还是为了自己，比利不得而知。

终于，索图斯的女儿月影，从人群中走上前，她看起来一如既往的自信和威严。

“在场的所有人，”她大喊，声音响彻喧闹的广场，“我来为各位讲解一下比赛的规则。那就是——我们是地精！我们的比赛没有规则！”

众人沸腾狂欢。

“转念一想，还是有一点要说，比赛中的任何一种行为都是要承担后果的。这就是说，如果在比赛中你做了不应该做的事情，你会被抓住，对不对？选手们，请听仔细了。比赛之前，你们会被搜身。如果你身上带有武器——淘汰！如果在比赛中，你有目的地试图伤害某人，被裁判们发现，”她指向旁边穿着亮橙色丝绸长衫、手握弓箭的人，“他们会毫不留情地射杀你。但意外是不可避免的，地精狂野的天性是无法被压抑的，所以如果裁判们没有看到你所做的事情，我们会默认为不存在，听懂了吗？”

人群再次沸腾。

“除此之外，”待狂欢之后，月影继续说，“太阳初升，选手们就要骑着你们的瓦格尔狮狼从山地的一侧向上奔跑。到达山顶处拔下一面标志旗，再从山地的另一边下来。第一个拿着旗子抵达终点的人，就是胜利者。很简单。”

然后月影看向参赛者们，与每一个人的眼神接触。“最棒的部分来了，”月影抬起脚，用皮质的靴子尖在土地上画下一条线，“如果冠军在太阳下山之前踏过这条线，他不仅能得到传统的大桶黄金和艾尔金蛋作为奖励，今年的冠军，还能提一个愿望或一个要求，只要在伟大的祭司星语者能力范围内，任何要求都可以。如果你在太阳下山之前，手握标志旗冲过这条线，我们会为你实现你的一个毕生心愿。”

月影停顿了一下，让这种诱惑在每个人心中回荡，然后微笑着问道：“那么，谁想开始逐日之旅？”

所有的参赛选手，包括之前哭泣退缩的女孩杰西尔，都被这份突如其来的奖励惊到了，激动地欢呼大喊。

除了比利。他脑中飞快地思索着。

星语者在能力范围内将实现冠军的任何一个愿望？星语者正是决定将他、莱克茜、科特，以及蓝霜和弟弟李德派普处死的人。尽管现在他们的待遇和生活非常好，但死亡的威胁时刻悬在每个人的心头。还有几十个因为帮助他们而被流放在法斯特之角，无法与家人团聚的地精。如果比利获胜，他能够请求星语者赦免他们吗？赦免所有人？

比利看见莱克茜和科特在一旁专注地分析着每一只瓦格尔狮狼的优劣，很明显，他们的眼神自动忽略过比利看上眼的瓦格尔狮狼妈妈。比利知道地精男孩卡特的愿望——自己获得自由。但是如果卡特获胜，比利怀疑他会不会将人类的被赦免权也加入心愿单。

“第一位选手，”月影宣布，“请选择你的坐骑。”

一名年轻的男性地精走上前，紧张又小心翼翼地研究着每只瓦格尔狮狼。一两分钟之后，他指向一只正值盛年的雌性瓦格尔狮狼。那只狮狼身材健美，有着独特的短角。

“不错，”月影说，“稳定性高，可靠，速度很快。”

第二个地精是一个高大、肩宽的女克拉科巨怪，她选择了所有坐骑中最大的一只。那只凶猛的雄性野兽，尖牙刺出双唇，上面还挂着口水。

月影赞同地点点头：“这只野兽的脾气可不好，速度也一般，但它能撑起你。它足够凶猛，能将面前任何阻挡你的选手冲撞开。”

接下来是杰西尔了。那个人类小女孩站在那里，困惑和可怜的表情一览无余。

“需要帮助吗，小姑娘？”月影用从未有过的温柔语气对她说。

“我不知道该选哪个。”杰西尔小声说。

“试试这个。”月影指向比利看中的瓦格尔狮狼。那只巨大温和的雌性野兽，那只能将他安然无恙地带上山，再完好无损地伴他回到起点的瓦格尔狮狼妈妈。

“它是这里最温柔、最缓慢的瓦格尔狮狼。一半以上的小瓦格尔狮狼都是它养大的，所以不用担心会有其他瓦格尔狮狼袭击它，它们也不会袭击它的骑手。它叫露珠，是最安全的选择。”

杰西尔害羞地笑了，走向那只老年雌性野兽。“露珠你好，我是杰西尔。”瓦格尔狮狼嗅了嗅小女孩，随即温和地回应了女孩的示好，用鼻子拱了拱女孩的脸颊。杰西尔张开双臂抱住露珠宽大的脖子。“我们一定会成为好朋友的。”

这帮比利解决了一直在犹豫的难题。他已经对选择瓦格尔狮狼妈妈的决定有些动摇。当月影说出冠军的奖励时，他知道自己不能仅仅打安全牌。如果他想活下去，想救自己的伙伴，那么他必须真正地参与到比赛当中。

他的视线落在一只全身漆黑的瓦格尔狮狼身上，它有着尖利的角、凶狠的橘黄色眼睛。这只雄性野兽肌肉线条优美，并不笨重。它的名字与皮毛颜色很相配，叫墨衍，它有着特别浓密的毛发。它应该年纪不大，比利猜测，差不多青壮年，正是想要四处闯荡，向世界展现自己能力的年纪。这只黑色的瓦格尔狮狼看起来精力充沛、机敏灵巧，十分健壮，同样看起来十分凶狠。就在比利观察的时候，这只年轻的野兽正冲着一个同伴低吼，挥舞着有力的前爪。它的同伴年纪比它稍大，体形也稍大，却哀叫着向后退去。墨衍看起来十分有能力。比利能感觉到，这只野兽与自己一样，想赢得这场比赛。

但还没有轮到比利。前面还有一位地精，是一位坚毅强壮的青年，脸颊上有道长长的刀疤，嘴边总带着嘲讽的笑容。

“你品味不错，”他咧开嘴笑，顺着比利的视线看向墨衍，对他说，“很可惜下一个是我选。”说完，这个破了相的地精男孩大摇大摆地走上前，抬起手臂拍着墨衍的肩部。“你这个凶猛的野兽，你是我的了。”

一切都发生得太快了，比利几乎没有看清到底发生了什么。上一秒钟那个自大的地精男孩还在拍打着瓦格尔狮狼的肩膀，下一秒他就仰面躺在了地上，墨衍巨大的脚掌压在男孩的胸口，血盆大口紧贴着男孩的脑袋缓缓张开，低声嘶吼。

“退后！回去！”驯兽师们也吓了一大跳，大喊着向地精男孩挥舞着手臂，冲到瓦格尔狮狼身边，用绳索将它拉开。这只野兽气势汹汹地咆哮着退了几步，放开了脚掌下原本可能是它的骑师的地精男孩。

驯兽师们将墨衍与其他的瓦格尔狮狼隔开。破相的地精男孩吓呆了，他缓慢地从地上爬起来，幽幽地走向驯兽师，脸上满是困惑："那我……"

在他的问题说完之前，墨衍又冲他大吼了一声，脚掌由前向后摩擦着，不顾周围驯兽师的控制，下一秒钟就要扑上去。

"选别的！"一名驯兽师喊道。

驯兽师们花了好几分钟才让墨衍冷静了下来，他们轻轻地摸着它的毛发，在它耳边轻声低语。刀疤男孩看起来被刚刚的经历着实吓蒙了。他冷静了一下，迅速挑选了另一只优雅温和的雌性瓦格尔狮狼，然后匆匆走开。

轮到比利了。他看向剩下的瓦格尔狮狼，告诉自己不要紧张。现在没时间瞎想别的了，至少不能在全体法斯特之角的观众面前发呆。

"选一个温柔缓慢的，小瘦猴！"科特语带关心地喊道。

观众们听到科特的警告，发出嘲笑声。比利尽可能地忽视科特的建议，忽视人群的喧闹，忽视自己的慌乱。他并不想选择温柔缓慢的，他需要一只迅猛、聪慧、野性的狮狼，他需要赢得这场比赛。但是该选哪一只？他一只一只地扫视过眼前的狮狼，一点一点地挑出瓦格尔狮狼们的不足，突然意识到自己其实早已经做好了决定。比利向前走去。当观众们意识到他的选择时，人群中传来不可思议的窃窃私语。

“墨衍，”他说，“我选择黑色的那一只。”

“比利，离它远点。”莱克茜语气中带着不可忽视的担忧。

“真的，”科特接着喊道，“你绝对不想接触它的！”

墨衍怀疑地看着向它靠近的比利，橘黄色的大眼睛警觉地瞪大，驯兽师们在旁边把守着。屏蔽掉朋友们的警告和人群的吵闹，比利缓缓靠近它。

“我选择它，”比利平静地说，“如果它也选择我的话。现在，请你们放开它。”

驯兽师们不情愿地松开控制着瓦格尔狮狼的缰绳。墨衍威胁着向驯兽师们露出尖牙，他们迅速退到安全范围。这只墨色的巨兽激烈地晃动着脑袋，像是在检查自己是否真的自由了。随后它心满意足地将视线移回比利身上。

比利用最慢的速度伸出右手，试图接近墨衍的头部，“怎么样，小伙子？咱们要不要交个朋友？”

墨衍倾身向前，围观的人群倒吸一口冷气。但它并没有一口咬下比利的胳膊，这倒是令比利长舒了一口气。让大家都没有想到的是，墨衍主动用头碰了碰比利向前伸出的手掌。比利以前所未有的温柔抚摸着瓦格尔狮狼的尖利犄角，继而揉搓过瓦格尔狮狼的脸，忽略手上因触摸到尖牙而沾上的口水。野兽容忍了比利的触碰。他小心翼翼地将手伸向瓦格尔狮狼的耳朵后面，轻轻挠着那里的皮肤。

原本还有一丝紧张和防备的墨衍顿时放松了下来，甚至舒服地吐出了舌头。比利从没见过不喜欢被挠耳朵的小狗。原本凶狠的野兽现在舔着比利的脸，巨大的舌头在比利微笑的脸上留下一道道口水印。

“比利，”莱克茜担忧地低语，“你到底在想什么呀？”

“我？”比利不想惊吓到瓦格尔狮狼，他冷静地用轻柔的语气回答，“我想赢。”

赛跑

在黛芙德尔宽阔的翅膀下面，霍普看见沃尔霍德军在清晨的迷雾中奋力拼杀，试图抵御一波又一波人类军队的进攻。霍普骑着黛芙德尔盘旋在战场上方，突然打了个寒战。

这是索雷斯山谷屠杀的重现。

黎明之前，整个沃尔霍德军整兵出击。霍普的飞行小队中一共有九名协同骑手（霍普、信号员弗鲁特、探子斯奈尔和其他六名弓箭手），共同让黛芙德尔平稳地飞上天，仅仅这些操作就已经让霍普手忙脚乱。他不情愿地骑在蝙蝠身上，冲向战斗的最前线，看着沃尔霍德军伴随着隆隆的战鼓声，踏着坚毅整齐的步伐，全军出击。

索图斯的突袭的确在一开始的时候打了黎明军团个出其不意。地精军团疯狂勇猛的袭击，让黎明军团不知道做何反应，尤其是人类巫师和弓箭手的队伍，在一段时间内几乎没有任何实质性的操作。这就使得霍普和他的小队成员有时间能够毫无干扰地飞在战场上方，攻击来不及做出任何反抗的人类队伍，进攻他们的薄弱环节。

但好景不长。人类军团很快就缓过神来，他们人数上的巨大优势弥补了被突袭的损失。黎明军团很快架起防御墙，他们受挫，但拒绝就此一蹶不振。现在人类军队与地精军团在激烈地交锋。

“小心！”斯奈尔的喊声打断了霍普的沉思，“火球！左下方！”

霍普吹了声口哨，用长棍轻微地戳黛芙德尔一侧脖子位置。战斗蝙蝠向右急转，躲过了地面人类军队发射的一连串火球。

“这是我做过的最愚蠢的事情了。”霍普嘀咕。

“别让莱特中士听到。”弗鲁特微笑着说。

“右侧来袭！”斯奈尔警告。

霍普向左倾斜，吹了口哨，用长棍轻触黛芙德尔。但这回黛芙德尔的反应稍微缓慢了一些。一支燃烧着的铁箭差点戳穿了霍普的脑袋，他下意识偏过头，躲过了要命的一箭。霍普惊魂未定，就听见身后传来痛苦的嚎叫。在余光中，他看见身后有人从蝙蝠身上摔了下去。

“有人摔落，”斯奈尔汇报，声音有些哽咽，“肯尼斯特。”

肯尼斯特来自玻鲁斯平原，是自愿加入军队的小伙子，诚实并且用心，因为身体原因一直吸溜鼻子。他的出生地与霍普的家乡相隔仅几公里。别人甚至能在两人身上看到一丝两地居民的相似之处。霍普私下猜测他们可能是隔了几代的远亲。而现在肯尼斯特的家乡人将会为失去一位如此勇敢的地精战士而感到悲伤。为了什么？不是为了拯救地精族群，至少现在不是。不，肯尼斯特和数不尽的其他地精士兵在这场战争中牺牲，就是因为索图斯的自负，还有他无比畸形的作战计划，更是因为他的自杀倾向。

“新命令！”弗鲁特叫喊，她在风中挥舞着信号旗。

“求月与星的保佑，”霍普祈祷，“就这一次，希望索图斯能下令，让沃尔霍德军撤退。”但当看到弗鲁特手中的信号旗前后摆动的时候，他内心的期望破灭了。他终究还是从她那里学到了几个信号样式，包括“撤退”。

而弗鲁特挥动的绝对不是自己希望看到的旗语。

“决不投降。”弗鲁特坚定严肃地传达索图斯的命令，也唤醒了霍普内心最深处的恐惧，“誓死而战。”

大将军索图斯站在一个小山丘的顶上，观看着自己的杰作。他早些时候率队投入到最开始的冲锋中，亲手杀死了几十个人类士兵，然后跟着保镖爬上了这个小高地，统观全局，分析战局走向。不远处的信号员，正将索图斯发出的一道道指令用旗子传达给天空中的蝙蝠骑师们。

将军的贴身保镖宽下巴，就站在旁边。“将军，”这个巨大的地精小心地说，“情况看起来不太妙。或许我们应该……重新布置？”

“你是说，撤退？”索图斯不屑地说。他从来没有考虑过这种可能性。“斯克伯都是懦夫，这群胆小鬼一定会退缩的。只要我们一直保持这种强压的劲头，他们就会退后。”

索图斯并不知道人类军队会不会退缩，但他已经把手中的一切赌注都压在了这场战争上。他绝对不会现在就夹着尾巴逃跑。不会。即使这是场屠杀，即使获胜的概率极小，索图斯也要保证士兵们用他们的肉体在人类军队的防御线上砸出一道缺口。

胜利。或者死亡。

“右急转，右急转！”斯奈尔大喊。

霍普驾驶着黛芙德尔向右急转，刚刚避开人类军队不断向上发射的巨石包围圈。地面上的地精士兵和人类士兵已经死伤无数，从天上看下去，是横尸遍野的悲壮，是触目惊心的血腥。霍普下定决心不让自己的飞行小队成员成为下方战场上成堆尸体中的一员，他驾驶着黛芙德尔在空中继续做出一系列的旋转和转弯，躲避各种突如其来的攻击。

“我们的任务是为步兵们提供火力支援，”斯奈尔有些疑惑地提醒他，“像你这样转弯，蝙蝠上的弓箭手们没办法找到稳定的位置发射弓箭。”

“他们死了也没办法发射。”霍普说。“弗鲁特，”他向信号手喊道，“发出命令，告诉他们突袭失败了，告诉他们尽快平稳撤退！”

弗鲁特没有作声。霍普转头看向他的信号手，刚想质问她到底听没听到自己的指令，却看到后者惊恐地瞪着天空，嘴巴大张。

“弗鲁特？”

“那……是什么？”弗鲁特结结巴巴地说，伸手指向他们上方的云层。

霍普、斯奈尔和剩余的五个弓箭手顺着弗鲁特手指的方向抬起头，眯起眼睛看向阳光。在寻觅中，他们只能看到云层上方有一片巨大的阴影在向他们移动，不明物体本身发着光。是一艘船，一艘会飞的船。

“那是蝙蝠飞船吗？”霍普问。

“如果是蝙蝠飞船，那蝙蝠在哪里？”斯奈尔回答。

随着飞船的接近，霍普能看清船的左右四根桅杆中间由两面巨大的镜子连接着。镜子经过阳光的照耀，向外反射出两束刺眼的光，像是飞船的两翼，使飞船停留在空中。另外还有三根杆从船尾处伸出，推动着船身前进。正当霍普惊讶的时候，一组地精的蝙蝠飞行小队降落在了飞船上，地精骑师们训练有素地爬下蝙蝠坐骑，开始为这艘挂满镜子的奇怪飞船准备作战工具。

“是莱特中士，”斯奈尔惊喜的声音传入霍普的耳朵，“和希丝特号飞船。”

霍普崇拜地看着莱特中士，这名经验老到的骑师专业、熟练地驾驶着希丝特号逐渐接近战斗中心，在船上士兵做好作战准备之后，突然用船上的镜子发射出一束强烈的光，火光伴随着利箭射向敌人的军队。之后，飞船开始爬升，离开了敌军飞船的火力回应范围。完美转弯，毫无瑕疵。

但是正当希丝特号飞出敌人的射程，重新准备下一轮袭击时，黎明军团的飞船舰队在任何人都没有注意的时候调整了镜子的角度。

刺目的烈焰直冲向莱特中士的飞船，瞬间将希丝特号、莱特中士和船上的士兵们笼罩在巨大的光球之中。希丝特号在刹那间燃起大火。停留在飞船上的战斗蝙蝠发出一声痛苦至极的哀嚎，就算是在几百米外的霍普，听见那惨烈的叫声，浑身也都汗毛竖立。莱特中士和船上的地精们像干枯的野草一般燃烧起来。战斗蝙蝠无力地坠向地面，身上飘着未熄灭的火焰和滚滚浓烟。

霍普几乎能听见身后弗鲁特在无声地哭泣。

“更多人类飞船要来了。”斯奈尔说。

霍普将视线从希丝特号的恐怖残骸上移开，看见另外四艘人类的飞船从云层中现身，将船上的镜子作为武器，不断将刺目的光束射向地面的地精士兵。而在地面上，索图斯的军队已经被击垮了，加上天空中不断射来的光束，地精士兵们丢盔弃甲，弃守防线，四散逃命。

“又有命令传来。”弗鲁特说道，她一边仔细解读索图斯身边信号员的旗帜语言，一边用力地眨眨眼，努力不让眼中的泪水夺眶而出。她哽咽着，说出末日降临般的命令：“致所有蝙蝠战队：决不投降，继续战斗，战斗至死。”

霍普看到那艘杀死莱特中士和船上士兵的人类飞船向他们怒气冲冲地驶来。再有几秒钟，黛芙德尔就会进入人类死神般武器的射程范围之内。为了什么？蝙蝠战队的任务是保护并协助下方地面军队，但现在地面军队已经不复存在，战斗已经结束，丝毫没有胜利的可能性了。现在继续战斗就是死亡，毫无疑问的死亡。

“收到。将下面我说的命令发给后面的蝙蝠战队，”霍普毫不迟疑地修改了命令，“撤退。撤退。保护你们的蝙蝠和队员。撤退。撤退。”

弗鲁特呆住了。

“按我的命令做，地精士兵，”霍普端起中士的架子，语气严厉，“否则把你从蝙蝠上扔下去！”

当然，他在吓唬人。如果弗鲁特打定主意不听从霍普的领导，霍普也不会将她从空中扔下去。他转回身，希望不需要再多费口舌。与此同时，他还要保持黛芙德尔的飞行平稳。现在如果飞行不稳，弗鲁特根本不可能有空给出任何信号。所以现在他必须在弗鲁特面前表现得更加凶狠可怕，比不知道在哪里躲着的索图斯更加可怕。

黎明军团的飞船速度快得可怕，很快就要追上他们了。人类飞船已将武器镜子转向了霍普和他身下的蝙蝠。无论弗鲁特是要听从霍普的正确指挥以保住性命，还是要遵循索图斯的自杀式指令，她现在都必须行动了，否则将再也没有机会。霍普无法再为弗鲁特争取时间了。

然后霍普听到身后有旗子在风中挥动的声音，弗鲁特有了动作。“斯奈尔？”霍普问。

“她正在给出信号，”斯奈尔说，声音颤抖着，“你的信号，中士，撤退。”

“好了！”弗鲁特大喊。

人类飞船的镜子已经对准霍普和他的蝙蝠小队。

“抓紧了！”霍普发出尖利的口哨声，身体倾向左侧。黛芙德尔在人类飞船发出光束的一瞬间，向左急转。

空气中都是硝烟的味道，灼烧着霍普的喉咙和肺部。霍普眨了眨眼，舒缓一下被亮光晃得生疼的眼睛。稍后，他看见天空中飞过一个火球，身后拖着长长的浓烟，就在离霍普的小队几米远的地方爆炸。他们逃过了一劫。

“剩下的蝙蝠小队呢？”他问道，声音因为烟熏而略显沙哑。

“都在撤退，”斯奈尔说，“正如你命令的一样。”

“我们也是。”霍普将黛芙德尔转向山区，用长棍命令它全速前进。此刻，蝙蝠的飞行速度不是他唯一的担忧之处，从多年的带兵经验来看，他的小队内部，因为他刚刚的命令，正面临着叛乱的纷争。小队中的成员不喜欢忤逆大将军的命令，无论那个命令有多么愚蠢，他们也极其不喜欢落荒而逃。霍普知道自己需要让小队中的成员坚定地站在自己这边，否则一旦人心涣散，他们就完了。

“你们听好了，”他的声音在狂风中穿梭，“索图斯命令你们付出生命而战，为了这场注定失败的战争献上自己的生命。而刚刚的场景你们也都看到了，现在我们的军队最不需要的就是另一具尸体。这就是为什么我会下令撤退。只有这样，黛芙德尔和剩下的蝙蝠战队才能从战争中幸存下来。我们要保证地精族群不会在今天这场战争后灭绝。现在，你们可以跟着我，或者在下一个山顶，我将你们放下来，给你们回到索图斯军队的机会。但是记住，如果你们跟着我，其余的人很有可能称呼你们为叛徒，这是一定的。并且在这之后，你们会面临争斗，甚至死亡的威胁。但我必须尝试。我必须试着看看事情是不是还有补救的机会，是否还能为拯救整个族群不被灭亡而做出一点贡献，尽管我现在真的很想找一个山洞躲进去，躲到战争结束，但这是不可能的。”霍普停了下来，给小队中的成员时间思考，然后继续说，“是时候选择了。有谁跟着我？或者你们可以选择退出。”

他能听见身后的队员们小声议论着。最后是彼得站出来，代表整个小队中的成员做出决定。彼得是黛芙德尔的首席弓箭手，年纪稍长，沉稳且严肃。“我们跟着你。”然后他加了一句，“你，霍普，克尔格。”

霍普惊讶地转过头：“你们知道我是谁？”

“克尔格，一只耳。叛变的卫兵。是的，我们知道你。我们不傻。我猜想莱特中士从一开始就知道。我们剩下的人都是慢慢猜到的。”

“你们不会举报我？”

“胡扯，你是飞行骑师，老兄。我们飞行骑师是一家人。”

霍普点头，惊讶和感动充盈在心头。

“再说，”斯奈尔说，“你是对的。如果我们听从索图斯的命令，现在已经都死了。”

怀着对小队成员支持的感激和没有将他扭送给索图斯的由衷感谢，霍普将注意力重新放回飞行上。“准备好武器和信号旗。坐回自己的位置，抓稳。准备疾行。”

“那个，小帽子……我是说……霍普……”弗鲁特有些紧张，拿不准该怎么称呼霍普。

“说吧，弗鲁特。”

“在我准备武器之前，你需要给战队下什么命令吗？”

“战队？”霍普很疑惑，“什么见鬼的战队？”

“他们跟着咱们呢，队长。所有幸存的蝙蝠小队都跟在咱们的后面。”

霍普向后瞥了一眼。是的，有六支蝙蝠小队跟在黛芙德尔后面，保持飞行队形。

随后则是黎明军团的飞船队紧追不舍，打定主意要将蝙蝠战队从天空中打下。

“他们不应该跟着咱们了。”霍普说。

“看起来他们不这么想。”弗鲁特笑了。

霍普沉吟不语。他从来都不喜欢承担责任，但人们却总把他看作指挥或者领导什么的，就好像他就应该知道接下来要怎么做一样。但实际上，他和其他人有一样的迷茫和害怕，有时候甚至更多。

没时间怀疑或者害怕了，他给自己打气："没时间犹豫了，你肩负了太多期望。"

"人类飞船的飞行速度比我们的慢一点点，"霍普说，"我们不可能直面攻击，但我们应该能够逃得开。"他试图让自己的声音听起来有自信一些，现在这是非常重要的。他接着说道："告诉其他队员，我们向西飞，全速前进。"

弗鲁特传达着信号，霍普则不停地计算着成功的概率。蝙蝠的速度比飞船的快，但终究会体力不支。飞行四五个小时，休息一小时，再接着飞四五个小时，直到蝙蝠疲倦得不得不沉睡过去。依靠反射太阳光的飞船晚上还能够前进吗？如果还能，那么他和其他所有蝙蝠战队的成员必死无疑。

如果不能……那就有希望。先祈祷在飞船夜间下锚的时候，人类需要停下来休息，直到黎明再起飞，回到飞行—休息—飞行—休息的流程中。然后祈祷追击者们终究会放弃，或者祈祷蝙蝠的速度能为他们提供足够的距离优势，使他们在抵达最终目的地的时候，能做一些真正拯救地精族群的好事。

黛芙德尔呼啸着飞过一座又一座山脉，剩余的蝙蝠小队队员紧随其后，人类的飞船队跟在后面不远处，不急不慢，丝毫没有放弃的迹象。

追逐赛开始了。

比利选择坐骑之后的几天过得飞快。他将每一分、每一秒都花在学习如何驾驶瓦格尔狮狼这件事上，包括如何绑稳座鞍，如何摆放脚蹬，如何让它跑起来，如何让它加速或减速、跳跃或停下。瓦格尔狮狼绝对无法容忍身上有任何复杂的缰绳或者限制绳索，所以比利只能依靠腿部施加的压力和声音向瓦格尔狮狼传递信号——在这里点一下，在那里摸一下或者吹个口哨。幸运的是，墨衍大部分时间还是十分配合的，它表现得好像认为给出这些指示的比利是在与它玩耍。墨衍似乎认为比利是它的宠物，而不是另一种颠倒的关系。

但比利没有那么挑剔。无论墨衍的态度如何，只要能听从他的指挥，让它向左转的时候它不会往右跑，他就已经很知足了。

终于，比赛的日子到了。

比利骑着墨衍穿过层层叠叠的围观人群，站到起跑线上，他心中情不自禁地思考着每一种可能出现的坏情况。他可能从墨衍的背上被甩出去，可能被其他参赛者袭击，可能输掉比赛，或者遭遇更坏的情况——死掉。那样的话，他之前所有的努力就都白费了，他、莱克茜、科特、李德派普和蓝霜，都会被处死。

墨衍听从比利的命令，在起跑线上与其他参赛者共同做好准备。比利在还未完全消失的月光中眯起眼睛，想要看清其他参赛者的面孔。大多数人和他一样紧张。尤其是一些年纪更小的参赛者，比如杰西尔，她面色苍白，像是要吓晕过去。很多人身下的瓦格尔狮狼似乎都能反映出它的骑手的慌张和困惑，它们前后踱步，低声吼叫，大声喘气，甚至互相龇牙威胁。但还有十几名骑手，安然自若地坐在瓦格尔狮狼的座鞍上，淡定从容，目光坚定，身下的野兽似乎也能感到骑手的稳健，表现得专心致志。他们大多是青年地精，或者较比利稍长几岁，包括特娜和卡特，他们似乎下定决心要赢得比赛。

令比利惊讶的是，墨衍以一种前所未有的冷静和深沉，稳稳地站在起跑线上，就好像这只浑身漆黑的野兽知道接下来要发生什么，并对可能出现的任何情况都做好了准备。

不远处的三名裁判骑上了蝙蝠，飞到空中。他们盘旋在参赛者上空，拉满手中的弓箭，指向下方的参赛者，对可能出现的作弊者将毫不留情。那些裁判用的蝙蝠机敏灵巧，大小刚好够一个人驾驶。有人能逃得过这些蝙蝠才怪，比利想。

月影站在一个小山坡上，俯视着起跑线。

“请安静，”她用缓慢沉稳的语气说，“当第一缕阳光出现在地平线上时，我会宣布比赛开始。参赛者们，请为你们所珍重之物奋力奔跑。懂了吗？”

起跑线中传来一阵“是”和“太好了”的声音。比利轻声在墨衍耳边吹了声口哨。身下的野兽从鼻子中喷出热气，将身体重心后移到强壮的后腿上，低下身躯，保持蹲伏的姿势，像是绷紧的弹簧，随时准备冲出起跑线。月影笑了笑：“话不多说。如果你没有做好准备，那我说什么也都没有用了。”

说完，月影安静地站在山坡之上，眺望地平线，在淡淡的光亮中像一尊美丽的雕像。参赛者们随着月影的话，在起跑线上做好准备，等待着呐喊的观众安静下来。比利用余光瞥向观众席。他能认出莱克茜和科特的身影，他们与毓圆庭院中的人类站在一起。他知道莱克茜十分担心他。在训练的过程中，莱克茜不止一次提出要为比利和墨衍实施法术，让他们变得更加强壮和矫健。比利拒绝了。蓝霜所讲的关于女巫师因为施法过多而丧失心智的故事，在比利心里深深地扎了根。他可不希望莱克茜因为他变成那种巫术僵尸。

令比利惊讶的是，尽管一开始不是很认同，但科特最终支持了他的决定。在比赛的前一晚，他和比利私下聊了聊。

“听着，小个子，”科特说，“我知道你现在的心情。比赛前的那种紧张，胃里像有蝴蝶一样上下翻涌。我能给你些建议吗？”

“如果你非要说的话。”比利对科特突如其来的示好充满怀疑。

“忘记终点线，忘记旁边加油助威的人群，忘记那些只会给你添乱的一切。只关注自己眼前发生的事情，关注现在。当你看到前方无人阻挡时，就大胆地冲过去，不要犹豫。不要担心突然会有人阻拦你，勇往直前。你知道我的意思吗？”

“这是你每次比赛之前，你父亲会告诉你的话吗？”比利忍不住问道。

“不。但是我相信这是你父亲会对你说的话。”科特微笑着，伸出手放在比利的肩头拍了拍，“你会挺过这一切的。当你处在一团混乱的事情之中，就会发现像是在风暴中，周围的世界在飞快地旋转着，眼前的事物目不暇接，你会感到头晕眼花。然后一切会慢下来。那就是属于你的时刻。等终于走到了龙卷风中间的风眼，你可以随着风暴前进的方向走，待在风眼之中，周围的一切会变得闪闪发光的。”

在很长一段时间里，比利一直期望周围的一切是“闪闪发光”的，无论这到底是什么意思。但是现在盯着面前的起跑线，他并没有感到很有自信。经历多场比赛的橄榄球四分卫在昨天形容的如身处风眼的冷静状态，似乎与比利现在的心理状态有天壤之别。在科特和比利视线交汇的时候，科特竖起大拇指表示加油。至少还有人认为他能赢。

“出发！”东方地平线上出现第一缕银色的光亮，月影高喊着，“出发！出发！出发！”

在比利回过神来之前，其他瓦格尔狮狼已经冲出了起跑线。月影发出了指令，而比利还在神游。比赛才刚刚开始，他已经落后了。

“墨衍，跑！”比利喊道。

健壮的瓦格尔狮狼冲了出去，身上的肌肉紧绷。墨衍向前跃步，一步，两步，三步，比利已经超过队伍中那些速度相对比较慢的参赛者，进入中游行列。再有两步，他们就能紧随在第一梯队的狮狼的身后了。

追逐赛开始了。

易境，困境，所到之处无不为逆境

索图斯走过燃烧后还冒着黑烟的故居废墟，脚下是成堆的白骨，在踩踏的时候发出咯吱咯吱的声音。他试图捋清思路，到底是怎么到这里来的？自从妻子卡婷去世之后，他就再也没有回到过这个他曾经称之为家的小房子中。他环顾大厅，沙发还摆在已经破碎的窗边，妻子曾经躺在上面缓缓合上双眼。他向沙发走去，沙发垫中的老鼠受到惊吓，逃出原本寄居的巢穴，寻找新的藏身地。

“你努力过了，亲爱的索图斯。你已经做到了你能力的极限，但这是命运。你无法与命运抗衡。”

索图斯转过身，看见身后通往楼上卧室的楼梯，他那病重的妻子在一生中的最后几个月中，已经无力爬上这些台阶。卡婷的面容出现在空气中，看起来就像他们初次见面的时候那样健康、年轻、有活力。漆黑的秀发已经过肩，她一直以自己的一头秀发为豪；还有一双精致小巧的尖耳朵，让她看起来魅力四射，还有些异域风情。

“命运是我们创造的！”索图斯对着空空的屋子大喊，比自己想象的更加愤怒。

“有时候是的，”卡婷的声音回荡在屋中，异常冷静，“但有些事情，是无论你多努力，也无法改变的。我的死亡就是这样。疾病将我从你身边抢走，而你无能为力。”

废墟中突然飘起一股冷气，卡婷的身影悬浮在索图斯面前。

“我从来没有放弃过你。”索图斯深情地望着她。风将卡婷的发梢吹起，在那让索图斯魂牵梦绕的脸庞边打转。

卡婷温柔地笑了。“这是你的老毛病了，亲爱的。你从来不知道什么时候应该放弃，什么时候需要换种思路考虑问题。”

“你在说什么？”索图斯深感困惑。

“那些死去的战士，那些洒遍沙场的热血，你不记得了吗？”

突然，索图斯闻到了血肉燃烧的味道。他听到铁甲撞击的声音和他自己的高喊声，萦绕在战场上方：“进攻！进攻！进攻！”

“是那场战争。”他自言自语道，当那段殊死搏斗的回忆涌入脑海时，索图斯痛苦地闭上了眼睛，声音哽咽。

“是你杀死了他们，亲爱的。”风似乎将卡婷的身影吹到了楼梯之上。她越飞越高，慢慢远离了索图斯。“是你屠杀了他们所有人。”

“别走！”索图斯冲向妻子。

“你无法反悔自己曾经做过的事情。”一个黑影突然从天而降，是病魔降临，萦绕在卡婷身影周围的空气中，她的气息瞬间从健康活泼变成羸弱，继而消逝。她双眼下方冒出深色的阴影，皮肤逐渐大片大片地腐烂，长发一根根掉落，化成灰烬消失在空气中。“在死神面前没有胜利。”

索图斯在挣扎和尖叫中惊醒。

他身处奇拉诺克城的房间，躺在弓箭般狭长的窗户下舒适柔软的垫子上，远离血腥的战场，远离法斯特之角中被灰尘笼罩的故居。

“是梦，”他意识到，“噩梦而已。”

或者至少，卡婷是个梦。索图斯近期在与人类黎明军团的战斗中惨败，他多希望这也只是个噩梦而已，但并不是。他记得最后一次袭击。当地面的防御战线已经被摧毁，空中的蝙蝠飞行队被驱逐时，索图斯发出了最后一个疯狂的指令。他仍记得自己与贴身保镖队伍一起狂喊着口号，冲开人类军队防线，挥舞着手中的长剑砍杀、突刺、暴击，手脚并用地在人类的队伍中冲开一条缝隙，留下身后的一路尸骨和鲜血。

他奇迹般地击垮了黎明军团在一个方向上的整体防御，与无数的人类士兵交手。他，他的保镖宽下巴，以及其他十几个地精士兵终于进攻到哈诺亚军队的后方。太阳下山，预示着这场弥漫血腥的战斗的结束。

“咱们该走了，将军。”宽下巴说。

“绝不撤退！进攻，继续攻击！”索图斯命令。

或者这是他脑海中已经拟定好的语句，想要发出的命令。但刚张开嘴，他却发出了惨烈的尖叫。索图斯的口鼻能感到血液喷涌而出，冷风吹过胸膛上被刺穿的伤口，眼前是一片猩红色。这便是索图斯最后的记忆了。

“一半伤亡。”熟悉的低音在索图斯发愣的时候响起。宽下巴站在他身前，身上大大小小的伤口，覆盖着厚厚的绷带，但是他还活着。眼前这个高大的地精保镖一定是从战场上将他一路扛回了山区。但索图斯并不想回到安全的地方，他哪里都不想去，他想死。

“一位巫师用法术缝合了您的肺部。”宽下巴继续说，他知道索图斯想要问什么，“伤口几乎致命，但您很坚强。”

“这座城市仍然在我们的控制之下？”

“是的，”宽下巴点点头，“而且人类军队有极大损伤。”

“他们撤退回家了吗？”索图斯问。如果人类军队撤退，那么这场战争就是值得的，无论代价是什么。

宽下巴摇了摇巨大的头颅，“他们在重新布阵，等待支援部队的到来，等待新的粮草。”

索图斯的心沉了下去。他问道：“要多长时间？”

眼前高壮的地精停顿了一下，说道：“不太清楚。但是他们一定会再进攻的。”

索图斯站了起来，眼神坚定，就算在梦中听到卡婷对他的评价，但固执的老毛病仍然控制住他的头脑。他说道：“那么我们要做好准备迎战了。”

宽下巴并不惊讶地点点头，他知道将军不会就此退缩的，但他好像还有话要说。稍后，他说道：“将军，还有件事情。”

“快说。”

“是继承人的事情。我们的眼线，他们说自己一直在观察王国的继承人，在法斯特之角。”

“继承人？”索图斯胸中的怒火瞬间燃起来，比伤痛更能刺痛他的神经，“那个愚蠢可笑的黄头发斯克伯男孩？他失败了。他不是国王。”

“是的。但是我们中有人开始想……可能不应该是他，而是另一个男孩。”

墨衍呼出一口舒畅的气息，错身挤开另一只挡路的瓦格尔狮狼。在两只半狮半狼的野兽用身体互相撞击推挤时，比利用尽全力抓住手柄，不让自己从座鞍上掉下来，它们似乎都要将对方压制住，率先冲上高地。

比利身上的每一处都酸痛。墨衍已经急奔了好几个小时，一路上躲过树木枝杈，跳跃过土地上的枯树，在岩石堆中迂回前行，越过无数座小山坡。最开始瓦格尔狮狼们速度相当，大家以群体的形态向前。而现在，体弱的瓦格尔狮狼已经渐渐落后，只剩下几个参赛选手在第一梯队。

比利和墨衍就是其中之一。

小路蜿蜒曲折，极其狭窄，比利稍有放松。希望前方再过一段，路就会变宽一些，让瓦格尔狮狼和它们背上的骑手们不要再互相碰撞。

“吃土吧，卷毛鬼！”离他最近的瓦格尔狮狼骑手是那个留着莫霍克发型的地精男孩，他叫喊着，试图将比利从墨衍背上踢下去。

疼痛由比利被踢到的小腿上蔓延至全身。他用双手紧握住座鞍的扶手，坐在墨衍背上不掉下去，是现在唯一重要的事情。感受到骑手的痛苦，墨衍略带焦急地发出沉重的呼吸声和低吼，想报复袭击它的骑手的地精男孩，但是比利却拉着墨衍远离那个地精男孩，试图避免不必要的冲突。

“怎么了？你不作弊就赢不了人类吗？”比利大喊，下定决心不让自己被对方的气势吓倒。

“这就是我们的游戏规则，斯克伯。你不会喜欢的，退出比赛吧。”留着莫霍克发型的地精男孩让身下的瓦格尔狮狼再一次贴近比利，伸出腿踢向他。

这次比利有准备。

“哈！”比利大喊，双腿紧夹住墨衍的腰部两侧，祈祷身下的野兽能够明白他的用意。这是停下的信号。墨衍听懂了，它的前爪猛然用力抓住地面，向前惯性地滑了一小段后稳稳地停了下来，错开了地精男孩的攻击。地精男孩伸出的腿不但没有踢到任何东西，反而因为过度用力导致他丧失平衡，在座鞍上摇摇欲坠。

“驾！”比利高声命令墨衍向前突进，墨衍头顶修长、巨大的尖角划过地精男孩还未来得及收回的腿。这次的冲击让地精男孩终于转着圈地从瓦格尔狮狼身上摔下来，滚入道路旁边的灌木丛中。

“别叫我斯克伯！”当墨衍疾驰而过时，比利的高喊声留在了还在灌木丛中翻滚挣扎的地精男孩耳边。

“他活该。”比利心想，眼睛看向前面的逐日骑手。

“我活该，”霍普心想，“我本来有机会逃跑的。但没有跑，我非要留下来战斗。看看我现在的处境。”

人类的飞船队在黛芙德尔身后紧紧跟随。其他五只蝙蝠疲惫地挣扎着，努力拍着翅膀不掉队，跟上前方领队蝙蝠的速度。

他们一开始有七支蝙蝠小队。但是今天清晨，因为前几天没日没夜的长途跋涉，有一只蝙蝠已经累到无法起飞。奈尔巴克是最后一只能够起飞的蝙蝠。人类的飞船队在奈尔巴克腾空的下一秒钟，开始用炮火攻击还停留在地面、没来得及起飞的蝙蝠小队。奈尔巴克的队员们无助地看着地面上的兄弟姐妹们沦落为敌人手下的战利品，决定孤注一掷，向敌人猛冲进攻。人类的飞船队毫不留情，将奈尔巴克和上面的地精骑师们烧成灰烬，消散在清晨寒冷的山谷中。但他们的战斗和牺牲，为黛芙德尔和其他五只蝙蝠的逃脱留出了时间。

暂时逃脱。

快到中午时分。人类的飞船队依靠太阳光前行，正午的烈日将赋予飞船最大的能量，飞船将会越来越快。人类马上就要追上来了。霍普知道需要做些什么才能够一劳永逸地甩掉身后的追兵，否则他们永远也无法抵达目的地。他看了看地面的植被和前方山脉的走向。终于发现了他一直渴望寻找到的地方——一片被红杉树覆盖的山谷，中间是一条从山涧中流下的溪流，将山谷分成两半。

“给其他人发信号，”霍普对身后的弗鲁特喊道，“听我的指令，准备俯冲！”

“俯冲？”弗鲁特问道，声音中是掩盖不了的担忧，“下面都是树林，没有我们降落的地方呀。”

“做你该做的事情，你以为我在问你的意见吗？”霍普声音急躁。

“既然不在军队中，她应该可以提议。”斯奈尔试图微笑着安慰。

霍普忍住了想破口大骂蝙蝠小队探子的冲动。他还能期待什么？作为一名领导者，他已经做出了负面榜样，哪怕是不情愿的。在看到霍普违背索图斯的命令之后，黛芙德尔小队中的任何一名队员，应该都不会不经过大脑就听从霍普命令行事了。所以霍普改变了方式，不再只是强硬地给队员下命令，而是解释了自己的用意。

“这是我听过的最疯狂的事情。”彼得，那个首席弓箭手在霍普说完之后，诚实地说出自己的想法。

“最差能发生什么？”霍普问。

“我们会死掉的。”弗鲁特丝毫不避讳地给出明确答案。

“如果他们抓住我们，那我们还不是死路一条？按我的方法，我们只是有可能死掉。那么，大家是否要尝试着选择我的方法？”

没人反对这个建议。感受到大家的妥协，弗鲁特拿起信号旗。“正在发出信号。听从指挥，准备俯冲。”

“这才是我的好队员。”霍普放下一颗心。虽然为队友解释自己的计划浪费了一些时间，但让全体人员冒着生命危险陪他进行这个疯狂的计划，如果所有人同意，至少罪恶感能少一些。

“抓紧！”霍普将黛芙德尔调整到极其倾斜的角度。

“抓紧了，比利。”看着他骑着墨衍冲上山坡的时候，莱克茜在内心祈祷。她小心地使用萨瑞雅教给她的一个小法术，将一小部分空气在眼前压缩，形成类似望远镜一样的隐形眼镜，这样她在百米之外还看得清赛场上发生的一切，就像现在，她看着比利骑着墨衍在山坡上狂奔。比利前方的山坡变得越来越陡峭，直到眼前出现了一条一侧是悬崖的路，像独木桥一样狭窄，另一侧是山壁，墨衍宽大的爪子几乎没有地方并排放下。走错一步，比利和墨衍将会双双坠入悬崖。

莱克茜再次希望比利接受自己为他提供魔法帮助的建议。尽管她必须承认，让眼前的隐形望远眼镜不烧焦自己的眼睛，已经花费了她全部的注意力。

她远远地看到参赛者和他们的瓦格尔狮狼在一条狭窄的小路前排成一列。这样的话，比利前面就只有三个地精——特娜、卡特和一个莱克茜不认识的、安静又目光坚定的小地精。从观众的叫喊声中，莱克茜听出，他好像叫科恩斯塔克。特娜位列第一。她是个灵活矫健又优雅的骑手，起步很快。但她的瓦格尔狮狼并不是最强壮的，在爬升的时候，比利和其他几位参赛者几乎要追上她了。现在科恩斯塔克已经快要超过特娜了，卡特是第三名，比利就在他身后的几米处紧紧跟随。莱克茜认为一旦道路变宽，比利一定能够很轻易地超过前几名选手，处于领先地位。

但不幸的是，路况越来越差。道路太过狭窄和曲折，以至于卡特只要处在路中间，比利就无法超越他。莱克茜能看到卡特向比利喊了些什么。她知道这个年轻的地精男孩将被放逐的怨气一股脑儿倾注在她、比利和科特身上……而且她并不能说这是他的错。

然后她惊恐地看到卡特的瓦格尔狮狼用前脚掌紧抓地

面，停了下来。紧跟在后面的比利和墨衍追得太紧了，对于卡特的急刹车行为丝毫没有反应时间。墨衍直接撞上了前面的野兽。撞击的冲击力使得墨衍的脚掌无法控制住平衡，比利和他的坐骑在瞬间倾斜，向悬崖边冲了过去。

莱克茜的呼吸随着墨衍离悬崖边缘越来越近逐渐停止了。恐惧和紧张涌上心头，她在远远的地方冲着比利大喊："抓紧！"

一瞬间，似乎雷电和火焰将至。

比利的胃里上下翻涌。随着墨衍一寸一寸向左边的悬崖滑去，恐惧的大手也一点一点在他的喉咙上收紧。比利尽全力向右倾斜，希望能带动墨衍将重心扳回道路中间，但这是不够的。他和墨衍要摔下悬崖了，他们要死了。

突然一阵炙热的疾风从他们的左边直吹过来，将他们冲回道路上。比利能闻到身上的汗毛被烧焦的气味。墨衍身上的小绒毛也冒起了一丝烟雾，山路旁干燥的灌木丛燃起了火星。

是莱克茜。只能是她。比利看向山下。从他的高度往下看几乎看不清山下的人群。他认不出哪个是他暴脾气的伙伴，但他知道是莱克茜在千钧一发之际救了他。

他希望这并没有伤害到她。他的脑中浮现出莱克茜躺在地上的画面，女孩失去了意识，周身冒着烟雾、热气，因为使用法术而虚脱。

无论山下正在发生什么，比利知道莱克茜会为帮助他而付出代价，代价可能是任何东西。他需要知道莱克茜的这种做法意味着什么。

卡特并没有罢休，他驱使着自己的坐骑又向比利冲了过来，边冲边喊：“去死吧，斯克伯！”比利知道如果他继续与眼前这个愤愤不平的好战者在同一跑道中，这种事情将会一直出现，地精男孩很可能还会找机会将比利和墨衍撞下悬崖，死亡的威胁将会越来越大。是时候解决卡特了，一劳永逸。

“驾！”比利用后脚跟夹紧墨衍的腰部。巨大的墨黑色瓦格尔狮狼低吼着向前冲去，直直地冲向卡特和他的坐骑。“驾！驾！驾！”比利高喊着，鼓励墨衍用最快的速度前进。随着每一次向前奔跃，墨衍的咆哮一声高过一声，声音中透露着令人汗毛竖立的威严和勇猛。比利眼前的世界变得扭曲模糊，疾风和沙砾是他唯一能感觉到的东西。

面前不远处的卡特惊恐地瞪着双眼，看着越来越近的人类男孩。“停下！快停下，你疯了吗，斯克伯？！”

但现在已经没有什么能让墨衍停下来了。面前只有一条路可以走。

“跳，墨衍！爬上去！”比利大喊，他拼尽全力让座鞍上的把手向右倾斜，将墨衍转向悬崖右边的山墙，发出跳跃的指令。墨衍将自己的身躯蜷缩起来，像随时准备张开的弹簧……

而后冲上墙壁。

比利压低身子，紧紧抓住墨衍的鬃毛，整个人抱住他身下的野兽，向上攀登。两米，三米，四米。他们已经远远高出下方目瞪口呆的卡特。墨衍在陡峭的山壁上踏着凸起的石块作为支点，稳住自己的身躯，同时寻找着下一处落脚点，不断重复着。比利能感觉到自己身下野兽的肌肉线条在向山上攀爬的时候不断收缩。六米，七米。比利能看到比赛的折返点就在他们的斜上方，仿佛伸手就能够到那诱人的标志旗。再爬一点点就能拿到折返点的旗子了。他们马上就要胜利了。

墨衍开始打滑。仅以一步之差，它的前爪没有找到适合的攀爬支点，后腿在空中乱蹬。他们开始向下滑。

“不，墨衍！向上！加油！”比利大吼着，用力抓住墨衍的鬃毛，努力将身体向前倾。他知道如果自己失去了平衡，一人一兽注定会跌入深渊。

就在这时，墨衍的前爪终于找到了一个小小的凸出的石块。靠着这个微小的支点作为起跳板，它找回了平衡，再次向上跳跃着。

比利兴奋地大喊，墨衍最后两次跳跃终于将他带到了离折返点不远处的赛道上。野兽也发出胜利且得意的咆哮。

“你也去死吧！”比利向着下方仍然惊恐万分的卡特大喊。卡特的嘴大张着，刚刚墨衍跳跃时掉落的泥土和沙尘落了他一脸。

“太好了！”比利再次大喊，召唤墨衍再次向终点冲刺，将卡特甩在身后，这次是真正意义上的将他甩在了身后。

“接下来才是重点。”霍普引导着黛芙德尔穿过高耸的红杉树林，盘旋在狭窄的溪床上空。

“什么？”耳尖的斯奈尔听见霍普的话，不敢相信地问道，“刚才那些极速俯冲和在树林中的左躲右闪，都是简单的部分？你怎么不早点说，我还能好好享受。”

“你想当中士吗，斯奈尔？”霍普对斯奈尔的嘲讽叹了口气，声音中透露着疲倦。

“我可不要。小声抱怨可比下命令好玩多了。”

“真可惜之前没有人告诉我。”霍普说。

其余五支蝙蝠小队排成纵列，跟在黛芙德尔后面。空间刚刚够。黛芙德尔悬浮于小溪上方几厘米，而它宽大的翅膀掀起的狂风，将周围的树叶吹得四处乱飞。

哈诺亚帝国的飞船太过庞大，无法下降到树林中，只能在他们上方飞着。船体贴着树顶端的枝叶，因为害怕受到树枝剐蹭而导致船毁人亡，人类飞船终于不再尝试向下俯冲。至少，霍普希望他们没办法解决这个难题。这就是他大胆地下潜进入森林的原因。这样，人类的飞船队就无法靠近了。

但霍普万万没想到，上方的飞船队似乎无法忍耐一直尾随蝙蝠小队，不满足于无法进攻，他们突然开始火力攻击。周围的树木能够使霍普和蝙蝠们避免遭受一部分镜子的反射光，但他还是听见身后传来痛苦的惊声尖叫，随后有血肉燃烧的味道弥漫在森林中——一束火光打中了其中一只战斗蝙蝠。

“是莉莉，”斯奈尔说，“它还在飞着，但看起来情况不太好。它的翅膀已经被烫卷了，三名队员……消失了。”

霍普知道他急需将蝙蝠飞行队引离这个溪床。终于，这名前卫兵看到不远处有他一直祈祷中能够出现的契机。就在前面，前方的红杉树林不知道是什么原因有很大一片不再是高耸挺立着的，而是东倒西歪地躺在小溪里，在小溪上方形成一片低矮的树丛。黛芙德尔正飞向那片红杉树林的空隙。它快速地飞着。

“准备急转！”霍普大喊。

“急转！”弗鲁特重复着，迅速挥动手中的信号旗，传达霍普的命令。

“就是现在！”霍普吼道，希望掐的时间没错。

霍普发出尖利的口哨声，命令黛芙德尔急转，其余的骑师们抓紧身上的安全带。在极度狭窄陡峭、几乎没有一丝多余空隙的树林中，战斗蝙蝠在冲进前方低矮树丛的前一秒钟倾斜呈九十度角，嘶吼着挥动宽大的翅膀急转弯，飞向更深的红杉树林里。通过这片树丛，森林前方由于树木的遮挡，就像是一个巨大的山洞。成片高大的红杉树像是山洞的四壁，顶端的树冠遮住了阳光，让下方低矮的植物无法生长。如此成片的树木延伸了好几百米，刚好让黛芙德尔和其他蝙蝠战队有时间和空间修整。

一个接一个，幸存的蝙蝠通过急转弯，都进入这片山洞般的树林。所有蝙蝠……除了莉莉，它被火焰烧卷的翅膀无法控制身体的重量完成转弯，撞在了前方的树木上。蝙蝠尖声嘶叫，紧接着是重物撞击地面的声音，然后是一片死寂。霍普知道他不能回去，他甚至不敢回头，他要做的就是将注意力放在眼前的树林里，小心地引导着黛芙德尔在茂密的树林中穿梭，避免遭受同样的命运。

“莉莉坠毁了。”弗鲁特沉浸在悲伤中。

“其他队员呢？”霍普问道，不确认自己是否有勇气听到答案。

“逃生了。在它坠毁之前跳到了树林中。”

“那还好，他们真幸运，”霍普说，“我们也是。”

跟着霍普的引导，黛芙德尔在树林中穿梭前行，躲避高大的树干和层叠的树枝。突然，原本平稳的飞行被从天而降的火球打破，火球打在树冠顶端的枝叶上。黛芙德尔下意识地转变方向，躲过一劫。但是燃烧产生的灰尘和被砸碎的树枝碎屑，伴随着星星点点的火焰掉落在霍普和队员们的身上，像无数只蜜蜂叮咬着他们的皮肤。而红杉树林之上人类的飞船队用能凑齐的最大火力，不断向下攻击着蝙蝠小队。

“见鬼！”斯奈尔喊出声，“那些混蛋要烧光整片树林。”

“真的是很见鬼，”霍普心想，“这种情况不应该出现在计划中。按理说，地精飞行队一旦消失在树林之中，人类就应该放弃追逐，掉头返回，而不是就为了杀死几个地精骑手，烧光整片森林。”

“为什么这么难？”霍普情不自禁地问道，更像是在自言自语，而不是真的要向队员们寻求答案。

“因为我们是地精。”平时沉默寡言的彼得突然回答了他的喃喃自语，“地精们要不停地战斗，不停地与命运抗争，在绝望中寻找生机。这就是我们的生活。”

这番话让所有人都点头称赞，包括霍普在内。“好的，”霍普说，“我们是地精，我们还活着。那看来我们要更加勇敢地面对之后的一切了。”

霍普发出新的命令，弗鲁特将它们传达给其他小队，其他小队的骑师们也在努力引导蝙蝠在树林中穿梭前行，躲过树干和树枝，还有现在突然加入的火球。霍普想，一定要让自己的队员和战斗蝙蝠活下来，无论用什么方法。

比利在座鞍上压低身子。墨衍的每一步都在山地顶端的冰川和积雪中溅起雪花和泥土。他们笔直地冲向转折点的旗子。

几十面标志旗插在不远处的小土丘上，在寒风中不停拍打着，发出响声。标志旗插在细长的棍子上，离地面不到一米。骑手们可以走过去拿下旗子，也可以在瓦格尔狮狼呼啸而过的时候，直接倾斜身子伸手拔起旗杆，节省时间，但有可能失手。比利在心中测算着，阳光将他的身影照在纯白的雪地上，影子已经很长，他知道没时间跳下瓦格尔狮狼拔旗子了。太阳已经超过了顶点，开始向西边移动，而比利还没有开始返程。他内心打着算盘，如果还想在太阳下山之前越过那条终点线，那现在不走就真的来不及了。

还要超越特娜。

比利和墨衍在上坡过程中超过了卡特和科恩斯塔克，但特娜和她速度迅速的瓦格尔狮狼就在几分钟之前经过了冰川赛段。等到回到平原赛段，特娜的瓦格尔狮狼又能显现出优势。这就意味着比利必须在特娜离开冰川赛段之前，拿到标志旗并尽力超过她。这时，就在几个瓦格尔狮狼身长的距离之外，特娜凭着完美的骑行技巧，引导着瓦格尔狮狼率先拿到标志旗，继而向下山的道路飞奔。结束了。比利已经无法挽回。

墨衍继续向前冲着。比利弯下身准备好姿势够到自己的标志旗，他几乎从座鞍上完全离开，奋力向右倾斜。再来一点，他告诉自己。就是现在！比利的右手尽力张开，紧紧抓住了一面旗子。他拿到了！

下一秒比利的胃痉挛起来，他感觉到自己将要从墨衍的背上滑下去。刚才他重心太向右倾斜了。现在唯一能给比利支撑的，就是紧紧抓住座鞍左边的把手的左手，和勾住座鞍下方的脚蹬的左脚。比利知道这个姿势他坚持不了多久。他就要摔下去了。

情急之中，比利将手中的旗杆一口叼在嘴里，牙齿紧紧将旗杆咬住，腾出来的右手努力够到了座鞍右边的把手，用两只手的力量将自己控制在瓦格尔狮狼身上。但是因为他右手的摸索，原本跨在野兽身上的左脚也渐渐脱离了脚蹬，比利终于还是从墨衍身上完全滑落了下来。就这样，他只有右手还握着座鞍上的把手。他整个人被墨衍拖行着，随着墨衍的跑动也向前踉跄地跑着。

似乎感觉到骑手有了麻烦，墨衍稍稍放慢了脚步，让比利能够重新爬回自己的背上。比利尽力尝试着跳上墨衍的后背。他双手握住座鞍的把手，使出前所未有的力气，纵身一跃，终于回到了瓦格尔狮狼的座鞍上。

不幸的是，在比利挣扎的过程中，科恩斯塔克用完美的骑行技巧和精准的方向判断，拿到了一面标志旗，超过了比利向山下冲去。现在比利有两名对手了，太阳越来越西斜了。

将口中的标志旗重新拿回手中，比利大喊：“快跑，墨衍！快！”

墨衍以一声咆哮作为回应。面前的雪花随着墨衍的吼声在天空中纷乱飘着，它矫健的身躯像流星一般划过冰川赛道，向山脚下冲去。在墨衍向下俯冲的过程中，比利控制住自己头脑的晕眩。比利猜想，被科恩斯塔克超越和落后于特娜这两件事似乎刺激到了墨衍。它现在的攻势，很明显是不顾面前的任何危险，表明了它的决心：要么胜利，要么死亡。

而比利的头脑也在不受控制地想：太好了，这正是我想要的。

太阳落山前的最后一抹余光

这是件不足挂齿的小事。索图斯甚至没有出声下命令，连点头的动作都十分漫不经心。当探子们提出这样的建议时，他只轻微地点了点头。而这像是蝴蝶效应中第一只蝴蝶扇动了翅膀，或是巨浪最开始的微微水波，导致了接下来的结果。索图斯点了点头，手下的巫师无声地传达了他对于提议的认可，于是将有一场猎杀。但索图斯没有丝毫悔恨，人类军队还在源源不断地靠近，现在他不能被其他任何事情打扰。

所以他点了点头，眼下还有更重要的事情去做。

哈诺亚帝国的飞船在山顶的湖中漂浮着，船两侧的镜子反射着柔和的月光。在晚上，这些船看起来那么优雅，那么无害。月光洒在精致的船身上，使它们丝毫没有白天的凶狠气势。湖面平静如画，在夜晚的微风中几乎没有波澜。只有远处森林中未熄灭的红色火焰，默默诉说着它们赶尽杀绝的凶狠本性。

有几名水手在甲板上巡逻，四处查看是否有可疑情况，而船上的指挥官在自己的卧舱沉睡着。尽管霍普在他夜间视野中无法看清这些人的脸庞，但他可以猜想到他们的脸上洋溢着完成任务后的喜悦，他们对远方的家乡和家中温暖的炉火的想念之情。

霍普想亲手撕裂他们脸上的幸福。

幸存的蝙蝠战队紧贴着地面飞行，排成一列，在黑夜的掩护下，寂静无声地飞到接近黎明军团飞船队的地方。对方丝毫没有察觉。蝙蝠上的士兵们握好手中的武器，脸上还留着燃烧后的灰烬，肺部因长时间呼吸火热的空气而隐隐作痛。

早些时候，霍普和同伴们躲在森林深处一个远离人类的山洞中，眼睁睁地看着人类将成片的红杉树林烧成灰烬，除了缩在山洞中，他们无计可施。曾经有一只巨大的猎鹰熊，那是一种外貌似猎鹰和熊合体的动物，有着猎鹰的头部轮廓和熊的身体特征，它的皮毛已经被烧焦脱落，跌跌撞撞地冲进他们的岩洞庇护所。它用一种无力、绝望、悲哀的眼神，看着瑟缩着躲藏在山洞中的地精和蝙蝠，随后发出一声哀嚎，倒在了山洞的入口处。颤抖抽搐了一阵后，最终停止了呼吸。又是一个人类无情的受害者。

瘦小的弗鲁特走上前，“致回忆。”她低下头说了这样三个字。

霍普和其他地精纷纷照做。他们知道弗鲁特想记住什么：莱特中士和希丝特号飞船；飞行过程中阵亡的战斗蝙蝠和勇敢的队员们；在索图斯发起最后一次攻击时，死在战场上的士兵们；蝙蝠战队长长的撤退历程。

现在是复仇的时候了！一股怒气在霍普的血液中流淌，他想要做些什么来舒缓一直以来的恐惧和紧绷的神经，压抑住心中的怒火。他知道这是人类在高地平原遭受沃尔霍德军入侵后所感觉到的愤怒，一样的怒火也曾在索雷斯山谷一战后，萦绕于人类军队的心头许久未散。

霍普将命令小声地传达给弗鲁特，后者挥舞着地精们夜间视野可见的旗子，下达命令：散开，准备战斗。战斗蝙蝠小队像时钟的指针一样明确精准地四散到自己的指定位置。那些蝙蝠骑手驾驶蝙蝠的姿势是那么轻松自如，让霍普不得不羡慕嫉妒。他是这里驾驶技术最差的地精，但不知道怎么搞的，最后他却成了领导者。看着跟随他的伙伴们，霍普心中升起担忧，如果他的计划没有奏效……

他使劲摇了摇头，似乎要将这些消极的想法摇出头脑。如果计划没有奏效，那么他们的下场，比听从索图斯的命令直接自杀式攻击好不了多少。但至少这是场霍普认为可以尝试一战的战争。

战斗蝙蝠直冲向人类的飞船队伍。黛芙德尔像箭矢一般冲向霍普的目标，敌人军队中最大的那艘船。

“放！”霍普高喊。

他的队员们将四块巨大的岩石从黛芙德尔身侧推了下去，那是蝙蝠所能携带的最重的石块。岩石砸向这艘战船，砸碎了舰船的甲板，砸断了它的桅杆。然后霍普听到了他祈祷中的声音——镜子的破碎声！一块岩石砸中了施了法术的镜子，使得这艘战船无法起飞，也没有了武器装备。

“开火！”

幸存的蝙蝠射手射出一连串燃烧的弓箭。霍普看到一支箭射中了人类的一个守卫。那个人尖叫着，尖叫声让霍普想起了山洞口的那只猎鹰熊。

霍普和骑手们在惊恐的人类中投下数不尽的岩石，砸毁了几乎全部的飞船魔镜。在皎洁的月光下，没有了阳光的能量，舰船和人类水手们格外无助，孤立无援。这次是他们，没有选择的余地，只能听从死亡的召唤。这次是他们，无法回到家乡，无法与爱人和孩子团圆。霍普舔了舔干裂的嘴唇，是灰烬的味道。他将黛芙德尔转过头重新向着舰队飞去。手下的弓箭手们仍然坚持不懈地发射着箭矢。再来一轮。更多火焰。

终于，彼得开口说："我们没有多少箭了，中士。"

霍普看向四周，人类的飞船队已经被摧毁，冒着滚滚浓烟。到处都是还冒着火星的箭矢。在被血染成猩红色的甲板上，霍普看到一个人类面朝下趴着，背上插着十几支箭，一动不动。霍普和手下的士兵们赢了。

但是为什么他们没有庆祝的心情？

"该走了。"他说。

弗鲁特给其他蝙蝠小队发了信号，他们一同飞回黑暗的怀抱，消失在月色之中。

"瓦达，你是疯了吗！"特娜冲比利大喊，后者趴在瓦格尔狮狼身上，奔跑在狭窄道路旁的灌木丛中，试图超越她。比利和瓦格尔狮狼身子的一边已经在悬崖外面了。

比利无法否认特娜的话。他和墨衍全身上下都是在向山下狂奔过程中造成的划痕和淤青。墨衍摔倒了两次，严重的一次是因为踩到了松动的石块而失去平衡，带着比利一起掉下了几米深的山涧。但每一次摔倒，瓦格尔狮狼和比利都能重新打起精神回到赛道上，继续着一人一兽的狂奔。科恩斯塔克精心地计划了能挡住后方参赛选手超过的路线，但比利和墨衍还是一阵风一样超过了他。现在他们又超越了特娜，在比利和终点线之间已经没有任何参赛选手了。在他身后，比利听见特娜对自己突然落后而表示出的不满。“见鬼！冲刺！”比利冒着危险向后看了一眼，只见特娜命令自己的瓦格尔狮狼像墨衍一样全速疾奔向终点，不敢有丝毫懈怠，试图为比利似乎板上钉钉的取胜增添一名对手。比利笑了笑。原来疯狂的不止他一个人。

正当比利与特娜齐头并进地冲向终点线时，比利听到后方空中有轻微的翅膀拍动的声音。是一名蝙蝠骑手。他瞥了一眼那橘黄色的长衫，证实了自己的想法，那是一名裁判。按理说裁判需要全程跟踪比赛。现在他才露面？当卡特和留着莫霍克发型的地精男孩试图袭击比利的时候他在哪儿？比利认为，裁判基本上是没用的。

就在比利认为比赛获胜已经毫无悬念的时候，突然之间，他左肩上传来刺伤般的剧痛。他大喊出声，有什么东西深深地刺进了他的左肩。比利集中全力，目光仍然凝视前方，但用余光看了一眼自己的左肩，肩上插着一支倾斜向上的箭。是谁从上方向他射的箭？裁判居然射伤了他！

这是比利此生经历过的最大的疼痛。箭头的尖端整个陷入了他的肩部。墨衍向前奔跃时的每一次震动都扯动了他的伤口，让疼痛更加剧烈。

但是比利什么都没有做错！他遵守了所有比赛规则。他没有袭击任何人。为什么裁判要射伤他？是有什么误解吗？

比利强忍疼痛，困惑地向后看，想知道发生了什么，他看到特娜停下了身下的瓦格尔狮狼，也用困惑且惊恐的眼神盯着空中的裁判。“你在做什么？”她大喊。

但是比利没有时间等回答了。他听见身后再次拉弓的声音，紧接着是箭从耳旁疾驰而过时带起的风声。裁判见没有命中目标，又一次拉弓。又一支。又一支。比利周围的道路上插满了箭。强忍着肩上的疼痛，比利引导墨衍穿过一系列曲折迂回的小路和低矮的树林，希望能甩掉后方的弓箭手裁判。但正当他感觉有希望甩掉后方的袭击者时，在前面不远处的上空，另一抹橘黄色的身影逐渐接近，同样拉开弓，直指比利。一支箭正对着他的眉心飞来，比利下意识地扭头，箭从离他脸庞几厘米的地方飞驰而过。

比利的心脏狂跳，呼吸急促，好像在一瞬间又回到午餐时候食堂的地板上，又好像置身学校后面的隧道中。只不过这一次，他周围的世界没有改变。他被困在这里了。这一次他无法逃脱。

“为了索图斯！”比利的身边不停划过更多的箭，其中一个裁判高喊出声。

索图斯？比利想。这些弓箭手是索图斯将军派来射杀他的？难道说索图斯知道真正的威胁不是科特，而是他？

就在这令人震惊又恐惧的事实在比利的脑海中逐渐成形时，奇怪的事发生了。比利的惊慌、疼痛、恐惧都不见了，好像是电器过载，烧坏了他负责紧张的神经系统，头脑中的警报已经没有必要不断提醒他事情的紧迫了。他周身产生出一股诡异的冷静。他倾向一侧，躲过后方呼啸而来的箭，像是电影中的慢动作一般清晰。

肾上腺素起作用了，比利想到母亲——在医院急诊室工作的护士——给他讲过肾上腺素是如何控制和压抑住惊恐，为头脑带来平静，使周围的一切都看似慢了下来的。这是正常现象。在你骑着一头野兽冲下山坡，想赢得一场说不定能拯救自己生命的比赛，就在备受折磨后似乎终于能取得胜利时，突然出现两个骑着蝙蝠的地精飞在半空中，他们本应该站在你这边，却想要用箭射杀你。这种情况下，比利的这种反应是十分正常的。

不幸的是，按照逻辑和生理常识，比利知道接下来要发生什么。过不了多久，没准就是下一支箭，或者下两支，一定会射中他。或者更糟糕，射中正在狂奔的墨衍，它可能能够轻松地超越特娜和其他参赛选手，但无法超过裁判和他们手中的箭。如果瓦格尔狮狼被射中，那么他们两个就都完蛋了。就算他们奇迹般地躲过了所有的箭，比利肩上的伤口如果不能尽早得到治疗，渗出的血液终究会流得越来越多，越来越急促，直到比利失血而亡。

不管出现哪种情况，比利都必死无疑。

事情第一次按照霍普的计划进行。夜间袭击人类舰船的计划毫无瑕疵。尽管当他重新回顾这场胜利时，总有哀鸣萦绕在心头，但霍普很庆幸自己能够在一段时间内远离人类追兵。再飞跃一座山脊，还有不远处最后一座山峰，这场绝望的飞行撤退便将结束。

弗鲁特紧张压抑的声音打断了霍普的沉思，她几近崩溃地说出“他们还在后面”。

霍普转过头，虽然知道自己能看到什么，但还是希望他看错了。

他没有看错。在几百米之外，有一艘人类的飞船，上面装载着将近十面法术镜子，正向他们全速前进。“他们一定将所有剩下的法术镜子都装在同一条船上了。”霍普说。

“见鬼，那艘船简直是弗沙克。”斯奈尔说。弗沙克是地精们的语言，形容事物移动得十分迅速，而那艘飞船真的在飞速前进。

“弗沙克，”霍普同意，“死亡般的迅速。”

比利的世界逐渐在眼前模糊，周围的一切变得过分安静。他知道这意味着肾上腺素的作用逐渐消退，他的身体将会进入休克状态。但他已经不在乎了。他疲倦至极，身上有大大小小的淤青和擦伤，肩胛骨部位还插着箭，疼痛麻痹了其他一切感知。他只想躺下，好好睡一觉。

幸运的是，墨衍可不这么想。这只健壮黝黑的瓦格尔狮狼坚持向山下狂奔，与此同时一支支箭从身边飞驰而过。灌木丛在比利眼中幻化成绿色模糊的剪影，树木的阴影在地上逐渐拉长，阳光也逐渐变成了血红的颜色。要日落了。比利知道日落很重要，但到底是为什么？他已经记不起了。

一根不规则的树枝从路旁边的灌木丛中向路中间伸出，在瓦格尔狮狼的狂奔中打到了比利的脸，几乎让他一头栽下去。脸上突如其来的疼痛让比利从昏昏沉沉的休克中清醒过来。

日落！他必须在日落之前越过终点线，否则之前的一切都白费了。“忘掉疼痛，”他告诉自己，“忘掉索图斯的手下，忘掉弓箭和流血。快跑！跑！跑！”

“冲啊！”比利用不知道从哪里生出的力气大喊着，墨衍绷紧肌肉，以前所未有的速度飞奔，跳过灌木丛，跃过倒下的树干，躲过枯木枝。

突然，墨衍冲出森林，来到一片宽阔的平地上。到达平原赛道了。就在这一刻，比利看到了终点线。很近了，也就是一百米或两百米的距离。成千上万的地精在终点处的看台上聚集，当人们看到比利的身影冲出丛林时，他们爆发出热烈的欢呼声。

然后他听到了莱克茜的叫声，她的声音中有着不可思议和前所未有的期待。“比利！加油！比利！快冲啊！”科特、李德派普和蓝霜的声音加入进来：“加油，比利！加油，比利，冲啊！”

比利的内心突然像被什么塞满了一样膨胀起来。他们在欢呼。他们在为他欢呼。

但他的兴奋并没有持续多久。一个蝙蝠骑师出现在比利正前面不远处的树林上方，阻挡在他与终点线之间。橘黄色衣服的骑师扬起手中的弓箭，瞄准比利。在他身后，比利听见蝙蝠翅膀的拍打声，毫无疑问那是另一个装作裁判的杀手。

比利突然感到一阵愤怒。他几乎能够接受死亡这个现实。毕竟从他来到这个陌生的魔法世界的第一天起，死亡就如影随形。但并不是死亡本身令比利愤怒。真正令他忍无可忍的是，他居然有可能会输掉这场比赛。

比利咬紧牙关，吹了声口哨，鼓励身下墨黑的瓦格尔狮狼继续狂奔。无论是死是活，他都要在日落之前越过那条终点线。他可能因此丧命，但他一定会赢。

蝙蝠射手放了箭。

地精们有一句俗语，翻译成人类的语言是“蜜蜂叮咬在蚊子包上”，通俗来讲就是“刚出虎穴，又入狼窝”的意思。

霍普现在的感觉可不仅仅是被蜜蜂叮咬。仅剩的一艘人类飞船死死地跟在蝙蝠小队后面，并且越来越近。

霍普离法斯特之角只有几百米的距离了，那座地精城堡一直是霍普狂奔的目标。霍普能清晰地看到法斯特之角上方飘着一圈蝙蝠射手，身穿橘黄色衣服，向下射着什么东西。霍普的第一反应是：人类已经进攻到这里了吗？如果法斯特之角已经遭袭，那么他的计划、飞行队员和战斗蝙蝠的牺牲，就都白费了。如果法斯特之角沦陷，那么地精们将没有任何退路，没有安全的地方，没有逃离的方向。“是逐日之旅的骑师们，”弗鲁特说，“他们是裁判。现在是秋分，今天是比赛日。”

“但是他们在射什么？”斯奈尔问。

“作弊的参赛者，”彼得说，“他们会射杀作弊的参赛者。有时候。”

霍普长舒了一口气。他当然听说过逐日之旅、许许多多的瓦格尔狮狼骑手和天空中的橘黄色长袍裁判，但他从来没有亲眼见过。以前他总是想在秋分时节来到法斯特之角观看，但一直没有机会。“明年一定去，”他一直这么告诉自己，“明年就去。”但是霍普口中的明年一直没有到来。现在他终于来到了法斯特之角，刚好是秋分时节，参赛选手们就在他下方的地面上奔跑着。更好的是，因为逐日之旅，已经有蝙蝠骑师和弓箭手们飞在半空中。所以霍普和他的队员们要做的，就是向他们求助，然后一切就都能结束了。

“弗鲁特，给法斯特之角发信号，告诉他们现在我们的情况。”霍普驾驶着黛芙德尔冲向前面不远处的蝙蝠弓箭手。

然后他眼前出现的情形让他几乎再次破口大骂。他认出了裁判们正在射杀的选手。“见鬼！”霍普低吼，焦虑、挫败感和失望一起涌上心头。

霍普才刚刚认为自己安全了，以为人类不依不饶的追逐对他来说是最后一次被蜜蜂叮咬。但是他错了，还有更可怕的事情在等着他。

莱克茜惊恐地看着一只巨大的战斗蝙蝠从天而降，在比利和蝙蝠射手之间的空中拍打着翅膀。可能是什么奇迹吧，比利一路上躲过了裁判恶意射出的大多数箭，但是新出现的这只蝙蝠比裁判们的蝙蝠大出太多，蝙蝠身上有不止一个骑手，其中至少有四个都手持弓箭。莱克茜知道一旦他们开始射击，比利就不可能生还。

她通过眼前的魔法眼镜将视线聚焦在比利身上。她能看到比利看到巨型蝙蝠出现时候的表情，然后低下头，催促墨衍继续狂奔，忽略身旁死亡的召唤。莱克茜能感觉到比利心中“一定要赢得比赛”的信念。无论如何。

她将全部精力都集中在比利脸上。一开始她并没有注意到身边都发生了什么。为什么弓箭不再射向比利？为什么比利前方终点线处和上方空中的地精都在大喊？为什么观众们的喊声从兴奋热烈变成了怒吼？她困惑地听见地精的士兵指挥官低吼着什么命令。身边的地精们四散跑开。

她收回眼前的法术，看向四周发生的事情。在猩红色的天空中，悬浮着一只缓慢挥舞着翅膀的巨型蝙蝠，和两只像要猛扑上去进攻的小型蝙蝠。小型蝙蝠上的弓箭手似乎打定主意要将比利置于死地，而巨大蝙蝠上的地精们像是通过弓箭回击，帮助比利抵挡攻击。将眼前的视线再次拉近，她看清了站在巨大的蝙蝠脑后的那个人。是霍普！她不敢相信。那个本以为早就被索图斯抓起来处死的独耳地精居然出现在了赛场上，救了比利！她看着霍普的蝙蝠小队的弓箭手们向假裁判们射箭。尽管没有射中，但很明显裁判们的火力绝不足以对抗霍普的蝙蝠小队。莱克茜还看到在不远处，还有四只巨大的蝙蝠缓缓飞了过来。知道他们失去了射杀比利的最佳机会，杀手们转身全速离开了比赛现场。

“他们救了他，霍普救了比利。”莱克茜急促地喘息着，突如其来的放松让她有些喘不过气来。

然后她听见蓝霜的声音，他同样在用他的法术密切关注着向终点线狂奔的比利。“还没有结束。最可怕的时刻还没有到来。”

这时候莱克茜才看见霍普的蝙蝠在帮助比利的同时，左躲右闪，以避开身后的一艘飞船射出的火光。这艘飞船像是使用了什么魔法，能将太阳光转化成光束武器。霍普的蝙蝠躲过了一次袭击，但莱克茜绝望地发现，飞船中射出的火光砸到了旁观的人群。一群地精发出痛苦的尖叫声，随即被火焰吞噬。

这是莱克茜袖手旁观的极限了。下一束火光，是她射出去的。

当比利看见霍普驾驶着巨型蝙蝠从天而降的时候，他几乎要让墨衍停下脚步，几乎忘却了肩上流血不止的伤口，几乎忘却了眼前的终点线，几乎……

但霍普让他专心。“别停下！”他低下头向比利吼着，“还没有结束，后面还有更恐怖的东西！”

是的，还有什么东西从远处的空中渐渐显现出身影。是一艘人类的飞船，桅杆处装载着许多面闪闪发光的镜子。从舰船上射出一道道火光，射向比利的营救者们。

在余光中，比利看到莱克茜使用法术发出一颗颗火球，在天空中呼啸而过，冒着浓烟射向带有镜子的飞船，试图帮助霍普和他的队员们逃脱追击。地精们从法斯特之角中倾巢而出，步兵、弓箭手和兽骑兵……

警报声响起。

战鼓声轰鸣。

比利甚至听见从远远的某个地方传来幽幽的歌声，声音清晰雄壮。战争的声音，耳中血管跳动的声音，战鼓的声音，地精士兵们的叫喊声，冲锋的号角声，比利几乎听不见女子的歌声，隐约能听到一两句歌词和断断续续的旋律。

薄雾弥漫

新月高悬

夜空中的繁星

是你我四处流浪的轨迹

是《夜颂》。这就是说比利就快要没时间了。太阳只剩下一缕红色的光留在空中，马上就要消失在西边的地平线处。很快日光就要消失了，像是比利和伙伴们的希望一样，将要沉入黑暗之中。

但是他太虚弱了，太疲倦了。他肩膀处的伤口渗出的血液已经流满了半边身体，冰冷的手似乎还能感觉到血液的黏稠，左肩已经无法动了。如果他现在倒下，没有人能说他什么不好。“他很努力了，”人们会说，“但是一路上太艰难。”还是放弃会比较轻松吧。停止疼痛，停止尝试。

遁入黑暗遁入夜

一日终结光熄灭

比利眼前的道路上突然燃起大火。飞船上射出的一束火光砸向倾巢而出的地精士兵，一团又一团的火星掉落在墨衍前进的道路上。火光刺痛了比利的双眼，他下意识地闭上眼睛躲过疼痛……

在闭眼的瞬间，他记起了一切将自己带到这个地方的事情——午餐食堂中的闹剧，隧道中的追逐，莱克茜腿骨刺出皮肤的触感，深渊山洞中的摸索，遇到霍普、蓝霜、李德派普，科特的称王之战，月神圣殿中的审判，惊险刺激的蝙蝠飞行，特娜和热情的毓圆庭院中的僧人们……比利想向痛苦投降，但是他做不到。他必须战斗，继续前行，纠正他、莱克茜和科特所经历过的一切不公，让遭受过的一切都有意义。

是你我复仇之时
世人将束手无策
只能哭泣错愕
我们高昂着头
夺回曾经的生活

比利用力睁开被火光刺痛的双眼。《夜颂》渐渐接近尾声，最后一缕阳光马上就要消失了。前方的一团浓烟和火焰将比利与终点线阻隔开。但没时间犹豫了，他不能减速。没时间绕过火焰找一条安全的道路了。比利只有一个选择。

“跳！跳过火焰，墨衍，跳！”比利高喊。

遁入黑暗遁入夜

炙热的烈焰迎面扑来。这只勇敢的瓦格尔狮狼，在长途跋涉后终于失去了最后一丝力气，着陆的时候失去平衡，左右大幅晃动。比利也失去了抓住墨衍的力气，从座鞍上掉下来，狠狠地摔在一旁的泥土中，烈焰的炙热和冰冷的空气在肺中争相交错。

一日终结光熄灭

《夜颂》的演唱结束了。比利试图站起身，但腿已经不足以支撑身体的重量。他爬向不远处侧躺着的墨衍。这只勇敢健壮的瓦格尔狮狼痛苦地呻吟着。它的皮毛大片被烧焦，一路上留下的伤痕看起来血肉模糊。这时候比利才发现墨衍身上也有一根箭，在侧腹处划开了一道深深的伤口。野兽的呼吸断断续续，口鼻处开始不断冒出白色的泡沫和污渍。忽略自己的疼痛，比利用尽全力坐起身，张开双臂搂住墨衍宽厚的脖子，低语着："没事了，好孩子。墨衍，没事了。"

比赛结束了。太阳下山了。比利和墨衍尽力了。他们两个躺在地上，筋疲力尽，四周是未熄灭的火焰和滚滚浓烟，像是噩梦般的存在。他们身旁的火焰渐渐将他们包围。天空中，飞船仍然用镜子四处发射着火光，向地面上的地精，也包括空中的那只霍普的战斗蝙蝠。不，是五只，战斗蝙蝠们像是战斗机一样在飞船周围盘旋射击。蓝霜被自己用法术制造出的暴雪包裹，向飞船发射出一连串冰雹。不远处，莱克茜飘浮在离地两米多高的空中，火焰从她的身体中发射向飞船，像是电脑游戏中的人物特效。

一片混乱之中，比利抱着墨衍躺在地上，似乎和周围的一切都脱节了。疲倦但是还活着的比利扭头想看看其他人的方位，却突然发现自己眼前的土地上是一条由靴子划下的浅浅的痕迹，比利和墨衍就躺在终点线的另一边，胜利的那一边。这时候阳光终于消失在西边的地平线下了。

他们做到了。他们赢了。

比利听见熟悉的地精声音。是星语者的声音，那位年长的月神女祭司。“人类男孩。人类男孩。”越来越多的地精加入到了呐喊的行列，“人类男孩！人类男孩！”

星语者在比利身前跪下，用手遮住了他的双眼，挡住眼前的战争。“好一场比赛，亲爱的孩子。好一场勇敢的比赛。”

“我赢了？”比利试图发出声音，“我真的赢了吗？”

“是的。你真的赢了，以一种前所未有的英雄姿态赢了。”

“我的奖赏……”比利几乎说不完整这句最重要的话。

“过一会儿再说。现在，睡吧。”星语者将粗糙的手放在比利的额头上。他感到一股冰凉渗入自己的身体。

比利不知道从哪里来的力气，坐起身，推开星语者的手掌。“不。”在他经历了一切之后，在墨衍历尽一路的艰辛痛苦之后，他不能就这样让魔法引他入睡，而没有机会说这些话。“让我戴上王冠，”比利缓慢而清晰地说，“它会向你展示，我才是真正的继承人。一直都是我。我想让你给我一次机会。”

“你想要戴上王冠？那就听从你的意志。”

星语者温柔地微笑，像是知道比利会说出这样的话，然后将手掌附上比利的额头。这一次比利没有抵抗。在他反应过来之前，疼痛、战争的喧嚣，都感觉不到了，只有伤口被治愈的温暖。他终于睡着了。

小心愿望成真

接下来的几天比利都沉浸在头昏脑涨之中，记忆是混沌的，什么都是模糊不清的。他大部分时间都在沉睡，半梦半醒之间似乎有人来慰问他。蓝霜、李德派普、霍普、月影、星语者都来过。科特和毓圆庭院中的一些僧人也来过。特娜甚至将墨衍也带进了房间。这只巨大勇敢的黑色野兽已经基本痊愈，撒娇似的用鼻子拱了拱仍然瘫在床上的比利，伸出舌头舔他的脸颊。墨衍的行为让比利笑出声，身体震动牵扯到肩膀上的伤口。虽然有些疼，但还是很值得的。

但是大部分时间，比利只记得莱克茜的照顾。他的好同学一直陪在他身边，喂他喝汤，为他轻声朗读地精们悲壮宏伟的历史，不断确认房间内足够舒适，不会太冷也不会太热。

终于有一天早晨，比利清醒了，头脑不再昏沉，身体上的疼痛也缓解了很多，整个人也不再疲惫得昏昏欲睡了。他的肩膀不再火辣辣地疼痛，身上其他众多的小伤口和淤青也不再针扎一样地刺痛。

星语者在床边低头看着他，点了点头："你好多了。"

这位地精女祭司轻抚了比利的额头，然后走向门口。

"等等，"比利说，因为焦急而放大声音，"你说的承诺呢？"

星语者在门口处停下了脚步："地精有句谚语，'祈祷光明则日出，渴望黑暗则夜落。'"

"换句话说，是让我耐心等待的意思吗？"

"换句话说，小心你所祈祷的事物。"

然后她转身走出了房门。

那个男孩活下来了。又是一个败笔。在索图斯的梦境中，卡婷和暗夜女王模糊的身影像梦魇般夜夜萦绕在他周围，两个人的影子融为一体，又撕裂开来，嘲笑着他的无能，提醒着他的失败，将死亡和灾难的画面展现在他眼前。

索图斯醒着的时光也不是那么好过，探子们没完没了的情报，人类军队不断入侵的步伐和地图上日见减少的领土几乎将他吞噬。但不管怎么说，至少他还有奇拉诺克城的指挥权……几乎还有。在出征前夕，索图斯将奇拉诺克城的指挥权留给了自己的亲信——毒牙，因此无论战场上的结果如何，回到奇拉诺克城中，他仍然控制着城市中的广大人民。但是，大部分随他出征作战的老兵都已经战死在沃尔霍德军主动出击的最后一战中，或者被抛弃在战场上。所以索图斯现在手下的兵力严重短缺，如果失去对城市的控制和武力震慑，索图斯知道奇拉诺克城中的百姓，失去丈夫的寡妇、父母双亡的孤儿、退役的受伤老兵、失去儿子的慈母，都会揭竿而起，让他血债血偿。这种念头就像在他的脖子上套上沉重的枷锁，使他每一天都被压入无助的深渊里面，使他在绝望中不断下沉。

索图斯越来越觉得自己应该向结局注定的现实投降。人类的军队终将攻进他的城市，屠杀城市中的所有百姓，而他则会在摩泽尔山脉下的深渊里，溺亡在身边不断上涨的猩红色的血液之中。

但是无论现在内心中有多少恐惧和无助，索图斯的愤怒终将凌驾于一切情绪之上。他知道当敌人到来时，他会像一只被逼到角落的瓦格尔狮狼，不顾一切地低吼着冲向敌人，与他们决一死战。

他要确定奇拉诺克城中的每一个地精都跟他的想法一样。就算他需要将多半违抗命令的人处死，也要实现自己的目标。

莱克茜坐在太阳下，让温暖的阳光包围着自己，试图寻找着萨瑞雅口中不断描述的内心平静。自从她袭击人类飞船之后，控制住内心的怒火就是她当前要面临的最大难题。但无论何时莱克茜闭上双眼，都能感觉火焰在身体中四处乱窜，她记得火光从身体中射向飞船法术镜子时的酣畅淋漓，也记得将周围的一切都烧毁时的无比痛快。她知道自己应该对这种感觉感到害怕，但事实却是，她从来没有在一场争斗中感觉到自己是如此的强大和自信。她太想再次拥有这样的感觉了，将一切挡在她面前妨碍她的人和事物炸裂摧毁。

“亡巫灵，”她默默警告自己，“别放任自己变成那个样子。”

不幸的是，莱克茜的信念在胡思乱想中动摇，甚至愈发觉得成为亡巫灵并不是件坏事，而是法术提升的表现。萨瑞雅所描述的平静、幸福、快乐，感觉起来虚无缥缈，她似乎永远无法真正达到那种境界。既然幸福快乐是为其他人准备的，那么为什么不让魔法统治自己的心灵呢？向熊熊燃烧的烈焰与永不熄灭的愤怒投降，至少她不会一直感到身体疲倦和无力。

莱克茜叹了口气，继续她毫无效果的宁静冥想。尽管她想做的一切其实就是炸开些什么东西，什么都好。

“莱克茜？你还好吗？”

莱克茜睁开双眼，看见比利踏出一直在此待着康复的小房子。在比利康复的这段时间，她将房子的后院当作自己练习的场所。这是法斯特之角中所剩不多的安静地方了。剩余的堡垒以及乡镇好像都在部署着什么计划。最近到处都是地精——行军的地精，骑着瓦格尔狮狼的巡逻兵，驾驶着由巨大公羊牵引的小货车的地精，肩挑货物的地精，推着滚筒的地精……唯一安静的地方就是这个远离城市中心的小房子，供他们这位在比赛中濒死的英雄康复使用。

“比利！”莱克茜跳起来，给了他一个大大的拥抱。

“疼！”

莱克茜松开手，发现自己不小心碰到了比利受伤的肩膀。“对不起。”

“没事的。”比利看起来已经好多了，但是一看到他康复起来，就让莱克茜联想到之前他冲过终点线时奄奄一息的样子，还有他受伤的原因，以及他想要的胜利奖赏。“你简直是混蛋。你知道你让我们担心成什么样子了吗？”

“那个……我试着让事情回到正轨。”

“那就告诉地精们，他们的国王应该是你？”莱克茜摇了摇头，“记得科特的遭遇吗？”

“我……”比利退缩了，但他的表情突然改变。此刻的他看起来十分强硬，似乎坚定地知道自己的目标。“听着，你一定要相信我。成为地精之王是我应该做的事情，是我的责任，一直都是。自从我们出现在山洞里，这一切就是我的责任。”

“你不能确定。”

“我能！”比利终于将自己一直藏在心底的秘密开诚布公地说了出来，“我一直都知道。而且，我更加确认的是，如果我不在这个世界完成我的使命，如果我不做完我应该做的事情，那么我们都不要再想回家了。”

莱克茜想告诉比利他的想法太过疯狂，她想说还是有办法能够离开这群地精，找到回家的路的，但是冥冥之中，她知道他是对的。某种奇怪的命运安排将他们带到了这个世界，现在他们需要履行在这个世界的责任，无论如何。

“我相信你。”

“真的吗？”

“你是地精族群的魔法国王还是什么，这已经不是我在这个世界听过的最疯狂的事情了。我会帮助你的，我们所有人都会，无论你需要什么。而且，就像你说的，这是我们应该做的正确的事情。”

莱克茜知道比利不知该如何回答了。正当比利试图拼凑出词句回应时，一小群貌似做农活的地精走进了庭院。他们看到比利，都停了下来。莱克茜听见有一个地精惊叹道：“那是国王！”

地精们全都盯着比利，大大的眼睛中充满了希望和期许。第一个地精情不自禁地开始唱起颂歌，声音低沉婉转。其他地精很快加入了进来：

烈火扫过地面
折断的矛破碎的盾
万物皆归尘土
日光灼烧铁锈斑斑
终将过去的烈日炎炎
终将到来的阴雨绵绵
烟尘落定
会是迷醉的春芽
踏过猩红溪流
越过绝望期意
是我们的王显现雏形

王者降临　王者降临

劈裂黑暗赶走流觞

王者降临　王者降临

赐予我们生命赐予我们希望

先人啊请聆听我们的祷告

故居的损灭寡妇的哀伤

先人啊若你已经离去

请给我们希望是继承者的激昂

请救我们于水火

请助我们以希望

万物归尘

敌人毗邻

征战号角

天下响彻

是我们的王显现雏形

王者降临　王者降临

胜利终将降临于我

王者降临　王者降临

颂歌永不停于此刻

是我们的王是我们的王

王者降临　王者降临

在歌曲结束之后，地精们仍然在不断重复着最后的调子：“我们的王……王者降临……是我们的王……王者降临……”歌声越传越远，余音响彻整个法斯特之角，越来越多的地精声音加入进来：“我们的王……我们的王……”

比利转向莱克茜，脸上带着不可忽略的忧虑。“你能同意帮助我实在太好了，因为我需要尽可能多的帮助。”

霍普站在瞭望塔上，眺望着整个法斯特之角和卡罗要塞。在栏杆处向外看，整个要塞像是被猎鹰熊横着一掌劈开的蜂巢。街道上挤满了人：地精们跑来跑去，准备着战斗用的武器，包装其他补给物品；军队中的士兵们严阵以待，四处巡逻；月神女祭司的黑袍祭司们在街上向追随者们传播着什么信念……这全都是因为一个人类男孩赢得了逐日之旅的比赛，并要称王。

霍普本应该很开心的。因为这毕竟一直以来就是他的计划——塑造一个地精之王，剥夺索图斯自封的王位。那是他在索图斯计划要整兵出击人类时所持有的想法。现在索图斯已经战败了，让比利称王还有什么意义吗？还有挽回的余地吗？离霍普所站的高塔不远处，人类飞船的残骸和水手的尸骨还静静地躺在布满灰烬的山坡之上。法斯特之角的卫兵和霍普的蝙蝠战队加起来，才勉强打掉一艘人类的飞船。如果面对整个人类军队，他们能侥幸胜利的概率又是多少？让比利称王，是不是又会将一个无辜的男孩推向众人唾弃的失败和不可避免的死亡呢？

霍普一再怀疑自己是不是应该就此离开。在与飞船战斗的两周之后，黛芙德尔已经从伤病中康复。其他的蝙蝠和小队成员们也都随时能够起飞。霍普能够在很短的时间内安排好升空。如果他告诉自己的团队要离开，他知道手下的队员们不会有异议。他们能够随时起飞，没有人会阻拦他们。霍普脑中闪过红杉树林中的山洞，偏僻，安全。大火仅仅烧毁了原始森林的一小部分。他能够驾驶着黛芙德尔飞去那里，他、弗鲁特、斯奈尔和其他人能够躲在隐蔽的山洞中，远离战争，直到一切尘埃落定。

“一个加恩买你现在脑中的想法，卫兵。”

霍普转过身，看见月影从地板上的活板门下爬了上来。他想将这个问题糊弄过去，但是月影的注视让他知道自己说不了谎。自从他们出现在法斯特之角，救了比利一命之后，最高女祭司星语者就原谅了霍普之前的所作所为，手下的祭司们，包括月影，也都不得不承认霍普这一系列看似离经叛道的举动，实则一直是在为地精族群着想。从那之后，他和月影花了大量的时间一起商量如何从索图斯手中夺回奇拉诺克城。霍普渐渐发现他越来越期待每一次与月影的商议，自从……霍普摸了摸手腕上的铜腕环，每一次想到考婷的时候，他都会不由自主地这么做。但是自从认识月影之后，每每在回忆起考婷的时候，回忆似乎并不是那么痛了。现在被面前这位美丽动人的女地精抓到自己说谎，是他最不想面对的事情。

“想着逃跑，离开这片纷争。”霍普承认。

“你觉得我们没有胜利的希望吗？”月影好像并没有生气或者伤心，只是好奇。

“就算战争胜利也意味着会有死亡，我不喜欢这种代价，太过沉重了。我这辈子已经见过太多死亡。”

“如果不阻止我父亲，那么死亡是唯一将要降临在世间众人身上的事。”

“问你一个问题可以吗？”霍普轻声问。看到月影点头，他问道：“索图斯是你的父亲，为什么你会希望一个人类男孩取代他的王位？”

月影伤心地摇了摇头：“我父亲是个好人，曾经是的。但是当我母亲去世的时候，他的心有一部分也随之死去。后来，他就沉醉于暗夜女王编织的谎言。那个女巫……她看似治愈了我父亲的心碎，但那只是以一种扭曲的形式达到她自己的目的，你懂吗？现在我父亲所做的一切就是毁灭。我们需要阻止他。只要是他领导我们的族群，我们就没有任何胜利的希望。”

霍普沉思着，用舌头舔着嘴里的尖牙。“可能吧……但是如果我们什么也改变不了呢？如果给人类男孩加冕也无济于事呢？如果他不能让事情变得明朗，那我们又何必将一个无辜的男孩推上王位呢？我不喜欢这种结果，尤其是现在。那些弓箭手刺客的出现是有原因的，索图斯知道比利是真正的继承人。上次在国王大厅中，我们趁你父亲没有防备的时候试图偷袭，但是没有成功。这次他身边必会有重兵把守，已经做好万全准备。如果这次再失败，我们的脑袋在脖子上可能就挂不住了。”

“这就是为什么我们要召集要塞中的全部驻军，包括圣堂武士团以及月神祭司们。我父亲会抵抗，但他无法胜利。”

“又会有多少地精会因此丧命？不管输赢的话，会有多少？”

“的确会有伤亡。但如果索图斯没有将我们杀死，人类也会的。所以如果这就是事实，如果我们被命运诅咒了还是怎么样，如果注定将要死亡，那为什么不尝试将事情扳向正轨呢？如果我们终将承受命运的安排，那么为什么不以一种自己喜欢的方式结束？”

霍普的内心煎熬着，一边是想给月影留下好印象，一边是自己求生的本能在挣扎叫嚣。“那么，如果这么说的话……我不想死，也不想看到我的任何朋友死。可能我是个胆小鬼吧。”

“可能你只是比我们这些人更聪明、更理智一些吧。如果这就是你的决定，我不会过多干涉的，那么你要离开了吗？”月影的耳朵突然以不自然的方式转了转，难道是因为她对他失望了吗？

霍普知道如果月影冲他喊叫，骂他是胆小鬼，或者命令他留下来，他都可以找到让自己解脱的台阶。但是她并没有，反而是跟霍普平心静气地讲了许多，谈了谈她的想法。从来没有一名军官对他这么做过，而且更令霍普犹豫的是，她说的不无道理。如果地精种族终将灭亡，无论如何他们也无法逃脱这种命运，那么逃跑也不可能。比起在偏远的洞穴中被人砍杀，还不如试图用这些时间做一点轰轰烈烈的大事情，至少用一己之力，在生命的最后时刻做些有意义的事情。

“好吧，你说的有道理。我会留下来战斗的。我已经在之前的逃跑中经历过太多疯狂，我不能再逃跑了。”然后霍普微微一笑，“而且我喜欢这几个人类孩子。之前是我想要个国王的，我欠比利一个王冠。”

“我从来没有质疑你的决心。”月影也笑了起来，露出她尖尖的、美丽的牙齿。

“加我一个。”霍普回应道。看见月影的笑容，霍普从心底感到开心，这是一种很久没有体会过的幸福。

他们在山脉中飞行了将近一周，大部分的时间都在躲避索图斯忠诚的手下的追击，以及哈诺亚帝国军队的猎杀。月影带着比利、比利的两位朋友、霍普和剩下一小队地精士兵历尽千辛万苦，穿过山下布满岩石的隧道，爬上悬崖，到达了一个山洞。山洞里面是狭窄闭塞的隧道。经过连续几个小时的翻越和爬坡，月影将比利、莱克茜和科特带回到一切的起点——摩泽尔山下的谷底洞之中。他们再一次走进了错综复杂、满是坑洞的隧道和石穴。但这一次，还有几百名地精跟着他们一起前进，在黑暗中目标坚定地向前走着。

还有一点不同。

这次莱克茜的身体是健康的。实际上，这次她在手掌中轻轻点燃了一小簇火苗，温柔的光亮照亮了大家脚下的路。

“看，这个地方有多漂亮，”莱克茜说，“要是有更多亮光就好了。”然后她转向比利，咧开嘴笑，说道：“看好了。”

莱克茜张开手掌，十簇火苗在她的手中显现，一根手指上一簇。莱克茜转动手掌，让手中的小火苗飞舞在空中，在石穴中成排的钟乳石和石笋周围翩翩起舞。岩石外层有许多天然的水晶矿石，将亮光折射到更远的地方，在石穴中幻化出令人窒息的魔幻美景。

但莱克茜的小把戏令比利有些担忧。他无法忘记当莱克茜用身体中的火焰向飞船射击的时候，脸上显现出的那种疯狂的表情，那种疯狂令他胆寒。尽管眼前的莱克茜是欣喜的，丝毫没有那时嗜血的样子，但看到一簇簇火苗在莱克茜指尖飞舞，比利还是情不自禁地想到蓝霜讲述的故事，那个蓝霜曾经喜欢的、最后变成亡巫灵的女巫师的故事。

“真的太棒了。”比利掩饰住内心的害怕，想方设法地挤出一句赞美的话。然后他才意识到眼前呈现出的震撼人心的美。这是他所见过的最梦幻的景致。水晶矿石折射出五彩斑斓的光彩，像彩虹般四散在石穴内的岩壁上。不仅如此，莱克茜的快乐也是美丽的景致之一，她笑起来的样子美极了。“你真的太棒了。”

比利说完脸就红了，但是莱克茜看起来并没有在意。

“我知道你是继承人，你也知道，”她凝视着空中彩虹般绚烂的亮光，声音很平静，“不是科特。我一直知道是你。”

“你知道？”比利重复，他因太过惊讶而停下了脚步。

“猜到这个并不是很困难，只需要注意一些小细节。我一直在观察你。科特外表上表现得好像是国王，但是你会像统治者一样思考，经常试着尽全力帮助别人，经常为他人着想。你是个好人，你会是位好国王。”

莱克茜继续向前走着，手中把玩着火苗，无视因为她的夸奖而引起的尴尬和沉默。

“不错呀，”科特在比利耳旁低语，“有进展。”

除了莱克茜，科特也有很大变化，他表现得越来越不像只会欺负人的混蛋了。“小瘦猴，”这个橄榄球四分卫继续说，“你真的确定要加冕为国王吗？”

“当大家认定你是国王的时候，你就很肯定，”比利的语气中带着前所未有的自信，“为什么我不能有同样的感觉？”

科特看起来有些疑惑：“你没看到逐日比赛之后发生的事情吗？”

比利摇了摇头：“我当时已经晕过去了。”

“当时简直一团混乱，到处都是尸体。霍普说至少五十二个地精当场死亡，还有人类飞船上的水手们也全部阵亡。”

“是他们袭击我们的。”莱克茜的语气有些不屑，很明显她一直在听两个男孩的对话，“他们活该。”

“现在我们是袭击者了，”科特说，“我要说的是……我不知道自己会不会再经历一次那种惨烈血腥的场景。”

比利能看到科特脸上的担忧，能感受到同行的地精们在听到他们三人谈话时产生的情绪变动。他知道无论他们用多小的声音说话，地精们灵敏的耳朵总能捕捉到谈话的内容。

月影、星语者、李德派普和蓝霜，甚至还有特娜，他们都在上下打量着他，想听这位将要加冕的国王继承人接下来会说些什么。比利知道现在不能让地精们失望，至少现在不能。

“我们要在这里完成使命，科特。”

“不，你们没有必要这么做的！”令比利惊讶的是，霍普走上前，脸上带着遗憾和惋惜的表情，语气里却满含理解和认同，“没关系的，比利。你有权利离开这里。路上小心。忘记我们，忘记这里的一切。”

尽管比利曾经无数次幻想将霍普的建议纳入选项之中，眼前却有两个重要的问题摆在他的面前。“我回不去，”比利说，“我试过了。”

比利的回答在地精中激起了低声交谈的骚动。比利不太确定自己听到的是什么，但是他能听懂个大概：他们的英雄，这个将要成为他们国王的男孩，曾经试图逃离这样的宿命？如果这是真的，他们身为地精，为什么要为这样没有担当的领导者冒生命危险？

比利试图平复地精们的不满：“稍等，等一下，请听我解释。”

“听他说。”李德派普说道，低沉浑厚的声音响彻石穴。地精们陷入了满是期待的沉寂。

就像是拧开一瓶在颠簸的车中晃动已久的可乐，沉寂了许久的真相终于喷涌而出。自从到这里之后，比利就一直在隐藏这个真相。但是现在，他要诚实地将真相告诉所有人，一次把话都说清楚。“我一直都知道，是我将我们三个人类带到这个世界来的。虽然不是故意的，但这是事实。我曾经试图将这个错误纠正过来，曾经千百次地祈祷我们能回到原来的世界。当我们第一次出现在谷底洞的时候，当在蓝霜家里的时候，我一次又一次地祈祷，但从来没有实现过。我愿意付出任何代价，只为了回家。但是我做不到。”

星语者点点头，似乎已经知道比利无数次的渴求：“因为你们来到这里是有原因的。带你们降临在这个世界的魔法，只有在你们完成使命后，才会将你们送回去。”

“我现在知道了，”比利说，“我应该让整件事回归正轨。那个叫皮亚斯特的木匠，我不知道什么原因，我应该跟他有血缘关系。我的家庭成员来自爱尔兰和非洲，不是波兰。但是在我的世界，那个叫作美国的国家，身边的每个人似乎都有些不同的血统。所以说，我，或者任何人都有可能是他的继承人。在拯救你们的族群之前，我们三人是无法回到原来的世界的。”说到这里，比利的神色变得越来越坚定，原本经常萦绕在他心中的忧虑和困扰消失无踪。“而且，我真心想帮助你们。毕竟在发生了那么多事情之后，我不能一走了之，不管是哈诺亚帝国的人类将你们灭族，还是索图斯将所有地精置于死地，我不能在这两种可能性还存在的时候就离开。我必须帮助你们。”

“是呀，”霍普小声地嘟囔道，“最近发生的事情太多了。”

“但是还有一件事，”比利挺直腰杆，试图让自己显得更高，并扬起下巴，“如果地精王冠并没有为我闪耀出光彩，那么情况将会进一步恶化，尤其是当我们冲进城市，出现在大众视野之中时。”他看向科特，继续说道：“没准……还有什么办法吗？我们先派一个小队如何，正如霍普上次的计划？这样的话就不会有那么多人有危险。”

“我加入。”莱克茜直接说。

“你知道你可以信任我的。”蓝霜紧跟着说。

“我要去，如果你的小队中，能容得下一个大地精。”李德派普轰隆隆的声音也响了起来。

霍普摇头：“我们这回带着这么多地精，就是因为上次的偷偷潜入失败了。”

“但本应该成功的，”比利说，“科特已经成功地拿到并且戴上了王冠。之前的计划失败的唯一原因就是……”比利略带抱歉地看向科特，“科特不是对的人。”

科特没有因此而感到受伤，反而点了点头表示同意，“如果我们能够将王冠放在比利的头上，我们就赢了。因为他才是真正的地精国王。”

霍普担心比利的计划：“索图斯这回一定会加派守卫。他不会让我们轻轻松松地进去，轻而易举地拿到王冠的。会有一场艰苦的战斗等着我们。”

“这不是问题，”科特说，原本的自信和骄傲又在他身上体现了出来，“我们要做的就是改变战术。他们要面对的是橄榄球运动员的带球躲避战术和过人技巧，就像上次那样。我们会没问题的。”

霍普和其他地精交换了一下困惑的眼神，再一同望向科特。

“不知道橄榄球？不懂？好吧。橄榄球是这样的……”

橄榄球原来是一项复杂的人类运动，两队各有十一名队员，和一个猪皮做的橄榄形的球。霍普试图跟上科特的解释，其中掺杂着各种奇怪的术语，像是“码标”“面罩”“突进”“触地得分”等。李德派普和其他几个克拉科巨怪觉得这是十分有意思的运动，在他们给比利戴上王冠之后一定要组队比试一场，但是霍普还是不能理解。不管如何，科特的“胜利女神计划”听起来还比较可行。但不幸的是，这同样听起来像是霍普自己会想出来的计划。这令他十分担忧，因为他的计划几乎从来没有行得通过。

正当他们穿过弯弯曲曲的隧道，直奔奇拉诺克城市中心的时候，霍普看向科特所挑选的“胜利女神计划”队员：比利，他当然是计划的主角；科特、莱克茜、蓝霜和李德派普，还有一个神色坚定的小姑娘叫特娜，看起来像是比利的朋友；还有月影和她手下最强壮的三名克拉科巨怪士兵，马雷特、布雷克和比斯特；还有霍普。科特为小队挑选了十一名成员。霍普看向蓝霜，这个小巫师走在他的身旁，一言不发，似乎在准备着什么。“后悔吗？”霍普轻声问，“后悔一开始跟着我走上这条路，试图拯救整个地精族群吗？”

“我？当然不，”蓝霜嘴角上扬了一下，“但毕竟我是公认的半疯狂巫师，你可千万别把我的话当真。”

“要我说，有两种地精，”李德派普在前面走着，加入了他们的对话，“一种畏畏缩缩，夹着尾巴做事；还有一种则会高昂着头，面对一切。在见到你之前，蓝霜跟我，我们随波逐流，让身边的事物掌控我们的生活。但是现在，因为你的出现，我们能自豪地说，我们是在尽自己的一分力量让世界变得更好、更和平。没有人能够剥夺这令人自豪的感觉。”

“我想可能差不多是这样的吧。”霍普说，仍然不是很确定。

“这就是我们的一切。”李德派普说，低沉的声音中传递出满满的信念，再次点燃了霍普心中正在渐渐熄灭的希望之火。李德派普突如其来的信任让霍普本快沉寂畏缩的内心突然放大，其中涨满了温暖和自豪。他为自己的决定改变了一些人的生活而自豪，同样也担忧着无法实现他们对他的期望。

这群地精和三个人类走进了一间满是灰尘的地下石穴。霍普能听到上方传来地精们聊天的声音、小商小贩叫卖的声音、不知哪里传来的歌声。他们到了奇拉诺克城。

“我们到了，”霍普声音中充满了担忧，“如果有人想退出，现在是最后的机会。”

月影突然发声：“你说得对，这真的是太疯狂了。我退出。”

“什么？”霍普的声音哽在喉中。

月影打断了他，面带坏笑：“别傻了，霍普。我开玩笑的。比利是我们的国王，我们要给他戴上王冠。对不对，比利？”

比利脸上的表情是与霍普如出一辙的不确定和困惑。但是这一次，霍普对眼前的人类男孩表示万分敬佩，因为比利的声音中完全没有恐惧和困惑。

“是的，”比利说，“咱们行动。”

“阿卡！阿卡！来看一看新鲜的蘑菇！”特娜年轻悦耳的声音在下沉大道嘈杂的熙攘声中格外明显。

比利蜷缩在特娜的蘑菇摊子下面。李德派普将原本的摊主动回家休息一天。现在特娜假装是一名小商贩，而比利则藏在她的道具下面。这个年轻的姑娘吸引了大批的顾客，远远超过比利预期中的人数。

“你假装卖蘑菇就可以了，没有必要真的这么拼命吧？”比利小声地抱怨。

“做一件事就把它做到最好。”特娜回嘴。

比利听见有靴子的声音接近蘑菇摊，“黑斑蘑菇怎么卖？”

“一颗四加恩。”特娜流利地回答。

“一颗蘑菇四加恩？你这是在抢钱。”

“是吗？那你去别的地方再看看，我这里有全城最好的黑斑蘑菇。”

“我买三颗的话，能不能送我一颗？”

“你可真会讨价还价，一颗要四加恩呢。算了，看在你真想买的分儿上，就卖给你了。”

特娜这单买卖刚结束，下沉大道的远处便传来一声悠长独特的口哨声。那是开始“胜利女神计划”的信号。比利的神经瞬间紧绷了起来，一切就看现在了。

“行动，伙计们！行动！”霍普的叫喊声传来。

他们行动了。

至少他出现了

霍普听其他士兵说，在他们眼中，战场上的一切都是慢动作，他们能观察到天上的箭飞行的轨迹，能看到士兵的铁靴子溅起的每一粒尘埃的起落，能看到每一滴血滴落向地面的波纹。这在霍普身上从来没有发生过。对于他来讲，战争是嘈杂的，是眼花缭乱的，是令人困惑的。这也就是为什么他总是逃避战争。

霍普猛地低下头，躲开从他头顶飞过的冰锥。他不确定这股寒冰是蓝霜的杰作还是索图斯手下巫师的产物。国王大厅中一片混乱，友军和敌人纠缠在一起，天空中不停地飞过武器、各种各样的咒语和被抛来抛去的士兵。“是谁在向自己射击，为什么要射杀自己，现在这些已经不重要了，”霍普是这样想的，“重要的事情是，躲避一切伤害，逃跑。”

霍普坚信，在一场战争中活下来的最好方式，就是不要加入它。如果没能做到这一点，找个远离众人视野的地方躲起来也可以算作一个保住小命的好办法。他是个优秀的躲避者。不幸的是，有时候逃避并不会万无一失。眼尖的军官，奋勇的敌人，或者仅仅是走霉运，都可能让好不容易寻找到的避难场所暴露。但比起这一切，更令他心烦的是，人们对他抱有期待和信念。霍普简直怨恨这一点。因为这样的话，就不是什么愚蠢的长官在监督他，而是他被自己还存留的一点点善心和良知捆绑住手脚，无法假装视而不见地走开。他永远不可能逃避自己的内心。

既然他无法避免这场由他发起的战争，那么出其不意地四处猛冲，躲开不停袭来的攻击，是他仅剩的最佳选项。他不按常理出牌，四处乱窜，这让敌人感到十分困扰，而且似乎有效地打乱了他们的作战节奏，影响了他们的作战计划，没准能够帮助朋友赢得胜利。

当然，霍普除了扰乱敌军作战这个作用之外，身上还有另一个重要的任务。他最好赶紧完成。

霍普迂回猛冲，向着国王大厅中一尊精雕细琢的石像前进。看石像的面容好像是第九位人类国王，表情严肃，头戴宽边头盔，手握利剑。霍普低头躲过刺向他的长矛，又躲过一具从天空飞过的尸体，再灵活地转了个身，以便躲过从耳边飞驰而过的箭。他丝毫不知道自己是如何做到这一切的，但当霍普反应过来时，他已经来到了计划中的地点，而且时间刚好。

“霍普！接住！”科特的声音从嘈杂的打斗声中传来。

只见霍普转身，高高跳起，拼命向上伸出双手，然后……

地精王冠在他高高举起的手中闪着金属光泽。霍普不敢相信地看了看自己的手。计划成功了。他根本无法理解这次有他参与的计划是如何成功地完成的。

“快跑！”科特大喊，将霍普从恍惚中唤醒。

霍普疯狂地向着国王大厅外逃跑，为了自己的小命狂奔，为了自己身上所担负的责任狂奔，为了地精王国的人民狂奔。

索图斯的世界在一瞬间天翻地覆。明明哈诺亚帝国的军队仍在奇拉诺克城几百公里之外，但警报不知道为什么已经拉响。在远处，他能听见下沉大道上，临近国王大厅处传来的打斗声。

是那个人类男孩搞的鬼，当索图斯和保镖们向着打斗的声音狂奔时，他突然想到这一点。哈诺亚的军队不可能这么快就攻进来，一定是那个斯克伯男孩，那个觊觎王冠的小男孩。

在这位地精大将军及其手下拼命向国王大厅跑动的过程中，他们路过了就在不久之前索图斯第一次见到暗夜女王的地方，在那里他第一次听到了暗夜女王的预言，亲眼见证了她的魔法。

“想要理解世界，就要理解万物的思维，哪怕是最小的沙粒。”索图斯记得第一次听暗夜女王讲话的时候，她这么说过，“抓起一把沙子，扬在空中。你能看到沙粒的形状吗？你知道沙粒是如何形成的，是如何落到你的手中，又是为何在空中飞舞盘旋的吗？如果你连这个都弄不清楚，又怎能理解一个人复杂的灵魂，或者如何去理解普天之下所有臣民的思维？这些臣民的灵魂在斗争与和谐之间摇摆不定，在爱与恨中纠缠不清。”

“如果我们不理解这个世界，”索图斯问，“我们又如何在其中生存？”

作为回应，女巫用她银色的双眼死死盯住索图斯。她的嘴唇有了动作，声音却在索图斯脑中响起：“成为世界，成为沙粒，成为一切。”

那时候，索图斯丝毫不懂暗夜女王试图表达些什么，甚至在几周、几天之前都不能理解，但是现在索图斯开始懂得她的预言了，暗夜女王的预言中第一课的基本思想一直在引导着他的生命。

直到现在，他向着下沉大道急奔，要去消灭一个声称能够拯救地精族群的人类男孩。那个男孩必须被毁灭。

世界本身就是疯狂的，这就是暗夜女王一直想表达的。在这个本身就已经过分疯狂的世界中，唯一理智的事情，唯一能做的事情，就是拥抱疯狂。

“加速前进，士兵们！”索图斯高喊，并拔出他的巨刃，冲到了跟随他的士兵队伍的最前面，“是时候战斗了。”

周围的一切都着了火。莱克茜目光所及之处都是烈焰。她能尝到口中烟灰的味道，感受到火焰在她身上停留的刺痛。

在一片猩红的火光之中，她看到索图斯和他的手下冲向国王大厅，试图袭击霍普，夺回王冠。莱克茜心中充满了愤怒，他们居然会认为她能允许这种事情发生。

莱克茜将火焰喷向敌人，她的眼中是熊熊烈火，她的口中呼出的是滚滚的浓烟。

她身体中的某一部分似乎在警告她：不要失去控制，否则将会把周围的一切都化为灰烬，在那种情况下，你将无法分辨敌我。但是这种痛快喷射的感觉好极了，让一切回归正轨的想法在心中越发强烈起来。

突然，一阵冷风吹灭了莱克茜的火焰。莱克茜转身，摆好攻击姿势，准备烧毁那个偷袭她的人。

然后她看见了蓝霜，后者巨大的蝙蝠状耳朵在寒风中拍打着。莱克茜立刻压下几乎已经喷涌而出的火焰，收住手。

“小心点，莱克茜。因愤怒而引发魔法，你会后悔的。任何人都无法复原被他所毁坏的东西，也无法复原生命。”

“我们是在为自己的生命而战。”莱克茜对蓝霜吼道。

“也许吧。但是我们同样是在为他们的生命而战。”蓝霜的冷风吹灭了不远处的一簇火焰。莱克茜看到自己喷射的火苗刚刚还在那里燃烧，在索图斯的一名手下身上燃烧，而那名无辜的士兵已经死了。

莱克茜瑟缩了，面前这幅残忍的画面是她的杰作。当时那个高大凶猛的地精向她直冲过来，手中挥舞着巨大的斧子，于是她在惊慌和气愤中，将身体中的所有能量都发射到了对方身上。太晚了。她意识到自己原本可以用火光阻止他，或者用浓烟挡住他的双眼，或者用一阵热风将他抛到空中，使得他对自己不再是一种威胁，这就足够了。

但是她并没有。现在对方成了一堆灰烬。

“使用你的天赋做你该做的事，但是不要有任何过激的行为。一定要记得，避免轻取任何一个人的性命。”

莱克茜点点头。就在这时，她看见霍普躲过几个地精士兵的围追堵截，手里拿着一顶王冠，从大厅中跑了出去。索图斯忠诚的手下们立刻紧追不舍。莱克茜冲着霍普身后的追兵们发射出一股热浪，不是火焰，但比火焰更加有效。热浪将追兵们击倒在地上。这回，她只是通过热浪让士兵们在摔倒时扭伤了脚踝，擦伤了他们的些许皮肤。索图斯的手下们无法再追逐霍普，但是他们还能活下来，这就已经足够了。

“好多了。一点一点来。”蓝霜紧跟上莱克茜的步伐，用寒冰冻住莱克茜没有注意到的几个漏网之鱼。

莱克茜和蓝霜追着霍普跑了出去，用自身的法术保护手拿王冠的独耳地精逃跑。控制自己，适度施法，莱克茜尽最大努力按照蓝霜的建议去做，尽管身体中的火焰叫嚣着想要喷发。

前方不远处，霍普看到月影和她的三名“粉碎者”克拉科巨怪帮助他扫清各种阻碍。霍普紧跟上月影、马雷特、布雷特和比斯特，在下沉大道的战争中前进。在霍普的身后，他感受到阵阵热浪和冰霜交织出现，是莱克茜和蓝霜在帮他甩掉身后的追兵。

冲上下沉大道，霍普四处搜寻着比利躲藏的蘑菇摊。然而还没有找到比利，他就看见一整队的索图斯手下向他冲了过来，还有士兵们翻越围墙，从远处的小商铺中跑出来，挤满了前方的街道。三个看起来神情诡异的地精站在索图斯军队的最前方，是巫师。只是看着他们疯狂的眼睛，霍普都会在内心感觉到一种寒意。巫师们嘴中疯狂地嘟囔着咒语，黑暗和寒冰笼罩在他们四周。巫师们脚下的地面开始结冰，冰面不断向外蔓延，几乎将他们面前的街道全都覆盖住。

突然，一股从天而降的寒流以迅雷不及掩耳之势，相继击中霍普、月影和三名克拉科巨怪。霍普的身体瞬间无法动弹，直直地向后倒去，毫无防备地摔倒在了鹅卵石路面上。他能做的，就是紧紧抓住王冠。

正当霍普试图站起来的时候，一阵刺骨的疼痛从腰部下方的骨头传来。这位前卫兵继续努力挣扎着，祈祷只是尾椎骨轻微受伤，迎面而来的大部队已经近在眼前。索图斯的巫师已经酝酿好另一个咒语。月影同样摔倒在地上，痛苦地呻吟、翻滚着。她的手下，马雷特、布雷克和比斯特则像是失去生命般直挺挺地躺着，被冻结住的眼睛中还有未消退的惊恐，他们全身都被冻住了。霍普用尽全力抓紧王冠。他的守护者们要么被控制住，要么无力战斗，他自己的生命也危在旦夕。

然后霍普听见一声尖细的高喊："嘿，你们这群丑陋的混蛋！"

霍普扭过头，看见莱克茜站在他身后，下沉大道的正中间。这个人类女孩全身散发着光亮，火焰和光束将女孩包裹得像太阳一般，霍普几乎无法直视。蓝霜站在莱克茜身边，周身是阴冷和寒冰，与莱克茜的明亮形成鲜明对比。

"试试这个！"莱克茜大喊。

她爆发出烈焰。一股强烈的光和热从她的双手、眼睛和嘴中喷射而出，几乎晃瞎了霍普。他被眼前的景象吓得头发和汗毛竖立，身边的温度急剧升高，身上的铜盔甲也变得异常炙热。

然后蓝霜加入进来，下沉大道在一瞬间又被寒冰和雪花淹没。

索图斯军队的巫师用自己的冰封法术回击。可能是因为莱克茜的超热量空气和蓝霜的冰封交织，也可能是因为与对方寒冰的撞击下，冰与火碰撞，相互抵消后又炸裂开来，在下沉大道中心形成厚重的水雾。水雾很快扩散到大道的各个角落，几乎什么都看不到了，就连地精们的夜间视野也无法突破这层灼热而厚重的浓雾。

这刚好给了霍普机会。他意识到，现在不跑，还在等什么。他立刻跳起来转身逃跑。他多么想离开这里，忘记王冠，忘记人类孩子们，尽力保住自己的小命。尽管内心实在想做个逃兵，但霍普还是在人群中不断寻找着比利。更可怕的是，他发现自己正向敌军冲过去，向着敌人的铁锤、斧子和弓箭奔去，更不要说前方还有巫师能冻死人的法术。

“希望我不会后悔。”霍普心想。他怀疑自己很可能会质疑这个决定。

但是他仍然奔跑着，地精王冠被他牢牢地抓在手中。

比利躲在特娜摊铺下面时，似乎找到了一种能使自己内心平静的方法，让自己在等待信号的漫长过程中不那么焦躁。当成群结队的士兵从身边跑过的时候，他几乎没有慌乱，甚至在第一股法术的寒风吹过身边的时候，他仍然没有乱了方寸。但是在听见莱克茜的叫喊声时，比利再也无法忍耐，他将头伸出蘑菇摊铺的挡布，试图弄清楚到底发生了什么。

眼前是灰蒙蒙的一片，浓稠、密集、温暖的雾气笼罩着下沉大道。这让他回想起在飞向法斯特之角的船上，他们看到的密集云朵。不一样的是，那时候他是安全的，虽然有点不明就里，但至少身边没有数不清的敌人想将他灭口。现在他也是在浓雾中的某处，他的朋友在外面战斗着，甚至可能已经阵亡，但是他却看不到任何情况，也没办法帮助他们。突然，比利认出了特娜的身影，她就在几米之外。

“特娜，我们这方怎么样？”

经过一段令人心悸的停顿后，特娜说：“在等待，我觉得是。这是我们一生中大部分时间都在做的事情，不是吗？在迷雾中等待着，祈祷一切顺利结束。”

“我们能利用这水雾，”霍普穿梭在层层迷雾之中的时候不禁这样想，“当然，科特的计划是以稳妥为主，但是我是那种在暗影中出其不意的人，所以没准我能直接把这顶见鬼的王冠递给比利。”

霍普试图打消自己的念头。他发现只要他变得稍微乐观点，生活就会用各种各样的方式证明他是那么天真幼稚。所以当浓雾中终于有个东西砸中他的脑袋时，他内心并没有很惊讶。

“应该是个狼牙棒。”霍普闭上眼等疼痛消失的时候才意识到。还好他戴了头盔，将伤害降到了最低。但是他仍然觉得眼晕，脑袋隐隐作痛。

用狼牙棒敲中霍普的士兵站在霍普稍上方的台阶上，手中挥舞着大棒，准备第二次向他砸去。

将王冠交到右手上，霍普举起左臂，挡开凶狠的袭击。

而举起的左臂在挡开狼牙棒之后，上臂的疼痛传遍全身，整只胳膊都变得麻木了。木棒上的刺针扎进霍普的左臂，像无数只毒虫顺着神经末梢爬遍霍普的全身。从他经历过那么多伤病来看，他知道自己的手臂终究会找回知觉。这并不重要。眼下，他的一只胳膊失去功能，后背上有伤，头晕眼花，精神错乱，他已经坚持不了多长时间了。

“快来！王冠在这里！”眼尖的士兵发现了霍普手中的王冠并高喊出声。更多的士兵从迷雾中跑了出来。

他没时间了。

突然，有什么东西狠狠地砸中了狼牙棒士兵，一把将他从霍普身边扫开。伴随着一声咆哮，新加入的成员不断地痛揍着一个又一个冲向霍普的士兵。霍普试图辨认拯救他的人，但是头脑中的晕眩和眼前已经扭曲的画面让这变得十分困难，他无法辨别面前人的样貌。

“霍普，你还好吗？”熟悉的声音轰隆隆地响起来。

“李德派普？”

“不然还能是谁？”李德派普低吼。

在混沌的视野中一番挣扎后，霍普终于看到这个克拉科巨怪拿着大棒子向索图斯的军队挥舞。他打中了一个士兵的胸甲，士兵受到冲击退后了好几米，倒在地上捂着胸口喘着粗气。但李德派普每击退一个士兵，又会有两个蹦出来。他不可能抵挡住全部士兵的。

就在这时，霍普感到一阵强风席卷了整个下沉大道，是远处索图斯手下的巫师在使用魔法。寒风将水雾吹散，霍普和李德派普毫无遮掩地暴露在了所有人的视野之中。他们必须马上将王冠交给比利，否则他们死定了。

李德派普忽然吼道：“别发愣，给我搭把手！”

索图斯军队中的一个弓箭手，走运地将箭射进了李德派普的左肩膀。血从伤口处喷涌而出，健壮的克拉科巨怪没办法灵活地挥动棒子了。

霍普低声诅咒着一头扎入混战中，用王冠作为武器四处挥打着，没有规律地四处乱踹，咬紧牙关发出威胁的声音，尽全力将李德派普周围的士兵驱散，让这位受伤的克拉科巨怪能有时间稍事喘息。虽然没有实际击退敌人的效果，但至少能暂时管点用。

“谢谢！”李德派普低喊一声后，再次向敌人挥起了武器。

他们面前的索图斯的士兵们在李德派普的强硬抵抗下稍微退却了，但随即更多的士兵叫嚣着拥了上来。霍普知道他和李德派普两个人坚持不了多久了。他不确定月影伤得有多重，但她和手下的三名巨怪急需魔法治疗，必须尽快。而且从身后传来的越来越零星的火花、渐渐降低的温度和不再凛冽的寒霜来看，霍普知道莱克茜和蓝霜也快不行了。是时候结束这一切了。

“比利！”霍普大喊，“比利，我们需要你！”

从隐蔽、安全之处走出来，是比利做过的最艰难的事情。听见战斗的声音已经够令人心惊胆战的了，但是在迷雾散去后，亲眼看到眼前的战争，才真正让人毛骨悚然。李德派普和霍普两个人身上满是伤口，身上还插着几支箭，鲜血凝固在他们的头发和皮肤上。他们面前是数量庞大的索图斯的士兵，因此他们几乎没有胜算。

月影和她手下的三名士兵直挺挺地躺在地上，好像晕过去了，已经不再动弹。蓝霜和莱克茜被敌方巫师的寒冰击得节节败退。在远处的科特仍然努力地躲避着一波又一波愤怒凶狠的地精。

比利试图暗示自己眼前的一切只是电脑游戏中的画面，他的朋友和敌人是一行行没有生命的编程代码，这样没准能帮助他更好地理解现在的情况，以便采取下一步行动。但是并没有用。空气中的血腥味和不绝于耳的疼痛叫喊声，比任何一种游戏场景都来得震撼。这是真实存在的。比利需要面对现实。

“特娜，快跑，”比利说，“趁还有机会，跑得越远越好。”

但是当他转身看向这个地精小女孩时，他看见……

特娜死了。这个甜美、无辜、天真的特娜，月神女祭司手下热情的引导者，逐日之旅的优秀选手，更是对卖蘑菇有着令人惊讶的天赋和热情的女孩，以蜷缩的姿势倒在地上，就在离摊铺几米之外，脑后像是被重物击中了。比利没有看到她倒下，没有听到她的呼救声。他不知道是士兵的铁棒还是飞过的石块，或者是魔法制造的冰岩导致的眼前的一切，但是她已经死了。

比利全身的血液凝固了，他无法动弹。第一次如此近距离地面对生命的消逝，他在死亡面前束手无策。

“比利！”

霍普惊恐的声音刺激到比利脑中似乎已经停止流动的血液。他强迫自己把视线从特娜身上收回，随即瞥见了霍普手中微闪着金光的王冠。他拿到王冠了！比利忍住眼泪，挥舞着胳膊大喊：“霍普！我在这里！”

霍普的眼神是绝望的，他们中间隔着一大群地精袭击者，比利意识到霍普绝对没有任何办法将王冠给他。索图斯的军队数量过于庞大，尽管有李德派普的帮助，霍普也很快将被敌军吞噬。

于是比利做了此时他唯一能想到的事情。他爬上特娜的蘑菇摊铺，尽可能大声地冲着下沉大道中的所有人喊：“阿卡！瓦达！你们这些地精！我在这里！我才是你们想要抓的那个斯克伯！”

所有人的视线都投向了比利。数百个，甚至数千个地精看向他的方向，有些眼神中带着期望，有些带着惊讶，还有些带着彻底的仇恨。

这给了霍普、李德派普和科特一丝喘息的机会。就一秒钟，但是已经足够了。

“霍普！”比利听见科特的喊声，“跳蚤战术！”

这是他们练习过的一种橄榄球战术。地精们的体形修长结实，但是肩膀部位的骨骼凸起，限制了他们手臂和肩膀的活动。这就是说，他们无法像人类一样将手臂高举过头顶投掷。没有人能像科特一样投掷得那么精准。霍普将手中的王冠扔给在不远处等待的科特。王冠在空中像慢动作般划出一道优美的弧线，飞向科特高举着的、等待着的双手……

一个地精士兵突然出现，用手中的棍棒打中了科特的脸，男孩连声音都来不及发出就摔倒在地。王冠在空中飞着，马上就要掉落在地面上，马上就要被索图斯手下的士兵接住了。比利的心脏被惊恐的大手紧紧握住，嘴中无比干燥。他们要输了，一切都结束了。

但是莱克茜可不是这么想的。只见她跳了起来，像天空中急急飞过的白鸽，一把抓住王冠，再次用力将王冠甩到空中。莱克茜的力气较小，情急之中也没有找到准确的方向，王冠从她手中飞了出去。“比利，接住！”

她像扔铁饼一样将王冠甩到空中，角度十分刁钻，但大致还是向着比利的方向。莱克茜扔出的王冠像是一只无力飞行的濒死小鸟，挣扎着向前滑行，却无法飞到自己的目的地。就在它将要落下的时候，莱克茜从身体中聚集起最后一股法术，喷发出一阵已经没有那么强烈的热风，将王冠吹向比利的方向。这就足够了。万众瞩目之下，地精王冠飞过整个下沉大道的上空，直直地向着比利飞去。他伸出双手，尽可能地将胳膊伸长……

只看见一只粗壮修长的地精手臂，从万人中高高伸出，在空中稳稳地截住了王冠。

“不！”比利绝望地大喊。

他的喊叫是对自己周围环境的抗议，是对将要成功的计划却最终失败的绝望。就在一瞬间，那个抓住地精王冠的地精，用另一只空出来的手一把抓住了比利的脖子，将他从蘑菇摊位上拽了下来，整个拎在半空中。比利的双脚疯狂地蹬踹，想要找到支点支撑自己的身体，双手紧紧握住自己脖子上粗糙的大手。

就这样，比利发现与自己面对面的，是大将军索图斯。地精将军的手在比利的脖子上渐渐施加力量，另一只手中的王冠在他面前炫耀地晃动。“你拿它要做什么，你这个该死的斯克伯？”

所有的争斗在一瞬间停止了，每一个人都注视着比利和索图斯。莱克茜在绝望中想要解救比利，她试图召唤身体中仅剩的能量发出最后一股法术，但是蓝霜来到她身边，小声地说：“你会伤到他们两个人的。等一下，看看现在是什么情况。不要在绝望中使用法术，除非真的没有别的办法了。”

莱克茜放弃了。所有的能量从她身体中抽离，她感觉自己像是被放了气的气球。她无力地单膝跪下，再也没有力气支撑自己的身体站立。

她看见不远处的霍普满身血迹斑斑的伤痕，大多来源于他自己疯狂的抵抗。霍普也用余光注意到蓝霜和莱克茜。“等待。”莱克茜用唇语对他说。霍普点点头。他的肩膀下垂，喘着粗气，看起来和莱克茜一样筋疲力尽。

就在五步之外，索图斯单手卡住比利的喉咙，拖拉着他走到了下沉大道的边缘，蝙蝠通道旁边的平台上，下方就是蝙蝠飞行的深不见底的深渊。索图斯将比利整个人拎起来，伸长手臂，让他悬在半空中。比利悬在平台的外面，他试图挣扎，想将王冠从索图斯手中抢过来，但索图斯轻而易举地躲开，让比利每次都抓个空。

“你还没回答我！”索图斯恶狠狠地说。

“那是因为你从没有给他机会说话。”莱克茜转过身，看见月影从法术中清醒了过来，摇摇晃晃地挣扎着站起身，怒视着她的父亲，“你是地精的伟大将军，还害怕一个人类小男孩不成？”

“人类毁了我们的家园，”索图斯哀号，“人类杀死了我们的士兵，人类烧毁了我们的农庄。”

从人群中传来一阵赞同的低语声，但是霍普打断了他们：“是的。但那是因为我们率先摧毁了他们的城镇、士兵和农庄。在人类袭击我们之前，是我们率先进攻。在我们进攻之前，是人类率先出兵。如此反复，永无结束。”

“我们三个从来没有袭击过你们，”莱克茜说，“我们甚至都不是这个世界的人。我们所做的一切都是在试图帮助你们，尤其是比利。他……他是我见过的最棒的人。求你了，放过他吧。”

“说得一点都不可信。”索图斯不屑地说，逐渐松开抓着比利的手。

“懦夫！”月影愤怒地大喊，“我为有你这样的父亲而感到羞愧。那个男孩说他是我们的国王，可能他是对的，可能他真的能够在乱世中拯救我们整个族群。如果你把他扔下去，那我们将永远不得而知。因为你太害怕面对现实，就可能导致地精族群的灭亡。我们现在需要一个奇迹，一个像是国王降临这样的奇迹，只有这样，才能弥补你之前犯过的所有错误，结束你带给我们的战争。”

莱克茜看到索图斯的眼神犹豫了，在杀死比利和得到奇拉诺克城人民的支持之间徘徊。

莱克茜决定抓住这个机会，她紧接着月影的话说道：“在我看来，你有两个选择。戴上王冠，向所有人证明你才是真正的国王，或者让比利试试。无论哪种方法，都会让真相浮出水面。”莱克茜希望索图斯能够同意——出于自傲，出于想向人民证明自己，出于再次面对女儿的双眼时能够得到内心的救赎。她同样在祈祷如果索图斯真的将王冠放在比利头上，红宝石之光会闪耀。因为如果没有闪耀的话……

就好像知道莱克茜的想法，霍普接着她的话说：“你在害怕什么？如果你把王冠放在人类男孩的头上，王冠发光了，那么他就是继承人。如果没有发光，你可以随意将他扔下谷底街，没有人会心疼他的。”

“至少给他机会说话，”月影坚定地说，“在场的人们，你们难道不想听听人类男孩要说些什么吗？”她向人群高喊着。

地精士兵中传来阵阵赞同声。

一个独特又苍老的声音从喧闹声中传来："我觉得这是个好主意。"

莱克茜看向下沉大道的中心。出乎意料的，在一处桥梁的上方，停着霍普的朋友和五只幸存下来的战斗蝙蝠。莱克茜认出领头的那只是霍普的黛芙德尔，背上站着地精的月神祭司星语者，还有许多祭司。

"我个人倒是十分好奇这个人类男孩要说些什么，"星语者站在黛芙德尔的背上幽幽地说，透过头上的长袍兜帽看向索图斯，"你难道不好奇吗？"

紧卡住人类男孩的脖子，索图斯抬头望向不远处的战斗蝙蝠，又低头看了看下方的谷底深渊。索图斯知道现在自己的处境就像是在悬崖边，稍有不慎就将粉身碎骨，像他手中这个愚蠢的人类一样，命运是那么脆弱。他之所以能成为地精族群的领导者，是因为百姓们对他的恐惧，而现在这种恐惧已经破灭了；他很清楚，百姓们也终将意识到这一点。他唯一能做的事情，就是听从星语者的建议，这样至少还能假装局面处于自己的掌控之中。

"好吧，我放下这个愚昧的蠢货。"索图斯愤愤不平地说。他将比利用力摔在蝙蝠的飞行平台上。男孩立刻向里侧翻身蜷缩起来，急促地咳嗽着，大口吸气，缓解刚刚被掐住脖子的窒息感。索图斯摆出自己最威严的将军姿态，看着身下的卷发男孩。

“他们想听你能说什么，斯克伯，”他说话的声音在下沉大道中回荡，“快说！告诉我们所有人，区区一个人类男孩是如何聪明勇敢，到底是不是国王的料子。告诉大家你这个愚蠢、瘦弱、阴郁的废物要如何拯救我们的族群，在我们自己都难以做到的情况下。”

比利试图回话，但他几乎喘不上气来，只能发出刺耳沉重的呼吸声。

“说呀，”索图斯语气中的威胁像箭一样射在比利身上，“我们都等着听你有智慧的教诲。”

众人听见索图斯的话，发出嘲笑的声音，这让比利内心感到畏缩。他脑中想过千万种能说的话——关于他是多么不想出现在这个世界上，关于他只想回家。

但是比利知道现在不是展现自我怀疑和退缩的时候。相反的是，有种神奇的力量将他带到了这个世界，让他无法逃离，强迫他将事情纠正过来。如果他向索图斯投降示弱，那么事情将一错再错。

比利仔细想了想索图斯的处境。这位历经沙场的大将军身体健壮，自信，带着战争中留下的疤痕，作为自己骁勇善战的证明；他周围是十几名全副武装的保卫者；地精王冠就在他的手中。如果来了兴致，他可以一脚将躺在飞行平台边的比利踹下深渊，使他跌落在奇拉诺克城中心的谷底，丝毫不费力气，没有人来得及救他。但比利在索图斯的眼睛中看到了一丝困扰和犹豫，那是与自己内心中一模一样的，隐藏在这些嚣张的言语之后。

所以比利开口，不是对城市中的百姓，而是对索图斯说了一句话，这也是比利想对那个曾经恐惧和懦弱的自己说的话：“这一切都不是你的错。”

索图斯被这突如其来的劝解弄糊涂了。“什么不是我的错？”他嘶吼着露出尖利的牙齿。

“这些战争，这些死亡。我的地精朋友告诉过我，暗夜女王是如何来到这里，她是如何使用法术传播所谓的正义，以及她是如何让你臣服的。还有，你认为只有她口中的公平正义，才能让人类归还原本属于你们的土地，所以你出兵打仗。因为这是你知道的全部。你是个将军，当你发现一个问题，你会用将军的方式解决它，那就是出兵袭击和奋力战斗。你的本意是好的，只有一件事没有在你的意料之中——暗夜女王死了，还有成千上万的地精与她一起葬送在战场上。”

索图斯眼中那一丝疑虑越来越清晰：比利知道像他这样

当一位地精大将军是什么感觉，要不停地想着如何保护自己的族群，一切以自己族群的利益为出发点，不停地告诉自己在下一场战争中就能赢回曾经失去的一切，然后一直走下去，直到发现一切都已经偏离初衷太远了。

“然后我和我的朋友们出现了，就像是那些伤害了你们、碾碎了你们梦想的人类一样突然出现了。而你最不想面对的事情，就是让人类拯救你。然后是科特……地精王冠并没有在他头上闪耀。所以在你看来，我们和其他人类一样，都只是小偷而已，是试图偷走你身边一切的贼。

“或者……你心中的某一部分是失望的。因为如果科特是国王，那么你肩上就没有那么大的责任，你可以卸下压在身上已久的重担。让你的一切失误回归正轨，那些就都是他的事情了。但是他不是。他也没有纠正你的失误。所以你必须独自一人承担着地精族群的一切，一直坚持下去，一直战斗下去，发动一场又一场的战争，但都失败了。现在的你或许比任何时候都要失望和恐惧。”

“胡说，”索图斯平静地否认，“你说得都不对。你在扭曲事实，像扭绳索一般，你试图将绳索拧成一个圈，引诱着套在我的脖子上。”

“我不想将你绞死。我需要你的帮助。”

索图斯听到这里更加惊讶：“你需要我的帮助？”

比利点点头。这个动作让他刚遭受过索图斯锁喉的脖子疼痛难耐。但是尽管如此，比利还是鼓足勇气继续说下去：“我怎么可能不需要？我不知道任何关于组建军队和战斗的事情。如果我注定成为国王，我需要所有地精给予的帮助，尤其是你的帮助。”

索图斯在手中来回转着地精王冠，仔细盯着位于中心的红宝石，他内心的疑惑和脆弱现在已经显而易见了。“暗夜女王，她感动了我。她知道我最需要的是什么，然后告诉我，我是天选之人，我是一切未来荣耀的关键。”

比利感觉到，自己终于让这位地精将军说出了心里话。“未来还未到来。”

“你的未来还没有到来，也许是的。但是如果你是国王，那么我的未来就到此为止了。”

“不。”比利说。他让自己的声音听起来更加坚定，更加有控制力。

“你是沃尔霍德军的总司令。我不希望你投降。我希望你能继续为人民奉献你的力量，为你的国王出谋划策。现在，把王冠给我，索图斯将军。这是命令。”说完，比利不禁有些担忧，他是不是说得过于严肃了？是不是说得太多了？

索图斯的视线从王冠上移到比利的脸上，又回到王冠上。一旁的作战蝙蝠慢悠悠地忽扇着翅膀，在原地待命，整个城市鸦雀无声，大家都站在原地，手中的刀剑早已垂下，所有人都看着索图斯，等待他的决定。

“父亲，”月影向索图斯靠近，“照那个男孩说的做吧。”

索图斯看着自己的女儿，他脸上一直强装的威武神情终于出现了裂痕，痛苦和疲倦最终席卷了他的全身。然后，他闭上眼，深吸一口气，慢慢地，将王冠递给了比利。

“拿去吧。”索图斯说。他的声音很轻，就算在寂静如夜的下沉大道上，比利也几乎听不见他的话。

比利控制住自己的双手不颤抖，他伸出手，握住了王冠。就在比利的手指接触到王冠的金属底座那一瞬间，红宝石之眼突然闪耀了，强烈又明亮，将比利笼罩在了一束热烈的光明之中。比利想看向别处，但是他做不到，耀眼的红光之中有一处吸引着他的视线。他知道王冠是属于自己的，而且更奇怪的是，他在冥冥之中也能感觉到，自己是属于王冠的。

下沉大道中传来的窃窃私语声，逐渐演变成了小规模的议论，逐渐变成低声齐喊，逐渐变成如雷般的咆哮。

“我们的王！”地精们齐声大喊着，“我们的王！我们的王！”

在霍普身边，一位年老体衰的地精老妇人跪了下来。她衣衫褴褛，皮肤满是褶皱，霍普猜测她是在与黎明军团的战斗中活下来的难民。但是她的脸上散发着与年龄不相符的光彩，闪耀着重生般的希望，浅绿色的大眼睛中流下了欣慰的泪水。

“我们的王！”她啜泣着，“他来了。我们得救了。”

在下沉大道的每个角落，地精们的脸上流露出不可思议的震惊和毫不掩饰的喜悦。霍普听见有人在高唱《王之降临》这首歌。欢快的音乐响了起来，地精长者们跳起舞，年轻的地精们互相拥抱亲吻。一位地精老兵，身上有着比霍普更多的伤口和疤痕，注视着霍普，向他庄重地敬了个军礼。

“干得漂亮，卫兵，”老兵说，“真是太棒了。”

“哇！”科特来到霍普身边，揉着刚刚被索图斯手下打伤的下巴，“小瘦猴真的是国王。”

比利沉浸在手中深红色的光芒之中，看着索图斯，后者的手仍然没有放开王冠的另一端。“该我拿着了，”比利说，“谢谢你。”

但是当他的眼睛透过红光与索图斯的视线相撞时，这位地精大将军原本的军事素养不见了，心高气傲和不屑之情也不见了，取而代之的是惊慌，是失措，是害怕。“这是不可能的。”

“将军，”比利说，“没事的。请把王冠给我。”

“这是个把戏，”索图斯不敢相信眼前的事情，“这是斯克伯万恶的把戏。”

“将军？”比利看着索图斯脸上的表情在愤怒、恐惧、羞愧、困惑之间来回切换。比利握紧自己这边的王冠，尽可能地让自己的声音听起来温和友善：“将军，你已经解脱了。松开王冠。”

但是比利没有想到，这位一直正直勇敢的大将军背叛了一贯的信条。索图斯的眼睛眯了起来，嘴唇上扬露出邪恶蔑视的微笑。“下地狱去吧，”他低吼着，“拿着你的王冠下地狱去吧。”

索图斯猛地向自己的方向拉扯王冠。比利丝毫没有准备，随着索图斯的力量向前踉跄了几步，但还是设法紧握住王冠的金属底座，不让索图斯抢去。不幸的是，当比利反应过来的时候已经太晚了，这是索图斯的圈套。将王冠当成手柄，索图斯转移自身的重心，像扔铁饼般转了半圈身体，将王冠连同比利甩向空中。然后，将军松手了。

比利毫无防备，被将军突如其来的动作吓呆了，脑子里想的都是绝对不能松开手中的王冠，当意识到索图斯的目的时，一切都已经来不及了，只见比利手握着地精王冠，在惯性作用下撞开飞行平台的栏杆，飞出蝙蝠平台，飞离下沉大道，身影消失在奇拉诺克城下几百米处最深的谷底之中。

国王到底应该做什么

索图斯不知道自己为什么这么做，但一切就……发生了。人类男孩的话是有道理的。只是听了他的话，索图斯就已经能看到自己未来的样子——站在这个人类男孩国王身侧，统领沃尔霍德军，奉行国王的指令。这种日子简直太美好了，没有过多的责任，没有沉重的罪恶感。这简直就是他一直以来向往的生活。

然后，人类男孩握住了地精王冠，人群中爆发出庆祝的欢呼声，索图斯内心最深处竟然涌出一股无名的怒火。可能是暗夜女王的声音，在这么长时间过后，仍然吸附在他的灵魂某处，告诉他谁才应该是国家的领导者。也有可能这只是他失去理智，变得疯狂。

“或者事实比这一切都更加简单，”索图斯心想，“也许我不想被拯救。救赎、幸福、和平、原谅，这些都不是为我准备的词语，我不配被拯救。已经在血肉模糊中挣扎了这么久，我已经无法再伪装表面上的坚强了。让他们见识真正的我，是屠夫，是魔鬼，是个蠢货。无论如何，现在那个男孩已经死了。我们也将很快步其后尘。”

待命的战斗蝙蝠从他身后光速般俯冲入深渊，试图抓住也许还在下坠的男孩，但已经太晚了。索图斯转向成千上万的地精群众，他们的表情很快从震惊过渡到了狂怒。

“国王死了，”索图斯低吼，用力挺直身子，“我将永存！”

下沉大道中爆发出梦想破碎的哭喊声和令人毛骨悚然的怒吼声。“杀人犯！”莱克茜听见有地精大喊，“叛徒！”另一个也在尖叫：“弑君者！”

莱克茜被人群推搡着向前冲。他们是试图救助比利还是要惩罚索图斯，她并不知道。前面的人太多了，莱克茜花了很长时间才终于挤到深渊旁的平台上。已经来不及了。比利已经死了。在他们共同经历了一切之后，在那么多次惊险逃脱之后，比利被扔下了深渊，莱克茜却束手无策。

莱克茜茫然地站在人群中，不知道下一步要做什么，只能感到脸上有泪水流过。她讨厌自己这样软弱，像个没用的小女生一样哭泣。她应该要愤怒的，应该要想方设法为比利报仇，她从平台的栏杆处转过身，四处寻找索图斯。

大将军不见了，被愤怒的人群淹没了。数不尽的地精，包括索图斯自己的一些亲信，都因他的疯狂举动揭竿而起：地精士兵们拿着斧子、弓箭、长矛；地精巫师们念着冰霜咒语，操控着寒风鞭子；地精铁匠挥舞着锤头，屠夫高举着屠刀，赤手空拳的百姓们则将双手紧握，愤怒地龇出尖利的牙齿……

“有时候，”霍普走到莱克茜身边，“我们地精与瓦格尔狮狼挺像的。瓦格尔狮狼会追随着它们的领袖，无论是好是坏，无论是生还是死。然后有一天，如果这个领袖不再能够站在追随者的立场上为整个族群的利益思考，那么瓦格尔狮狼则会视其为一种威胁。原本的领导者如果足够聪明的话，就应该逃跑，在流亡中度过余生。索图斯并不是那么幸运，也根本不聪明，只是有勇无谋，加上固执己念。这与聪明有着天壤之别，不是吗？”

莱克茜摇了摇头，她的怒火渐渐褪去，悲伤再次占据了全部感官。在平台边上，莱克茜看见地上躺着一片有凹痕的将军盔甲、被撕毁的披风，还有流淌的血迹。但是这些都无法让她心情明朗。没有什么能带走她的悲痛。比利死了，就算索图斯的死亡和政权倒塌也无法让比利起死回生，无法填补她心中的空洞。

在下沉大道的另一端，一队地精士兵举着长矛在人群中游走，其中一根长矛的顶端插着一个圆形的东西。

“索图斯将军喜欢这样。”霍普看着士兵说。他刻意避免谈论比利，好像这样就能忽略他的人类男孩已经死亡的事实。霍普看着长矛顶端的圆形东西，继续说：“他死了。但是将脑袋插在长矛上游街，这是个传统。索图斯自己是个很崇尚传统的人。”

“她看起来并不是很喜欢。”莱克茜向着月影的方向点了下头，后者坐在下沉大道中间的街道上痛哭着。“他是她的父亲。归根结底。”

看到一直坚强的圣堂武士领袖痛哭流涕，莱克茜也止不住眼泪。她意识到自己不光是在为比利哭泣。看到月影为跟自己并不是很亲近的父亲号啕大哭，莱克茜想到自己的母亲。她们母女之间动不动就发生的争吵已经持续了好几年。她已经记不清上一次两个人和平交谈的日子，所有交流都是以吵架告终。尽管莱克茜讨厌自己的母亲，但是如果哪一天母亲突然离世，她会崩溃的。但是从某种角度上来说，莱克茜已经失去母亲了。她们二人之间隔了一整个世界。莱克茜已经失踪好几周的时间了，母亲会不会在真实的世界为自己丢失的女儿痛哭呢？还是假装坚强，祈祷一切将会平安无事？

会有希望吗？她还有可能回到自己的世界吗，在比利已经……

“他死了，是吗？”科特也走到他们身边。“有没有可能他……”科特哽咽住了。

莱克茜无法回答。到嘴边的话她就是说不出来。“这里离下面的地面太高了。”霍普忍住不让自己哽咽，只能说出这样的答案，谁也没有办法将死亡这个词语用在比利身上。莱克茜知道现在是时候亲眼证实比利的命运了。抹了抹泪水，她走向飞行平台的栏杆。科特、霍普和她一起，但前面有一群地精挡住了他们的去路。

“都让开，”李德派普推开面前挡路的矮小地精，加入他们的队伍，“为国王的同伴们让路。”

莱克茜、科特和霍普终于走到了飞行平台的栏杆边上，蓝霜和李德派普紧随其后。几个人站成一排，从栏杆处俯瞰脚下漆黑的深渊。莱克茜鼓起勇气向下望，用她身体中的最后一丝能量，她将法术聚集在眼前，试图将奇拉诺克城深渊中的一切事物看清，穿过深渊周围的一条条街道，一层又一层交叉错落的缆车，寻找着比利死亡的证据。

但是什么都没有，没有摔得粉碎的尸骨，没有血肉模糊的痕迹，没有丝毫证据。

莱克茜将全部能量聚集在眼前的咒语中，让自己能看得更清晰、更远，像是地精在夜晚能看清远处的动静。夜间视野，他们是这么叫的。她来回扫视查看，上上下下看了好几回。她尽可能地往远处看，寻找着还散发着橘红色光的尸体光源，但是什么都没有。

然后莱克茜发现了一处红色的光团。就在她下方不远处。她一直都忽视了那里。而看到那个小光点的，不止她一个人。

“比利？”霍普惊叫出声。

“天啊，”莱克茜难以置信地喃喃自语，“他……”

“还活着。”比利喘着粗气。

就算这种概率几乎不存在，但是比利活下来了。

他记得下坠时候的感觉——疾风从耳旁吹过，心脏的跳动声在脑中回响，头脑中一片空白。然后是与地面接触时的疼痛，比他预计得要早很多。原来他并没有直接掉落在谷底，而是撞上了空中的一架货物缆车，受到冲力而来回滚动。比利双手四处乱抓，试图抓住缆车的钢索稳住自己，但冲击力太大，将他甩向一边，他够不到钢索。于是比利在慌乱中从缆车的一侧滑了下来，继续下坠。由于刚刚的缓冲和缆车的作用，比利的下坠并不是垂直的，而是狠狠地摔在了下层的蝙蝠平台上。在冲击力的作用下，他在平台上向里滚了几圈，落到了下沉大道下层离深渊边缘不远处的街道上，直到在翻滚中撞上一个卖儿童玩具的小摊，才终于停了下来。

这就解释了他周围为何有一圈玩具蝙蝠和毛茸瓦格尔狮狼。

“阿卡，这是你掉的吗？”

比利眨了眨眼试图让脑中的晕眩和撞击产生的疼痛不那么剧烈，他看见小摊旁边站着一个编着许多小辫子的地精女孩。她正在换牙，嘴里少了一半的牙齿，另一半尖牙刚刚长出来一部分。

她手中拿着地精王冠。

比利跌落到蝙蝠平台上的时候一定不小心松开手了。他龇牙咧嘴地坐了起来，身上堆积的毛绒玩具、橡胶皮球、小型乐器像雪崩一样掉了下来。“是的，我想这是我掉的。”

“那就是说，你是国王？”

一群地精百姓听到了骚动，围在小女孩和比利身边，但是大家都有些疑惑和害怕，没有人表现出很想靠近他的样子。比利相信，这只是时间问题。

“这位可爱的女士，你叫什么？”他轻声问眼前的地精女孩。

“我叫碧碧，”她回答，“我平时总是很安静。”

“碧碧，我跟你说实话……我不知道我是不是国王。你可以把王冠给我，然后咱们一起见证一下吗？”

碧碧乖乖地伸出双手，奉上王冠。比利放缓动作，温柔地从女孩手中接过，感受到王冠金属底座的冰凉。再一次，王冠上的红宝石瞬间发光，暗红色的光束将比利和周围的地精笼罩。见到此情此景，比利身边所有的地精都双膝跪地，向他臣服作揖，除了碧碧。

“这光真美，”小地精说，“但是看起来很吓人。”

“没错，”比利回答，他挣扎着站起身，尽管全身上下的每一根骨头都在隐隐疼痛，但国王不能倒在一堆毛绒玩具里惨痛地叫唤，无论有多疼，“是有一些吓人。”

然后比利听见了熟悉的叫喊声。“比利国王万岁！”

是霍普。比利抬头看向上方。霍普、蓝霜、李德派普，科特和莱克茜都从上方的蝙蝠平台处探出了头。很快，整个下沉大道都呼应霍普的喊声。“比利国王万岁！”声音在奇拉诺克城中久久回荡。

比利稳住颤抖的双手，将王冠戴在自己的头上。王冠太大了，戴上的瞬间就滑了下来，遮住了比利的眼睛。他叹了口气，将王冠小心地摆正，在前额处稳住。很明显，他需要好好练习如何正确地戴王冠。

围观的百姓似乎没有注意到比利的小窘迫。他们自顾自地欢呼着：“比利国王万岁！比利国王万岁！比利国王万岁！”

比利能感受到他们声音中对他和对未来的期望，就好像他戴上地精王冠就已经弥补了之前索图斯留下的挫败和战争的伤痛。他知道一切不可能这么简单，成功地戴上王冠只是一切的开始，但是无论如何他还是忍不住露出微笑。科特疯狂的“胜利女神作战计划”，居然真的成功了。

小威廉·泰勒·史密斯，被家人和朋友以及敌人们称呼为比利的男孩，是地精之王。比利，这个奇怪的转学生，窘迫、毫无建树、满脸雀斑、容易脸红、从来没有融入过任何一个团体的男孩，终于找到了他的使命。现在，一个族群的命运掌握在他的手中。

“除了让红宝石闪光之外，国王还要做什么呢？”在人群延绵不断的欢呼声中，碧碧问。

“我不知道，”比利诚实地回答，“我想我最好学习一下，而且要尽快。”人群还在高声呼喊着他的名字。

随着欢呼声渐渐淡去，星语者手下一名叫作门德布雷克的长者，一名长得有些诡异的克拉科巨怪，负责治疗比利身上大大小小的伤口。尽管外表有些令人生畏，但是门德布雷克的动作相当温柔。除了肉眼可见的各种肿胀和裂痕，比利断了一根肋骨，肩膀处断了一根韧带，不知道为什么，还伤到了肝脏。

门德布雷克什么都没说，只是表现出一副如果没有魔法，比利就死定了的样子。在使用了一些治疗法术之后，他给比利调制了一种有助于睡眠的汤药让他喝下去，并嘱咐他接下来的日子要更加小心。还有一些医疗巫师帮助科特和霍普包裹住打斗中弄出的伤口，并且帮助月影和布雷克治疗严重的冻伤。

不幸的是，魔法无法拯救月影手下另外两名克拉科巨怪。索图斯的巫师将马雷特和比斯特完全冻住了。索图斯手下有三名士兵也阵亡了，还有一名无辜的旁观者——一位老屠夫被漫天飞舞的箭夺去了生命。

还有特娜。比利坚持要再看一眼她的遗体，在门德布雷克把他治好之后。霍普将他们领到下沉大道下面一个安静的房间，战争中的逝者平躺在一块块石板上，周身用咒语保护着，直到为他们举行葬礼的那一天。就算亲眼看见特娜躺在那里，比利仍然不敢相信她真的死了。

“地精们的葬礼是什么样的？”比利问霍普，他感到自己的内心仿佛有个洞，在不断地吞噬着他的灵魂。

“倾诉悼唁，唱一些颂歌。她是你的好朋友吗？”

“我跟她并不是很熟悉，但我们本来可以成为好朋友的。”比利看着特娜的面庞，之前这张倔强却充满稚气的脸上总是洋溢着笑容，而现在则是一片死寂和惨白。

“几年之前，我对于死亡没有任何概念。然后我父亲病了，我已经再也无法将死亡这件事置之度外。我的意思是，我父亲正面临着死亡，可能很快了。这让我十分疑惑，这一切是为了什么？我们拼尽一切努力去让自己周围的一切回归正轨，这又有什么意义？凡人终有一死。”

“月神女祭司手下的男女祭司们曾经告诉我们，在我们死后，月神会根据每个人在世时候的作为进行奖惩。对于在活着的时候做善事的人们，会奖赏他们，让其化身为星辰，在夜空中照耀指引后人；而那些在世间作恶的人，死后将被囚禁于太阳之中，让烈日永远灼烧他们。”

“你相信这个吗？”

霍普对于比利的疑问思考了一段时间，然后回答：“我们地精有两种视野，日间视野和夜间视野。所以我们知道，世间万物都有正反两面。一面是人们的信仰，就是说我们最好做善事，死后就能化为星辰之类的。另一面是我们死后可能没有机会选择，现在的生活就是我们的一切。这样的话，我们自己就要努力生活成像在星辰中一样，给自己和身边的朋友们营造一个天堂般的生活环境。你的朋友特娜，她就是这样做的，不是吗？乐观勇敢地面对身边的朋友和自己的生活，让身边的所有人都幸福。”

“我认为她做到了。”

比利环顾房间，看着七名躺在石板上的地精。“所有这些事情……都是因为我想要证明自己是国王。”

“你从来不渴望王冠。你是被强迫接受这个事实的，是我强迫你的。是月神的指令，如果她真的存在的话。你之所以成为国王，是因为我们需要你。如果非要责备一个人的话，那就责备我吧。月神在上，这是我真实的想法。另外……”霍普继续以一种轻柔悠远的声音说，“你不能活在对死亡的恐惧中。我尝试过，我曾经试图逃避一切，但内心却充满了孤寂。在过去的几周中，我认为自己学到了很多，不是从我自己身上学到的，而是从你身上，是你能直面生活中的一切，无论结果是好是坏，给了我今天站在这里的勇气。你对自己和朋友有责任心。你能够面对和接受生命中努力、乐观、热爱、悲伤，以及随之而来的结果。你一路走来路途艰险，这是事实，但是相对于孤寂，这是一条更美好更充实的路。”

“希望我能配得上你的期待和感谢，”比利坚定地说，“我会让现在损失的一切都有价值。”他低下头看着特娜，她的面容平静而安详，后脑勺上的伤口因为平躺的姿势而被遮住了。“我保证。”

比利那天晚上做了个梦，希冀与梦魇相融合，伴随着身上还未消退的疼痛、他脑中的混乱，还有门德布雷克给他的助眠药水。

他梦见自己站在逐日之旅山顶的栏杆处，墨衍在他旁边安静地陪伴着。他转过身看向身后他爬上山的那道轨迹。许多人站在山坡一侧的沿线，他的父亲站在人群的最前方。

老威廉看起来是前所未有的健康和强壮，比他确诊癌症以来的任何一天都健康，他棕褐色的脸庞上带着微笑。“比利，有人想见你。”他温柔地说，然后指向身后下山的方向。

比利越过父亲，看到站在父亲身后的是他的祖父，他在比利仅仅七岁的时候就已经去世了。他给了比利一个大大的拥抱，身上带着熟悉的烟草味，也是这些烟草味最终毁了他的肺部，要了他的命。“别让我们失望。”他说。

祖父身后的人脸上布满了雀斑。比利猜想这是曾祖父。

比利从来没有见过他，但总能听到他的故事。他出生在遥远的地方，战争带走了他的父母，在很小的时候他就成了孤儿。他一生都在货船上随着水手们漂泊，与比利的祖母，一位非洲人有过一段短暂的婚姻。这段姻缘因为曾祖父抛弃了妻子和刚出生的儿子回到海上而告终。他闻起来像是引擎机油和海水的味道。他没有拥抱比利，也不说话，只是静静地盯着自己的曾孙。

接下来是比利的曾曾祖父。金发，红润的皮肤，身穿第一次世界大战中的英国士兵制服。比利一眼就认出了他，但并不是从任何一张家庭合影或者老人所讲述的故事中熟知。他能一眼认出曾曾祖父，是因为国王大厅中竖立着他的石像。

“你……你来过这个世界，”比利说，“你来过奇拉诺克城，像我一样。”

“根本想不明白，是不是？这些地精的世界太奇妙了。我是伊恩·史密斯，你的曾曾祖父，或是很多辈之前的祖先。”

“你是怎么做到的？你曾经是他们的国王，是不是？你拯救了他们？”

“我尽力了，但我失手了，我没能回到人类世界，我猜这是有案可查的。”

“你没回去？但是你是个真正的战士，是个成年人。”

“正因如此，几乎从一开始我的失败就注定了。抬起头来，你能做得更好。”

然后他的身影消失了。接下来人群的面孔逐渐变得模糊，成百上千的人，有些在国王大厅中似曾相识。只有几个人试图和比利说话，但是他听不懂他们的语言。其中有一个人说的像是德语。其他人的话中包含了许多陌生的声音。波兰语吗？

队伍中的最后一个人是一个少年，比比利大不了几岁。他穿着一身中世纪的破旧粗布衣服，拎着木质的木匠工具箱。地精王冠在他的头上，稍稍倾斜。他给了比利一个不言而喻的微笑，带着隐隐道歉的内涵。

“皮亚斯特？”比利猜测，“木匠皮亚斯特？”

年轻人用波兰语回答着。

“他在问我的名字。”比利猜测，“比利，我叫比利·史密斯。”

他摘下地精王冠，递给比利。

又是一句波兰语，听起来像是皮亚斯特在祝福比利一切顺利。

比利知道自己太需要这种祝福了。

地精们将莱克茜安置在城市上层一处远离喧嚣的宽阔房间中，配有舒适的软床、宽敞的厨房，以及能看到下沉大道全景的落地窗。比利和科特的房间就在不远处，但是莱克茜已经太疲倦了，没有精力参观这间美好的房间，更没有精力去拜访男孩子们。她蹒跚着进入房间，倒在床上，下一秒就跌入梦乡，根本没有注意周围的环境是怎样的。当她醒来的时候，古德睿可，一直照顾她的地精女士告诉莱克茜，她已经睡了一天一夜了。“舒适又安静，正是你需要的。”

但是莱克茜并不觉得很安静。她的梦境中充斥着漫天飞舞的灰烬和烧焦头发的恐惧。古德睿可为她端上她醒来后的第一顿早饭，是烤香肠，看起来像极了被烧焦的手指。莱克茜只是闻到烧烤的味道，在下一秒冲到大厅中离她最近的坛子旁大吐特吐，胃液都要吐出来了。

古德睿可用温柔的声音道歉，然后清理莱克茜的呕吐物，喂给她清淡的粥和大量的水。一段时间之后，莱克茜开始感觉有点接近正常人了。但她发誓再也不想看见任何一根烤香肠。

古德睿可告诉莱克茜，比利的正式加冕典礼将在几个小时以后进行，而她是荣誉嘉宾。莱克茜知道如果她不出席，比利会很伤心，所以她请古德睿可帮忙做好准备。

这位心灵手巧的地精妇女将莱克茜的头发绾成高高的发髻，并用宝石和黄金作为装饰。她为莱克茜的每个手指上都戴上了戒指，样式纷繁复杂，有金银饰、红宝石和蓝宝石，还有许多其他不同的珠宝。然后为莱克茜穿上一身深红色的丝绸晚礼服，这是为她量身定制的。古德睿可将打扮好的莱克茜带至屋内的一面全身镜前。深红色的裙子完美地配合了莱克茜的肤色和深色的双眸。黄金的戒指散发着亮光，黑发中隐约可见的红蓝宝石透着贵气。莱克茜不得不承认，她从来没有这么美丽过。

对于她来讲，这一切更像是一个精心编制的谎言。古德睿可将她打扮得像是童话故事中的美丽公主，但是她自己知道事情的真相。她不是什么淑女，而是个随时都会爆炸的定时炸弹。

“按我的品味来说，这身衣服有点太戏剧化了。”从镜子中，莱克茜看见星语者蹒跚地走了进来，打量着她的裙子。“但是这就是人们在这种场合需要看见的吧，戏剧般的奇迹。”

莱克茜转向地精女祭司：“你觉得他们为什么会为我选择红色？是鲜血的颜色，还是火焰的颜色？”

“别想太多。这是你原本上衣的颜色。很有可能女裁缝觉得这是你最喜欢的。”

这条裙子的确和自己第一天上学穿的红色毛衣颜色一样。莱克茜一直很喜欢红色。但是现在，这种颜色被赋予了太多不同的意义。对于莱克茜来讲，红色让她联想到身体内压抑不住的火焰和新发现的魔法，让她感觉自己十分强大并且充满力量，同时让她心惊胆战。

“我在考虑，现在换别的是不是来不及了？其他的颜色，我也不知道，粉色或是绿色，或者蓝色？”

“你当然可以随意选择裙子的颜色，小火花，但是你血液中的火焰仍然是无法更改的亮红色。那才是真正的莱克茜。看着镜子中的自己，一定要爱上你所看到的样子。”

莱克茜看向镜子：“爱上……一个魔鬼？”

“不是的。是一个有强大能量并且能够轻松驾驭的女性。世间强大的力量有很多。别害怕自己，莱克茜。拥抱并接受自己的能量，你会更加强大的。但如果你试图压抑或否认你的能力，它就会在你最无防备的时候爆发。那可不是什么好事。”

“我杀了人，应该是。索图斯的一些手下，人类飞船上的一些人。”

“你对此感到很不安。每每想到这个，就会让你胃里翻滚，双手发抖。”

“是的，是这样的。”

“我懂，没关系。你拥有别人无法想象的能力，并且在朋友最需要的时候使用了这种能力去保护你所珍重的人。这让你成为一名战士。这就意味着，你会做那些不是很好的事情去保护他们。如何用自己强大的能力去做有责任感的事情，这才是你需要攻克的难关。做你必须做的，但不要沉迷于此。”

“就像是我要去参加聚会，但是可能不会喜欢这场聚会，是这样吗？”莱克茜想尽办法挤出了一个微笑。

“是的。”星语者回给她一个微笑，“这就是所谓的责任，没错的。但是不要忽视了你所帮助过的人们所表达的谢意，将那些善意的回馈和罪恶一起接受。平衡两者的轻重，这也是你的责任。对你所经历和成就的一切感到自豪，对你所做的一切不好的事怀有歉意。但是永远不要让自己的罪恶感碾轧成就感，永远不要屈服于罪恶感和绝望，只要你知道，自己是这个世界上所剩不多的善意之一。”

“你说得好简单。”

“这可不是件容易的事情。但是我告诉你，这是唯一一种行得通的方法。”星语者拍了拍莱克茜的肩膀安慰她，然后走向门口，“选择红色吧。那是你的颜色。”

莱克茜看着镜子中的自己。红色的确是最适合她的颜色。

正式的国王加冕典礼是在国王大厅中举行的一个小规模庆典，由星语者主持，比利和他的朋友们，还有些地方官员参加。

星语者将王冠放在比利头顶，说了一些官方的话，典礼就结束了。比利再一次发现王冠的重量和大小于他都不合适，这使他意识到它代表的分量和责任。古语是怎么说的来着？“欲戴王冠，必承其重”？他感到脑袋很不舒服，尽管有人按照他的尺寸在王冠的里圈加了一层绒纺布，让它尽量在佩戴的时候更加适合比利脑袋的大小，但王冠仍然不停地滑落到他的前额上。比利知道，成为国王不只是意味着学会如何佩戴王冠。

比利走出国王大厅之前，最后环顾了一遍所在的房间，大厅四周那些在梦境中似曾相识的石雕像面孔，皮亚斯特和他的工具箱，伊恩与他的宽边头盔，还有其他人。他第一次注意到似乎每个人脸上都能看到熟悉的家庭特征，他一个接一个地仔细观察。

“我现在应该怎么做？”他向石像低声发问。石像祖先们寂静无声。

比利知道如果他想在这里制造些不同，那么他需要自己想出办法，没有人可以帮助他。

小型的加冕典礼过后是全城人民的庆祝晚宴。下沉大道街道两边店铺的厨师们，挨家挨户摆出地精们的各种传统食物，包括肉类、鱼、水果和蔬菜。有令人垂涎欲滴的炖菜、成堆的烤蘑菇、抹满奶油的瓜果，以及蒸的绿头蚂蚱。整个奇拉诺克城的百姓都走上街头庆祝。流浪歌手们高声歌唱，舞者们当街跳起舞来，有杂耍，还有为小朋友们准备的免费骑蝙蝠活动。

比利和朋友们坐在下沉大道中间宽桥的半圆形桌子旁边，这是奇拉诺克城的中心街道上临近国王大厅的巨大拱形建筑。比利为这个场合穿了新衣服，手臂上的金色臂环作为装饰，身披缝制着宝石的短袍。科特穿着类似的服装。比利觉得并没有必要这么大张旗鼓，但是霍普和月影坚持这么做。让他看起来无比庄严是十分重要的。

比利尽可能地做到庄严，但就他看来，莱克茜是他们这些人里面最能体现这一点的。他听别人说过“令人窒息的美丽”这个短语，但他从来都没有真正感受过那是什么感觉。然而现在，只要看到莱克茜穿着她那深红色的长裙和全身点缀的珠宝，比利的呼吸就急促起来。所以为了保持自己的庄严姿势，他尽可能克制住自己不要看向莱克茜。一个国家的国王直直地盯着女生，甚至脸红，是会闹笑话的。

因此，比利试图将注意力集中到前来表示敬意的一群地精身上。以十个人或者十二个人为一组，地精们走到比利身前，屈身行礼，然后走开，换下一波继续。他们有时候会低声说一句祝福。比利则用十分国王范的点头作为回应，这通常会让地精们欣喜若狂，在离开时面带满足的微笑。

当卫兵们送走一波祝福者迎来下一波的时候，比利看见霍普在角落里与月影小声地说着什么。他们两个最近经常凑在一起，私下商量着什么。比利清楚地知道霍普喜欢月影，独耳地精表现得太明显了，但是他们现在的议论似乎与风花雪月没有什么太大关系，更像是在密谋。比利认为再过一些日子，他就能知道那两个人在酝酿着什么计划。

“嗨，尊敬的陛下，”莱克茜的声音打断了比利的沉思，“别那么忧郁了，至少稍微享受一下现在的时光。”

“是呀，高兴点，小瘦猴，”科特接着说，“你穿着那么一身衣服，看起来倒不是特别难看。”

“我们还没有真正胜利，”比利指出，“我们离回家还有很长一段路要走，地精族群仍然面临灭族的危险。”

“如何回家、帮助地精们，我们会想出办法的。”莱克茜自信地说，“笑一笑吧。没有人想要一个脾气暴躁又阴郁的国王。暴躁的国王会把人吓跑的。”

比利知道莱克茜在激励他的同时也在给自己加油打气。他能在莱克茜眼中看到些许负面的东西，一些一直困扰她的事情。她已经为他付出了太多，受了太多苦。但是当比利认真看进她的双眼时，莱克茜仍能够隐藏起忧虑，扬起微笑面对他。莱克茜的笑容像是她的咒语一样，点亮了比利的整个世界，于是比利也回报她一个微笑。

“这就对了。好多了。”莱克茜看到比利的笑容，开心地说道。

“我知道这么说有点自私，但是我很高兴你们两个人跟我一起来到这个世界，”比利承认，“我一个人绝对无法面对这一切。”

“那看来你洒了我一身午饭是件好事了。”科特开玩笑地说，“实际上，这真是场棒极了的冒险。所以我也很开心。”

“你知道吗，当我们第一次遇见你时，觉得你是个混蛋，”莱克茜向科特坦白，“但是你不仅仅是个只会欺负人的坏蛋，不是吗？”

“我也是有很多面的，”科特继续开玩笑，“多到令你无法想象。”

接着他看向比利和莱克茜：“我们都是这样。”

比利终于放松地笑了出来。美食、音乐和热闹的气氛让晚宴的时间过得飞快。地精舞者旋转跳跃，流浪歌手们吟唱着传统歌曲和欢快的小调。厨师为比利和他的朋友们奉上一道接一道的美味佳肴。

随着宴会逐渐接近尾声，比利的犹豫和担忧又重新席卷了他的心头。他注意到，尽管地精百姓们仍然大口吞咽着美食，喝着美酒，唱歌跳舞，欢呼雀跃，但他们看起来似乎在强迫自己享受这一切。然后他的视线又捕捉到了霍普，他仍然在与月影商量着什么，这一次蓝霜和李德派普也加入了他们的行列。那四个地精脸上严肃沉重的表情，与周围其乐融融的氛围格格不入。

“失陪一下，”比利对莱克茜和科特说，“我马上回来。办点国王的事情。”

比利站起身，向四个地精走去。他应该是这里说了算的人，是时候让自己表现得像一个国王了。

有时候，霍普审视自己经历过的事情，发觉这些事情进行时可能与计划完全不一样，尽管一开始感觉十分挫败，但结果终将是好的。

在过去的几个月里，霍普所做的一切，就是不停地失败。他没能从战争中逃离，没能在奇拉诺克城里销声匿迹，没能让科特称王，没能摆脱士兵们的追击，没能带领手下的蝙蝠骑师从战争中全身而退。与此同时，他也没能避免对某事投入情感，没能忽视掉心中的责任感，没能将沉重的权力推给别人。

这一系列失败带来的结果，是霍普现在面临这样的处境：他成了国家首相，国王手下最重要的一员大将，穿着金丝银缎，小口抿着上好的蘑菇酒，与他所见过的最漂亮的女地精谈着话。蓝霜和李德派普在他的身侧，他的其他朋友，莱克茜、比利、科特、黛芙德尔的骑师小队队员和其他蝙蝠骑师，他们都在这里，享受着晚宴的欢乐和美好。他应该开心的。他几乎是开心的。“让自己开心的技巧，”霍普强制自己想，“就是忽略正与月影、蓝霜和李德派普进行的真正谈话内容，假定他们正在谈论天气或是杂技演员表演的最新的把戏。”他几乎做到了，直到比利——国王比利——穿过人群，打断了霍普的这种胡思乱想。

比利轮流打量着四个地精。“发生什么了？你们看起来很紧张。”

霍普抿了一口蘑菇酒。口中是蜂蜜、胡椒和蘑菇混合后产生的类似新耕农田的清新味道，是最简单最纯粹的味道，也是霍普担心再也找不回来的和平的味道。“不是什么大事。回去坐上王座，向人民微笑吧，我们明天再说。”

“我很傻，你们知道吗？”比利回答道，“我会弄糟很多事情。我不擅长精彩的演讲，不擅长完美的行动，只要是这类辉煌的事情，我都不擅长。不过我很擅长观察人。我注意到，每次在你说谎之前，你总会用牙咬一下嘴唇，就像现在。”

霍普感觉到了自己左边的犬牙在嘴唇上的力度。他默默诅咒了一句，发誓一定要改掉这个毛病。

“我们应该告诉他，”李德派普声音温柔，“他是我们的国王。”

霍普的眼神从比利身上转向周围的地精们。月影点点头。就这么决定了。

“是人类军队，”霍普坦诚道，“他们的军队已经到了杰兹伯山谷。这就是说，他们离我们只有一周的路程了，甚至更短。”

“他们的军队有上千人，”蓝霜严肃地说，“甚至上万人。他们想让我们灭族，想毁了奇拉诺克城，杀死每一个地精。”

霍普观察着比利的反应。令他惊讶的是，这位新上任的年轻国王并没有退却，只是若有所思地点点头。

“那么我们要怎么做？”比利问。

霍普将与月影商量出的每种作战计划都原封不动地告诉了比利。现在一方面是到了他们需要从一堆作战计划中挑选一个看上去没那么差劲的计划的时候了，另一方面是其实他们对眼前这种情况束手无策。

“地精们有一首歌，”霍普一脸凝重，“叫《明日之日终将到来》，讲的是坏事终将降临到我们头上，但我们需要的，就是在一切似乎都看不到希望的时候抓住身边的美好。这是能帮助我们渡过难关的法宝。所以，明天我们再操心这些作战计划。而今天晚上呢？今晚你的出现让百姓们欢欣鼓舞。你需要挥手，微笑，发表完美的演说，因为黑暗离我们越来越近了。到那时候，到所有人都看不到丝毫希望和光亮的时候，人们会说‘记得国王比利加冕的那天晚上吗？记得他是多么勇敢吗？记得他让我们感到多么自豪吗？只要比利国王一直领导着我们，一切终将过去，我们终将幸存。战争终将胜利’。是你给了他们希望，比利。”

比利摇摇头：“我并没有做什么。”

“你给了他们一切，”月影说，“国王要做很多事情，但是给予人民希望，是一切的基石。没有什么会比这个更加重要。”

霍普着迷地看着月影。她紫罗兰色的眼睛镶嵌在深黑色的皮肤上，像是一袭亮黑丝绸上的紫晶石。

霍普点头表示赞同：“有了希望，一切皆有可能。”

但比利仍然怀有疑虑。“可能你说的是对的。但还有一个问题，”这个人类男孩环顾周围的人群，“他们都知道。这里的所有地精，他们都知道有坏事将要发生，而我们在做的一切都只是在转移他们的注意力。百姓们知道我们在挣扎。”

霍普也瞥了一眼身边的人群。更重要的是，他侧耳倾听：当晚宴的热闹喧嚣渐渐退去时，人们喝着酒开始安静地谈话，笑声逐渐消逝，空气中弥漫着空洞、寂静和比喧嚣更沉重的凝重。

“你说得对，”霍普伤心地说，“他们都知道。”

比利摇摇头。“给他们希望是一件事。但是我们现在正在做的，是向他们说谎，甚至更差——我们不仅是在对他们说谎，而且是在让他们对彼此说谎，强迫他们假装快乐。这是不对的。我不会通过说谎来开始我的统治。”比利思考了片刻，做了决定。“你说的那首《明日之日终将到来》，我想让乐队演奏那首歌，城市中所有的乐队同时演奏。等我的命令一起开始。”

霍普考虑着比利的命令，转头看向蓝霜、李德派普和月影。他们的表情表示支持新国王的命令。霍普思忖之后也打心底支持。

“我们需要城市中成千的乐者准备好，”他对比利说，“然后你只需要点头，他们就开始。”

比利看见霍普、李德派普、蓝霜和月影分头行动，将他的指令下发到城市的各个角落。霍普绕了点路，与沿途的一小群地精商量好——一个年轻漂亮的女性地精，一个目光睿智的男性地精，一个安静肃穆的地精老朽和其他几个。那是霍普的蝙蝠战队，弗鲁特、斯奈尔、彼得和其他人。在短暂的交流之后，小队的成员们四散到下沉大道的各个方向，帮助霍普传达命令。比利开始默数自己的心跳。

数到一千的时候，他抬头看到霍普站在不远处的一处蝙蝠飞行平台上示意。比利点了头。

霍普高举起一块布，在空中摇动，一下，两下，三下。随后，整个下沉大道的各个角落里传来和谐一致的、低沉的乐曲声，响彻整个奇拉诺克城。在离他最近的平台上，一个高大的克拉科巨怪以及身边的奇卡矮人开始歌唱，低沉浑厚的男低音和高亢洪亮的女高音交织在一起，融合成人类所不能及的和谐音律：

甜如美酒
暖如阳
吾爱怀抱是安港
赐我温暖与安康
愿我们共眠
愿此生共度
但只有今夜能与你相拥

歌声的效果立竿见影。整个奇拉诺克城的居民安静了下来。没有说话声，没有欢笑声，舞蹈和畅饮告一段落，只有萦绕的歌声渗透每个人的心灵：

窗外狂风呼啸
窗外争斗正酣
窗外战士怒吼
窗外寒冬消散
我却只闻吾爱之语
今夜我们相拥入眠
明日之日终将降临
但今夜我们相拥入眠

清晨我将离去
黎明拾起战具
吾爱让我们轻吻告别
我将决不回头反顾
我怕无法将你留住

随着副歌的曲调，城中的地精们逐渐加入歌唱的行列。霍普、月影、蓝霜和李德派普纷纷开口高歌。很快，整个城市都在齐声歌唱：

今夜我们相拥入眠
明日之日终将降临
但今夜我们相拥入眠

今夜无关王权
今夜不谈争战
今夜忽视对错
今夜请饮酒高歌
吾爱我将与你共唱
吾爱是我唯一的念想

今夜我们相拥入眠
明日之日终将降临
但今夜我们相拥入眠

记忆中的面庞
希望中的坚持
当黎明撕碎心脏
是你引领我免于迷茫
幼童的欢笑
炉火的张扬

落在泥土上
淹没悲伤
你是我的回忆
你是我的故乡

当明日降临
吾爱请不要为我哭泣
吾爱请不要为我哀伤
我承诺我将不会死亡

今夜我们相拥入眠
明日之日终将降临
但今夜我们相拥入眠

歌声悲怆、沧桑、悠长，仿佛此时此刻是生命中的最后一秒。令比利惊讶的是，自己的双眼也逐渐湿润了。不止他一个人。大滴的泪水顺着李德派普巨大的面庞毫不掩饰地流下。蓝霜的手抹过脸颊，擦去眼中不断掉落的泪珠。月影直接用双手蒙住脸，放声哭泣。就连霍普，这个总是嘲讽的、讲求实际的、愤世嫉俗的地精，亮黄色的双眼中也浮现出一汪水。

比利的内心涌动着一股坚定的暖流，冲走了原本还残留的疑惑和恐惧。从他的角度望向整个奇拉诺克城，能看到层叠错落的街道、各式各样的桥梁和街上熙熙攘攘的地精百姓。各处的火把和菌类植物被点亮，各种结晶石反射了光芒，街道上装饰着加冕典礼用的各种花束，这座城市从来没有这么美丽过。眼前的景象让比利感到自己从未有过的强大，心中充满了对这座城市的热爱和保护欲。毕竟，这是他的城市。他会做任何事来保护城市的安全。他一定会找到方法拯救奇拉诺克城和这里的地精居民，无论如何也要让地精的歌谣永远传唱。

于是，比利·史密斯，地精之王，站上自己的座椅，举起酒杯高声祝福。因为这才是一个国王应该做的。

比利尽可能放大声音："地精们，朋友们！我不会对你们隐瞒真相，人类军队正向我们攻来，他们很快就会到达我们的城市。但我发誓，绝对不是今晚！"

人群中响起欢呼声。下沉大道中的每个人居然都能听见比利的声音。他注意到莱克茜和蓝霜使用了法术，一阵轻柔的风围绕在他的嘴周围，使他的声音能响彻整座城市。比利继续说着，不知道这些有生以来从来没有过的自信是从哪里冒出来的。无论是什么触发了他的这些自信，比利很庆幸自己找到了。

“今夜我们团结一心，今夜我们高声歌唱。请各位看看周围，记住你们的朋友和邻居，记住你的家人和挚爱。他们将是你们每个人在接下来的困难中的信念和依靠。记住这个夜晚，记住你们心中的希望，记住心中的热爱。记住这句话：我们，不会灭亡！”

热烈的欢呼声再次在人群中爆发，比利从中感觉到了人们心中仍然未消退的一丝不确定和恐惧。但是谁又能责怪他们呢?

“我们会的，”比利说，这次他将声音降低了一些，继续依靠着莱克茜和蓝霜的魔法传入每个人的耳朵，“我向你们做出承诺：我会拯救奇拉诺克城，并保证地精族群绝不会灭亡。但是要实现这个目标，我需要你们的帮助，你们每一个人的帮助。你们会给我帮助吗？”

“会的！”人群共同爆发出回答，像是轰隆雷声响彻城市，成百上千的地精们高声齐呼，“会的！会的！会的！”

“那么我们终将所向披靡。”比利自信地轻声说道，他看到月影在呼应他的话。感谢蓝霜和莱克茜的法术，他不需要大声喊叫了。这不像是需要高喊的事情，对于你真正相信的事情，你不需要大声为自己正名。比利相信自己的话，他们会活下来的。

“为了奇拉诺克城！”霍普紧跟着说，高举着盛有蘑菇酒的酒杯，“为了比利国王！”

“为了比利国王！”整座城市在欢呼中震颤，“比利国王万岁！比利国王万岁！比利国王万岁！”

比利的名字回荡在奇拉诺克城上空，久久不散。

尾声

比较完美的暂停

“然后他们幸福地永远生活在了一起。”这是所有故事的完美结尾。霍普希望自己的故事也能以此结束，但是他知道，自己的故事远远没有到此为止，比利的故事也远远没有结束。下一章将很快展开。

如果这不是个足够美好的结局，但至少这是个比较完美的停顿。比利告诉奇拉诺克城中的百姓们需要面临的实情，让所有人准备好面对接下来要发生的事情。这个小男孩现在还有疑虑，但是现在的他，在奇拉诺克城已经戴上地精国王王冠，就已经足够了。尽管霍普还是很惊讶，他们距离发现木匠继承人的地方已经那么远，已经经历了那么多事情。

所以明天再担心他们故事的结局吧。明天，霍普、比利、月影、蓝霜、李德派普和他们的朋友们将要好好计划战略战术，考虑可能面临的重大决定和痛苦牺牲。明日之日终将到来，像是在烈日炎炎的夏日之后，终将迎来日渐寒冷的日子；像是做过一段很长的梦后，终将从梦中醒来。今夜，请尽情歌颂希望。

当人群为比利欢呼的时候，蓝霜的视线停留在霍普脸上。“阿卡，霍普，是我疯了吧，”小巫师语气中带了点顽皮，“你脸上洋溢的是自豪吗？就连愤世嫉俗、怀疑一切的霍普也终于有了让自己骄傲的事情？那是发自内心的……快乐吗？”

霍普仔细思索蓝霜的话。他看向面前的这个奇卡矮人及其站在阴影中的高大兄弟，再看向美丽的月影，看向成千上万正在为比利、莱克茜和科特欢呼的地精。

这个独耳地精笑了。

“祝他永远自豪快乐，”霍普说，然后将杯中的蘑菇酒一饮而尽，“直到永远！”

地精语启蒙

在这段充满奇幻的故事中，人类口中的地精语（地精们自己又称“高帕亚语”），在这本书中被翻译成多种通俗易懂的语言。但是，为了保留地精们语言的独特性，译者在翻译的时候仍会保留一些地精们自己的语言。

下面这些词是在本书中出现的地精语及对应的解释：

阿卡：看这里。通常用于表示警告、兴奋、突然感兴趣。

博克姆高地羊：生活在山地的巨大绵羊。地精们通常使用博克姆高地羊耕地或拉车。

爪尔克：金属制品剩余边角料；垃圾。地精语中的感叹词，通常用于咒骂的语气中。同样可以用作形容词，形容某人或者某物是多余的、没有价值的。

多恩：银色；也指地精们之间流通的一种银质金属货

币，全称为“奇拉诺克银币”，也因硬币上雕刻着摩泽尔山脉而被称为“雪银”。一个多恩的价值，大约等于一顿相对合理的饭菜，或是地精孩童的一个玩具，或是一件样式简单的衣服。一个多恩银币等于八个加恩铁币，五十个多恩银币等于一个克伦金币。

银灵女巫：历史上又被称为“银灵陌人”，指的是身材高挑，有强大法力的地精或人类。银灵女巫通常十分危险，不可预测，在地精们看来，她们被法术侵蚀了血脉和头脑。地精们通常会用“像银灵女巫一样疯狂”来形容某个地精不可理喻。人类通常会把银灵女巫叫作“精灵。”

秋分日：寒日之初，地精的秋分日指的是一年中秋季的第一天，在这一天，通常会举办一场叫作“逐日之旅”的比赛。秋分日在地精中还有另一个名字，叫作“平衡日”。

亡巫灵：指沉浸于魔法不可自拔的巫师。亡巫灵通常是由魔法控制的行尸走肉，通过不停地施魔法而生活。

哈诺亚语：生活在地精大陆旁边的哈诺亚帝国中人类的语言。

加恩：一种用来充当地精货币的金属硬币。一个加恩通常价值一个苹果、一把蘑菇、一杯热茶。

奇卡矮人：一种不常见的小型地精。人类通常称之为“科博尔德”或者“地精侏儒”。

克拉科巨怪：一种不常见的巨型地精。人类通常称之为“巨怪”或者“食人怪”。

巨兔：一种巨型食草动物。分为野生巨兔和家养巨兔两种。一些地精家庭会将巨兔当作宠物。

奇拉诺克城：又名“岩城”。世界上最大的地精之城，坐落于摩泽尔山的山脚下。城市全称为“kijakkiranokzargroztormemegeshkarbeniknirtghulkt”，意思是“坐落于摩泽尔山之下被圣夜庇佑的至上岩城”。

克伦：金币。一个克伦价值五十个多恩银币，或者四百个加恩铁币。一个克伦能够购买一把上好的铁剑，或者一只博克姆高地羊。很多地精一辈子都没有见过一枚真正的克伦金币。

斯克伯：人类。原意为“小耳魔鬼”。是一种十分不敬的称呼。

瓦格尔狮狼：生活在铁脊山脉和附近林地中的巨型食肉动物。瓦格尔狮狼外表既像狼又像狮子，脸周有一圈狮子般的鬣毛，头部有犀牛般的犄角，数量一般为一到两根。地精们通常将瓦格尔狮狼当作宠物、打猎或者战争中的坐骑。

弗沙克：非常迅速。地精习惯用语，通常表示“死神的召唤”或用于表示事情像是死亡般在一瞬间发生。

瓦达：语气词，表示兴奋。有时候用来吸引注意力，相当于人类的“哇！”或者“嘿！”。

祖比加帕蘑菇酒：一种温和的酒精饮料，由蜂蜜、蘑菇汁和红辣椒汁调制而成。也被简称为“蘑菇酒”。